Wings of Philim

フィリムの翼《つばさ》

飛空騎士の伝説

下

静山社

フィリムの翼《つばさ》

飛空騎士の伝説

下

目次

フィリムの翼《つばさ》
飛空騎《き》士《し》の伝説 ― 下

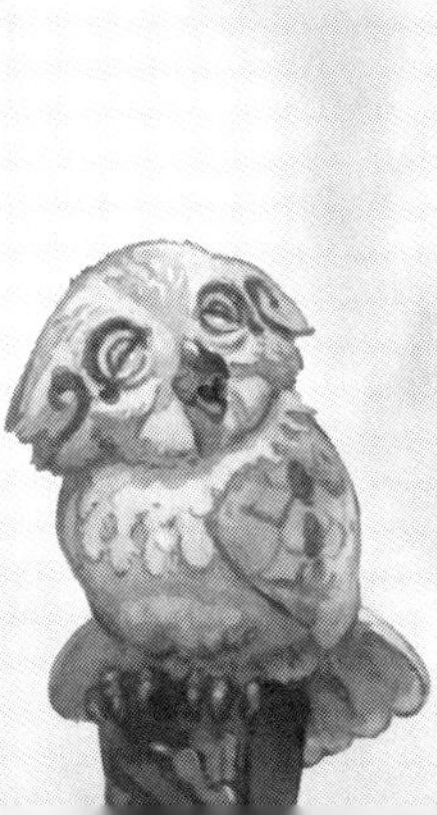

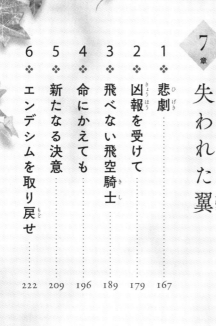

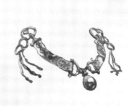

主な登場人物（下巻）

ファストラ

見習い飛空騎士《きし》。十五歳《さい》。飛空騎士団長《きしだんちょう》をめざしている大柄《おおがら》な少年。三歳《さい》のときに飛空騎士《きし》だった父を亡《な》くし、養父母に引き取られる。実母はエンデシム人。愛馬はファング

レイン

見習い飛空騎士《きし》。十五歳《さい》。黒髪《くろかみ》のスラリとした美しい少女。飛空騎士団長《きしだんちょう》ダッカの娘《むすめ》。まじめで何事にも熱心だが、弓が苦手。動物と意思疎通《いしそつう》できる能《のう》力《りょく》をもつ。愛馬はレース

シューデリン

見習い飛空騎士《きし》。十五歳《さい》。栗色《くりいろ》の髪《かみ》をした小柄《こがら》な少女。見習い騎士《きし》一の問題児。弓の名人だが飛空騎士《きし》への意欲《いよく》は低く、細工《さいく》師《し》の父の仕事にあこがれている。愛馬はシュート

ダッカ

フィリムの飛空騎士団長《きしだんちょう》であり、騎兵隊《きへいたい》をふくむフィリム軍の総《そう》司令官。レインの父でもある

ヒューガ

フィリムの飛空騎士《きし》。ダッカの副官でファストラの義理《ぎり》の次兄《じけい》

アクア

フィリムの飛空騎士《きし》。ファストラの義理《ぎり》の長兄《ちょうけい》。知能派《ちのうは》

フェルライン

シューデリンの母。フィリムの元飛空騎士《きし》で自由奔放《ほんぽう》な性格《せいかく》

スーサ

ファストラの義理《ぎり》の祖父。フィリムの元飛空騎士《きし》

シルカ

フィリムの飛空騎士《きし》だったリディンとエジカの息子《むすこ》。森鴉《もりがらす》と繋《つな》がって「鳥の目」を、赤帽子《あかぼうし》鳥《とり》と繋《つな》がって「鳥の声」を使う

ネク

「巨人《きょじん》の椅子《いす》」でシルカとともに活動する青年。治癒猿《ちゆざる》を使う

リディン

「フィリムの戦女神《いくさめがみ》」と言われた伝説の飛空騎士《きし》。シルカの母

エジカ

フィリムの飛空騎士《きし》でリディンの夫。シルカの父

タキ・ソム

エンデシムで孤児《こじ》たちの世話をしている女性

リュウ・ゼン

エンデシムの宰相《さいしょう》

サト王

エンデシムの王

パレオロール

ギルス帝国《ていこく》の総《そう》司令官

コヌール

パレオロールの副官。エンデシム宰相《さいしょう》との交渉《こうしょう》を任《まか》されている

ストラグル

ギルス帝国《ていこく》の将軍《しょうぐん》で、弓の名手

カルミフ

ギルス帝国《ていこく》の将軍《しょうぐん》。もと密偵《みってい》や暗殺者《あんさつしゃ》の部隊の頭《かしら》

フラーヴァン王

フィリムの女王

ガラーガ

北関《ほくかん》の守備《しゅび》隊長。歴戦《れきせん》の勇士《ゆうし》

ベスタ

フィリム北東部の辺境《へんきょう》一帯を守る騎士《きし》隊長

物語の舞台《ぶたい》

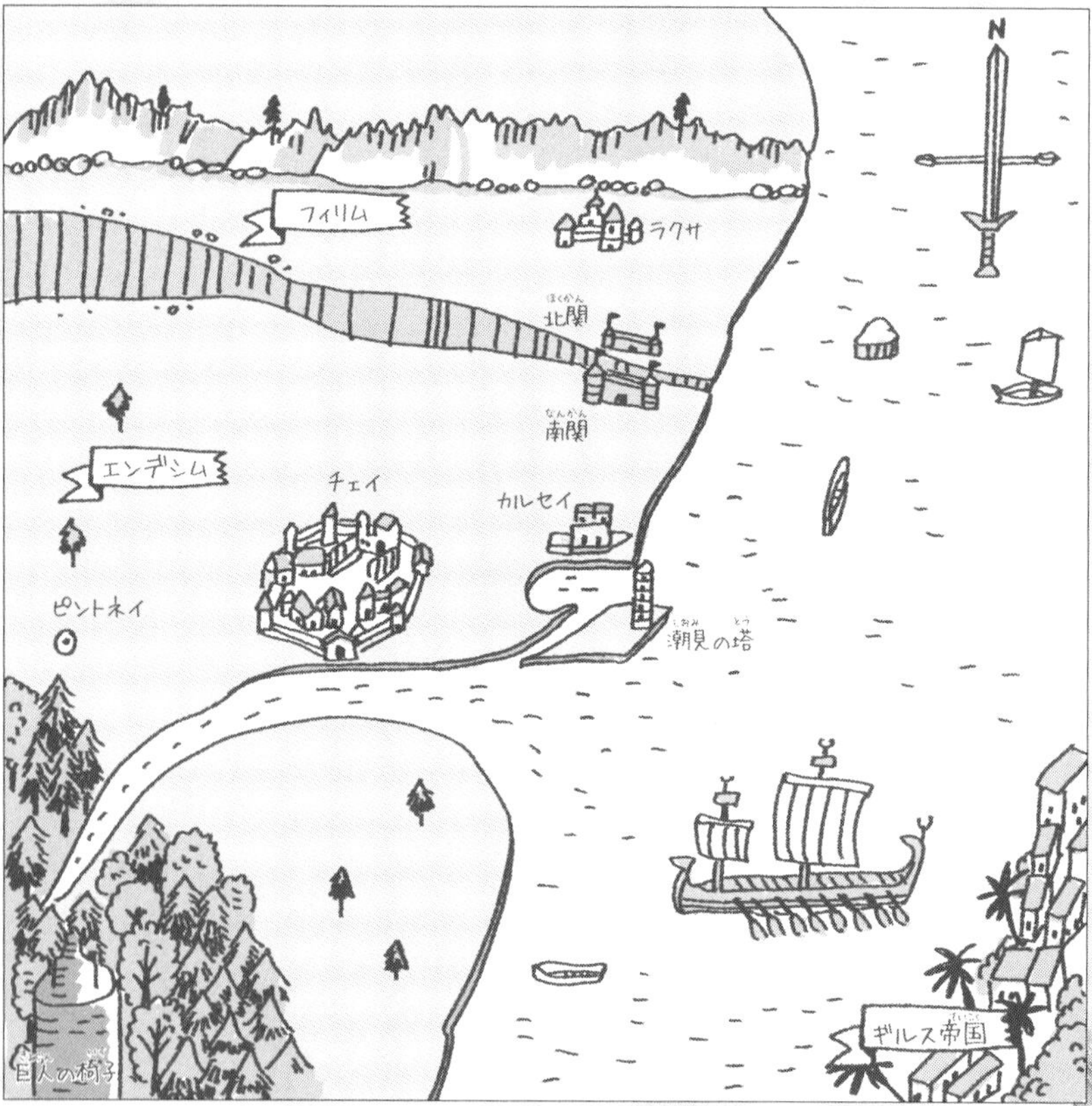

地図作成／かたおか朋子

5章 シルカの戦い

1 ❖ エジカとシルカ

……独立暦《どくりつれき》一三〇年、大陸がまだ平和だったとき、エジカは急に姿《すがた》を消した。汚《きたな》い字で書かれた書きおきが一枚《まい》、残されていた。

> **おれは旅に出る。あとは任《まか》せた。金は好きに使っていい。**

シルカは開いた口がふさがらなかった。
しばらく書きおきをにらみつけたあと、ようやく言葉をしぼりだす。

「……ふざけるな」

勝手な親だとは思っていた。そういえば数日前、エジカは何気ないふうに言った。

「おまえももう二十歳《はたち》になったよな。我《われ》ながら、よくここまで育てたと思うよ」

シルカは眉《まゆ》をひそめた。エジカは話すことの八割《わり》が冗談《じょうだん》である。とくに、まじめな話ほど、茶化《ちゃか》すくせがある。いったい何を言うつもりなのか。

「子育てにはもうあきた。今度はおまえが育てる側になれ」

シルカは冷たく答えた。

「結婚《けっこん》の予定はない。孤児《こじ》の世話ならもうしている」

「器《うつわ》が小さいな。もっと大きなものを育てろ。国とか社会とか。おまえがフィリムを変えるんだ」

「最初に子育てと言ったのは親父《おやじ》だ」

エジカは息子《むすこ》をじろりとにらんだ。

「揚《あ》げ足をとるな。性格《せいかく》が悪いぞ」

「親の教育のせいだな」

シルカは父に追い打ちをかけた。

「そもそも、息子《むすこ》に運命を背負《せお》わせるなんて、飛空騎士《きし》の呪縛《じゅばく》と同じじゃないか。言っていることが矛盾《むじゅん》しているぞ」

シルカは常々《つねづね》、エジカから言い聞かされていた。フィリムには、「飛空騎士《きし》の子どもしか飛空騎士《きし》になれない。だから飛空騎士《きし》の子どもは飛空騎士《きし》にならなければならない」という呪縛《じゅばく》がある。飛空騎士《きし》の両親から生まれたシルカこそ、その呪縛《じゅばく》をとくのにふさわしい、と。呪縛《じゅばく》があるのはたしかだが、後半はそれっぽいことを言っているだけだ。

「言っていることが矛盾《むじゅん》……？」

エジカは一瞬《いっしゅん》、目を見開いた。

「おまえ、成長したなあ。父さんはうれしいよ。だがなあ、考えてみてくれ。おまえがフィリムを変えたら、格好《かっこう》いいだろ。『フィリムの戦女神《いくさめがみ》』と『フィリムのお荷物』の息子《むすこ》なんだぞ」

「そんな言われ方をしていたのかよ」

「いや、『フィリムのお荷物』は今つくったが、似《に》たようなことは言われていたな」

エジカは以前から、飛空騎士《きし》の子どもではなくても飛べるのではないか、と考えていたという。しかし、フィリムで試《ため》したときは、一度も成功しなかった。フィリム人にしみついた先入観が原因《げんいん》だったのだろう。だが、エンデシムの孤児《こじ》たちは飛べたのだ。

「『見えない翼《つばさ》』を信じるのは難《むずか》しい。でも、信じたとき、それは大きな力になる」

「もっともらしいことを言うな」

シルカは父に告《つ》げた。

「とにかく、親父《おやじ》がはじめたことだろ。息子《むすこ》に押《お》しつけずに、最後までやりぬけ」

「いや、おれには無理だ。嫌《きら》われてるから。何しろ『リディンの靴《くつ》についた泥《どろ》』だぞ」

それはさすがにひどい、と同情《どうじょう》しかけて、シルカは思いとどまった。どうせ今つくったにちがいない。

その会話から数日、エジカは鼻歌をうたったり、にやにや笑ったりしていて、妙《みょう》に機嫌《きげん》がよかった。不気味だったので、シルカははなれていたのだが、父はその間に旅の準備《じゅんび》をしていたのだろう。してやられた。

一人で孤児《こじ》たちを育てられるだろうか。

シルカは自分にたずねて、すぐに答えを出した。

「まあ、私《わたし》ならできるだろう」

子どもの世話は、年長の者がやってくれる。ネクをはじめとして、協力してくれる者もいる。シルカの仕事は学問を教えることと、飛空騎士《きし》の訓練を見守ることくらいだ。

それはやりがいがあるし、好きな仕事でもある。しかし、フィリムを変えるのはどうか。

「やる気になったらやるさ」

シルカはつぶやいた。

押《お》しつけられるのは嫌《きら》いだが、難《むずか》しい課題に挑《いど》んで自分の力を試《ため》したい気持ちはある。何かきっかけがあれば、自分はやる気になるだろう。

「十年後か二十年後かわからないけどな」

実際《じっさい》には、シルカがやる気になったのは、エジカの旅立ちから三年後のことであった。

2 ❖ 招《まね》かれざる援軍《えんぐん》

緑藍《ネイ・キール》大陸には二つの国がある。

北に広がるのはフィリム、馬と毛皮牛《けがわうし》を愛する高原と山の国。南に位置するのはエンデシム、緑豊《ゆた》かな平原と森の国。フィリムの旗は藍色《キール》で、これは特産品である藍玉《キーラ》からきている。エンデシムの旗は春の芽生えのごとく、あざやかな緑色《ネイ》だ。

両国は互《たが》いに争った過去《かこ》もあるが、この二十数年は「血の盟約《めいやく》」と呼《よ》ばれる同盟《どうめい》を結んでおり、国境《こっきょう》は平和が保《たも》たれていた。八年前にエンデシムで大規模《だいきぼ》な反乱《はんらん》が起こったときは、フィリムが援軍《えんぐん》を送って、危機《きき》を救《すく》っている。

しかし、この独立暦《どくりつれき》一三三年は、両国にとって、苦難《くなん》の年となった。東方の大陸にあるギルス帝国《ていこく》が海を越《こ》えて侵攻《しんこう》してきたのだ。ギルス帝国《ていこく》は、かつてネイ・キール大陸を支配《しはい》していた強兵の国である。

帝国《ていこく》軍は大陸の玄関《げんかん》であるエンデシムの港町カルセイを一日で落とした。さらに、エンデシムとフィリムの国境《こっきょう》にある関所を奪《うば》い、エンデシムの町を五つ占領《せんりょう》し、おどろくべき速さで進撃《しんげき》をつづけている。帝国《ていこく》軍は数が多いうえに、士気《しき》が高く、訓練も行きとどいており、指揮《しき》にも隙《すき》がなかった。くわえて、盾象《たてぞう》という強力な魔法《まほう》動物を用いている。矢面《やおもて》に立つエンデシム軍は苦戦していた。

エンデシムが征服《せいふく》されたら、次はまちがいなくフィリムが標的になる。フィリムは援軍《えんぐん》を出したかったが、帝国《ていこく》軍がエンデシム側の関所をおさえているため、それも簡単《かんたん》にはできない。フィリム軍をひきいる飛空騎士団長《きしだんちょう》ダッカは、いらだちをつのらせていた。

「今さらながら、おのれの愚《おろ》かさに腹《はら》が立つ」

ダッカはにぎりしめたこぶしを右足の太ももに打ちつけた。手がしびれただけで、足の感覚はない。

ギルス帝国《ていこく》は、港町カルセイを攻《せ》めるのと同時に、ダッカをおそった。魔法《まほう》動物の石化鶏《せきかどり》を使って、石化の呪《のろ》いをかけたのである。フィリムでは呪《のろ》いをとくことができず、進行を遅《おく》らせるのがせいいっぱいだった。

ダッカは解呪《かいじゅ》の方法をさがすため、見習い騎士《きし》たちをエンデシムの森深く、「巨人《きょじん》の椅《い》子《す》」と呼《よ》ばれる地に派遣《はけん》した。

彼《かれ》らは任務《にんむ》を果たし、まもなく帰ってくる。伝書鳩《でんしょばと》によって届《とど》けられた手紙で、ダッカはそれを知った。

「この足が治ったら反撃《はんげき》だ。帝国《ていこく》のやつらに思い知らせてやる」

ダッカは心のなかでつぶやいた。本当は大声を出したいのだが、執務室《しつむ》といえども、それは避《さ》けるべきである。帝国《ていこく》の密偵《みってい》が入りこんでいるかもしれない。

扉《とびら》がたたかれて、副官のヒューガが顔を出した。筋肉《きんにく》のよろいを身にまとった青年である。

「団長閣下《だんちょうかっか》、見習いたちが帰ってきました」

「ようやくか」

ダッカはほっと笑《え》みを浮《う》かべた。見習い騎士《きし》たちの帰還《きかん》は、予定よりまる一日遅《おく》れていた。その程度《ていど》の遅《おく》れは充分《じゅうぶん》にありえることだと理解《りかい》しながらも、心配ではあったのだ。

しかし、通すよう命じると、ヒューガは眉《まゆ》をひそめて応《おう》じた。

「それが、援軍《えんぐん》を連れてきたから訓練場に来てほしい、などと言っているのです」

「援軍《えんぐん》？　英雄《えいゆう》リディィンの息子《むすこ》のことなら、ここにともなってかまわんぞ」

リディィンはかつてフィリムを滅亡《めつぼう》の危機《きき》から救《すく》った飛空騎士《きし》で、「フィリムの戦女神《いくさめがみ》」と呼《よ》ばれていた。のちに亡命《ぼうめい》して姿《すがた》を消したが、どうやら亡《な》くなっていたらしい。見習い騎士《きし》たちはリディィンの消息《しょうそく》をさぐる任務《にんむ》も与《あた》えられていたが、リディィンの代わりにその息子《むすこ》を連れてきたのである。

そこまでは報告《ほうこく》を受けていた。しかし、ヒューガが困《こま》り顔で説明する。

「いえ、息子《むすこ》だけではないようなのです。ファストラが言うには、他に騎兵《きへい》が十騎《き》いるそうです。事情《じじょう》はわかりません」

「騎兵《きへい》？　どこからどうやって連れてきたのだ？」

ダッカとヒューガは、困惑《こんわく》した表情《ひょうじょう》で視線《しせん》をかわした。

フィリムとエンデシムの間には、大地溝《だいちこう》と呼《よ》ばれる巨大《きょだい》なみぞがあって、そのまま国境《こっきょう》となっている。とくに北側、つまりフィリム側はけわしい崖《がけ》になっており、徒歩や馬ではあがれない。帝国《ていこく》が占領《せんりょう》している関所を通らずに、エンデシムからフィリムに来るには、空を飛ぶしかない。

「とにかく行ってみよう」

ダッカは立ちあがった。杖《つえ》を頼《たよ》りに歩きだす。ダッカは頑固者《がんこもの》だが、面倒《めんどう》くさがりではない。不自由な足や礼儀《れいぎ》を理由に、要求を断《ことわ》るほど、器《うつわ》が小さくもなかった。

訓練場は王都の外にある。ダッカはヒューガをしたがえ、馬に乗って向かった。乗り降《お》りにはヒューガの手を借りたが、馬にまたがる堂々《どうどう》とした姿《すがた》は、右足が動かないことを感じさせない。

訓練場では、三人の見習い騎士《きし》が敬礼《けいれい》して待っていた。

明るい茶色の髪《かみ》の大柄《おおがら》な少年がファストラ。ヒューガの義弟《ぎてい》で、一対一の戦闘《せんとう》力に自信をもっている。

黒髪《くろかみ》の美しい少女がレイン。ダッカの娘《むすめ》である。まじめで冷静な判断《はんだん》力と思考力を備《そな》え、馬をあやつる技術《ぎじゅつ》に長《た》けている。

栗色《くりいろ》の髪《かみ》の小柄《こがら》な少女がシューデリン。戦嫌《いくさぎら》いだが、弓の腕前《うでまえ》は天下一品である。

「よく帰ってきたな」

ダッカは見習い騎士《きし》たちに笑いかけた。

「期待以上の成果だ。おまえたちを誇《ほこ》りに思う」

「ありがとうございます」

代表してレインが答えた。

三人の背後《はいご》には、十一頭の馬と、同じ数の男女が立っていた。みな若《わか》く、見習い騎士《きし》と同じ十五歳《さい》前後から、二十代前半ぐらいまでの年齢《ねんれい》だ。端整《たんせい》な顔立ちの青年が一人、前に立っており、その後ろに六人の男性《だんせい》と、四人の女性《じょせい》が整列している。

ダッカは端整《たんせい》な顔の青年に目をとめた。すっきりと通った鼻筋《はなすじ》や涼《すず》しげな瞳《ひとみ》に、リディンの面影《おもかげ》が感じられる。

「おぬしがリディン様の息子《むすこ》だな。面影《おもかげ》があるから、すぐにわかったぞ」

「はじめまして。シルカと申します」

言葉はていねいだったが、シルカの態度《たいど》には敬意《けいい》が欠けていた。どことなく、相手を見くだすような雰囲気《ふんいき》がある。

ダッカはかすかに眉《まゆ》をひそめたが、とくに指摘《してき》はしなかった。

「リディン様は亡《な》くなったと聞いた。英雄《えいゆう》の死を知って、フィリムの民《たみ》すべてが悲しむことであろう。代表してお悔《く》やみを申しあげる」

「二十年以上前のことですから、今さら言われても困《こま》ります。それより、父について何も言われないのが不快《ふかい》ですね」

ダッカは今度ははっきりと、眉間《みけん》にしわを寄《よ》せた。

リディンの夫エジカもフィリムの飛空騎士《きし》だったが、リディンをたぶらかして亡命《ぼうめい》に導《みちび》いたと言われており、フィリムでは評判《ひょうばん》が悪かった。ダッカもいい印象《いんしょう》は持っていない。

「……お父上はどうしておられる？」

「さあ、わかりません。三年前に出ていきました」

自分から話をふっておきながら、他人事《ひとごと》のようにシルカは答えた。

レインは二人のやりとりをはらはらしながら見守っていたが、ここでたまらず口をはさんだ。

「団長《だんちょう》、シルカは我々《われわれ》の任務《にんむ》に協力してくれました。解呪梟《かいじゅふくろう》を連れて帰れたのは、彼《かれ》のおかげです」

ダッカは娘《むすめ》をじろりとにらんで、シルカに視線《しせん》を戻《もど》した。よそよそしい態度《たいど》で告《つ》げる。

「助けてくれたことはありがたく思う」

「どういたしまして。これであなたも戦《いくさ》に参加できますね」

ダッカの右足を見ながら、シルカは応《おう》じた。あからさまに恩《おん》を売っている。ダッカは無視《むし》してたずねた。

「それで、フィリムにやってきたのは何ゆえか？　後ろにいる者たちはおぬしのつきそいか？　援軍《えんぐん》と言っていたらしいが、まだ子どものような年齢《ねんれい》の者もいるではないか」

「最初の質問《しつもん》は、この三人にしてください。私《わたし》は彼《かれ》らに無理やり連れてこられたのです」

レインが口を開こうとしたが、ファストラが早かった。

「ええい、まだるっこい。団長《だんちょう》、見てください」

ファストラが合図すると、十人の男女は馬にまたがった。

ヒューガが剣《けん》に手をかける。

「何をするつもりだ!?」

ファストラがあわてて言う。

「黙《だま》って見ててくれ。そのほうが早いから」

十騎《き》は並《なら》んで馬を走らせた。土を蹴《け》る蹄《ひづめ》の音が軽快《けいかい》に鳴り、やがて聞こえなくなる。馬たちが宙《ちゅう》を駆《か》けて空へとあがっていく。

ダッカはフィリムが誇《ほこ》る飛空騎士《きし》の部隊をひきいており、ヒューガもその一員である。空を駆《か》ける騎士《きし》は見慣《な》れているはずだった。しかし二人は、まるではじめて飛空騎士《きし》を見たかのように、ぽかんとしていた。

ダッカが先に我《われ》に返った。

「レイン、あいつらは何者だ」

「エジカが育てていたエンデシムの孤児《こじ》たちだそうです」

レインの回答に、ダッカは納得《なっとく》しなかった。

「なぜ飛べる？　飛空騎士《きし》の子どもなのか？　親は誰《だれ》だ？」

フィリムでは、飛空騎士《きし》の子どもしか飛空騎士《きし》になれないと考えられている。そのため、飛空騎士《きし》の数を増《ふ》やせるように、飛空騎士《きし》どうしは結婚《けっこん》してはならない、という決まりがある。リディンとエジカが亡命《ぼうめい》したのは、その決まりのせいだった。

「飛空騎士《きし》の子どもでなくても、訓練すれば飛べるのだそうです。私《わたし》もおどろきましたが、実際《じっさい》に彼《かれ》らが飛んでいる以上、信じないわけにはいきません」

レインは落ちついて説明したが、ダッカは首を横に振《ふ》るばかりだ。

「そんなはずはない。飛空騎士《きし》になれるのは、飛空騎士《きし》の子どもだけだ。たとえ飛空馬《ひくうば》に乗ったとしても、飛べないのだ」

「ですから、それはあやまった言い伝えなのです。『巨人《きょじん》の椅子《いす》』には、まだ他にも飛空騎《き》士《し》がいます」

レインの隣《となり》では、ヒューガがファストラの腕《うで》をつかんでいた。

「おい、本当なのか。みんなエジカの子ども、なんて話じゃないのか」

「違《ちが》う。レインの言ったとおり、ほとんどが孤児《こじ》だよ。おれと似《に》たようなものかも」

ファストラは孤児《こじ》ではないが、幼《おさな》い頃《ころ》に養子に出されている。父親はフィリムの飛空騎《き》士《し》、母親はエンデシム人だった。父親が死んだとき、母親はファストラを連れてエンデシムに逃《に》げようとしたが、つかまってファストラをとりあげられ、自身は追放されたという。

ヒューガははっとして、ファストラの腕《うで》を放した。

「そういう反応《はんのう》はやめてくれって。おれは何も気にしていないし、誰《だれ》もうらんでないんだから」

「そうだったな。今はあいつらの話だ」

ヒューガの視線《しせん》の先で、十騎《き》の飛空騎士《きし》が列を組んで飛んでいる。

「あいつらはおれたちといっしょに、大地溝《だいちこう》を渡《わた》ってきたんだ。人馬ともに、それだけの能《のう》力《りょく》があるってこと。援軍《えんぐん》と言ってもいいだろ？」

「飛べるからといって、戦えるとはかぎらない。まあ、飛べれば使い道はあるが……」

「飛べることは認《みと》めるんだな」

なぜか胸《むね》を張《は》るファストラに、ヒューガはうなずいてみせた。

「そりゃ認《みと》めざるをえんだろう。だが、これはやっかいだぞ。戦《いくさ》の最中に何だってこんな事《じ》態《たい》に……いや、戦《いくさ》の最中だからできることもあるな」

腕組《うでぐ》みするヒューガからはなれて、ファストラはレインにささやいた。

「団長《だんちょう》に『鳥の目』を見せてやろうぜ」

本人はささやいたつもりだが、声が大きすぎて、みなに聞こえている。ダッカが額《ひたい》を押《お》さえてたずねた。

「まだ何かあるのか」

「少し待ってください」

レインはファストラに向き直った。

「打ち合わせにないことを急に言わないで」

「だって、あれを見せれば、団長《だんちょう》もシルカのすごさを理解《りかい》すると思って」

「簡単《かんたん》に見せられるものじゃないでしょ」

二人は小声で言い合った。

「レイン、何を見せるというのだ」

ダッカが低い声に威圧《いあつ》感をこめた。拒否《きょひ》はできない。レインはすばやく考えをまとめた。

「鳥の目」は無理でも、「鳥の声」ならすぐ見せられる。

「団長《だんちょう》、彼《かれ》らに命令してみてください。シルカが伝えます」

ダッカとシルカが似《に》たような表情《ひょうじょう》をつくった。眉《まゆ》をひそめて、レインを見やる。

「なぜおれが？」

「どうして私《わたし》がそんなことをしなければならないのだ」

レインはシルカに答えた。

「あなたを受け入れてもらうためです」

つづいて、父であるダッカに視線《しせん》を移《うつ》す。ダッカはあきらめたように首を振《ふ》った。

「わかった。もういいから、あいつらを降《お》ろせ」

シルカは「見世物《みせもの》じゃない」などとつぶやきながら、頭上の飛空騎士《きし》に命令を伝えた。飛空騎士《きし》たちとともに飛んでいた赤帽子鳥《あかぼうしどり》が、シルカの言葉をそのまましゃべる。

飛空騎士《きし》たちは列を保《たも》ったまま降《お》りてきた。

ダッカはこれなら理解《りかい》できる、と言いたげにうなずいた。

「魔法《まほう》動物を使って命令したのだな。それはおれにも使えるのか？」

ダッカの問いに、シルカが即答《そくとう》する。

「無理です。魔法《まほう》動物は使う側にも才能《さいのう》と訓練が必要です」

ダッカが顔をしかめたのは、娘《むすめ》の能力《のうりょく》に思いいたったからだろう。

「それくらいにしといたら？」

シューデリンに声をかけられて、レインはうなずいた。シルカは礼儀《れいぎ》や社交性《せい》、愛想やかわいげといった、人づきあいに必要なものを持ち合わせていない。見習い騎士《きし》たちとはじめて会ったときもそうだったから、「巨人《きょじん》の椅子《いす》」に忘《わす》れてきたわけではない。もともとひねくれた性格《せいかく》なのだ。

「シルカも飛空騎士《きし》たちも、帝国《ていこく》との戦いに協力するためにここまで旅してきました。ぜひ、ともに戦わせてください」

「……考えておこう」

顔をしかめて、ダッカは答えた。考えたくないことは、明白であった。

3 ❖ 解呪梟《かいじゅふくろう》

シルカと「巨人の椅子《きょじんのいす》」の飛空騎士《きし》たちは、空いている兵舎《へいしゃ》に案内された。ダッカとしては、とりあえず彼《かれ》らを視界《しかい》から消したかったのである。難題《なんだい》に向き合うのは、足を治してからだ。いや、帝国《ていこく》軍を撃退《げきたい》してからになるかもしれない。飛空騎士《きし》の子どもではない飛空騎《き》士《し》、などという代物《しろもの》は、帝国《ていこく》軍よりやっかいだ。

「レイン、さっそくだが、呪《のろ》いをとくにはどうすればいいのだ」

「解呪梟《かいじゅふくろう》を連れて帰りました。どこか落ちついた場所で解呪《かいじゅ》してもらいましょう」

「ここでいい。何か必要なものがあるのか」

レインはわきに置いていたかごの前にしゃがんだ。かごにかけられていた布《ぬの》を少しめくり、中にいる解呪梟《かいじゅふくろう》に話しかける。二言《ふたこと》、三言《みこと》、やりとりして、レインは立ちあがった。

「……必要なものはありませんが、暗い場所がいいそうです」

「話せるのか」

ダッカは不機嫌《ふきげん》さを隠《かく》さずにたずねた。

レインは動物と意思を通わせる能力《のうりょく》を持っている。動物が魔法《まほう》を使うこの世界においては、非常《ひじょう》に有用な能力《のうりょく》だが、ダッカは娘《むすめ》がその力を使うことにいい顔をしない。飛空騎士《きし》には必要ない、と考えるからだ。そのため、レインの能力《のうりょく》はみがかれていなかったが、今回の旅で成長し、大いに役に立った。解呪梟《かいじゅふくろう》のような頭のいい動物とは話もできる。

「団長《だんちょう》を助けるためなんだから、そんな顔することはないでしょ」

シューデリンが口を出した。

ダッカは怒《おこ》るよりおどろいて、見習い騎士《きし》の少女を見つめた。シューデリンは飛空騎士《きし》としての意欲《いよく》にはとぼしかったが、上官に対してはっきりと文句《もんく》を言うことはなかった。これは成長なのだろうか、それともシルカの悪影響《あくえいきょう》か。

「それは上官に対する口の利《き》き方《かた》ではないな。そういう態度《たいど》を許《ゆる》していたら、軍は成り立たなくなる」

説教をはじめたダッカから目をそらして、シューデリンは告《つ》げた。

「もう関係ありません。あたし、やめますから」

ダッカは目をみはった。

「どういう意味だ」

「飛空騎士《きし》にはなりません」

そういうことか。ダッカは合点《がてん》がいった。飛空騎士《きし》の子どもでなくても飛空騎士《きし》になれるなら、飛空騎士《きし》の子どもは必ずしも飛空騎士《きし》にならなくてもいい。だが、シューデリンの理《り》屈《くつ》がわかったからといって、すぐに認《みと》められるはずはない。現実《げんじつ》に飛空騎士《きし》は足りていないし、シューデリンの弓の腕前《うでまえ》はすでに一流だ。実戦を経験《けいけん》すれば、まちがいなく戦力になる。

「話はあとだ。そこの馬小屋に入ろう」

飛空馬《ひくうば》が休む馬小屋に、ダッカは足を向けた。手を貸《か》そうとするヒューガを押《お》しとどめ、杖《つえ》をついて歩く。

馬小屋の番犬がレインを見かけて駆《か》けてきた。茶色い中型犬《ちゅうがたけん》だ。

「また今度、遊ぼうね」

犬の相手をファストラに任《まか》せて、レインは馬小屋に入った。奥《おく》の陽《ひ》の当たらない場所で、かごから解呪梟《かいじゅふくろう》を出す。白い羽根のふくろうだ。眠《ねむ》そうな目をしているのはもともとか、それとも夜行性《やこうせい》のためか。

解呪梟《かいじゅふくろう》はダッカの右足を見て、くちばしでつついた。ぐるりと首をまわして、レインに告《つ》げる。心と心で通じ合う会話は、他の者には聞こえない。

〈たちの悪い鶏《とり》にやられたようだの〉

「治りますか？」

レインがはらはらしながらたずねると、解呪梟《かいじゅふくろう》は羽毛に顔をうずめるようにうなずいた。

〈たやすいことだ〉

解呪梟《かいじゅふくろう》は上を向いてホーホーホーと鳴き、左を向いてホーポーと鳴いた。次に右を向いて、ポーポーと鳴き、最後にダッカの足を強く突《つ》いた。

「くっ」

思わず声を出したダッカは、はっとして右足をさすった。

「もう治ったのか？」

軽く足踏《あしぶ》みする。跳《と》んでみる。宙《ちゅう》を蹴《け》ってみる。右足は問題なく動いている。

「すばらしい！　礼を言うぞ。肉は何が好みだ？」

レインが通訳《つうやく》した。

「肉よりも魚がいいそうです」

「魚？」

ダッカは首をかしげた。フィリム人はほとんど魚を食べない。エンデシムとの交易路《こうえきろ》はふさがっているので、エンデシム産の干《ほ》し魚《うお》も手に入らない。だが、ダッカは胸《むね》をたたいて重々しく言った。

「何とかしよう。フィリムにいる間は、魚を用意させる」

フィリムの王都ラクサには外交や商売の用で、エンデシム人も住んでいる。川で釣《つ》りを楽しむ者もいるらしい。魚は彼《かれ》らを通じて手に入れればいい。

解呪梟《かいじゅふくろう》はうれしそうにのどを鳴らした。

〈ならば、しばらくいてやってもよい。呪《のろ》いを受けた者がいれば治してやるぞ〉

「ありがたい」

ダッカは通訳《つうやく》するレインを見て、わざとらしくせきばらいした。

「まあ、なんだ、その能力《のうりょく》が役に立つことはたしかだな。助かった」

レインが目を丸くして父を見る。

「だが、飛空騎士《きし》の本分《ほんぶん》を忘《わす》れるなよ。それから、解呪梟《かいじゅふくろう》の世話は任《まか》せる」

ダッカは早口で言って、きびすを返した。見守っていたヒューガが敬礼《けいれい》する。

「見習いたちの話は、おれが聞いておきます」

「頼《たの》む」

ダッカは短く応《おう》じた。堂々《どうどう》とした足どりで歩み去る。

ヒューガが見習い騎士《きし》たちに笑顔《えがお》を向けた。

「よくやったぞ、おまえたち。あとのことはおれたちに任《まか》せて、ゆっくり休め」

「休んでいられる状況《じょうきょう》じゃないだろ。おれも戦うぞ。戦わせてくれ」

勢《いきお》いこむファストラを、ヒューガはなだめた。

「気持ちはわかるが、おまえはまだ見習いだ。団長《だんちょう》には伝えておくから、訓練をつづけて出番を待て」

「絶対《ぜったい》だぞ」

ファストラがつめ寄《よ》る。ヒューガは苦笑いを浮《う》かべたあと、ふと気づいて言った。

「おまえ、また背《せ》が伸《の》びたな」

「そうか？　でもまだ兄貴《あにき》とは差があるからなあ」

ファストラはヒューガに並《なら》んで背伸《せの》びした。それでようやく同じくらいである。ヒューガは飛空騎士《きし》のなかで一番背《せ》が高い。しかも筋肉質《きんにくしつ》の身体《からだ》だから、体重も一番だろう。それを支《ささ》える飛空馬《ひくうば》も、堂々《どうどう》たる体格《たいかく》の持ち主だ。

血はつながっていなくても仲のよい兄弟の様子に、レインとシューデリンは思わず笑《え》みを浮《う》かべた。

ヒューガが指示《しじ》する。

「訓練は明後日《あさって》から再開《さいかい》だ。おれたちはまた前線に出るから、基本《きほん》訓練の他は自分たちで考えてやってくれ。王都をはなれるのは禁止《きんし》だ。リディンの息子《むすこ》たちについては、また後日。大きな話だから、戦《いくさ》が一段落《だんらく》してからになるだろう」

では、と行こうとするヒューガを、レインが引きとめた。

「お願いします。シルカと飛空騎士《きし》たちを帝国《ていこく》との戦いに使ってください。あの人たちの力は一万の兵にも勝《まさ》ります」

ヒューガは足をとめて、顔をしかめた。

「それは難《むずか》しいと思うぞ。団長《だんちょう》の性格《せいかく》はレインが一番よく知っているだろう。よほど状況《じょうきょう》が悪くなれば……いや、危機《きき》になったらよけいに頼《たよ》ろうとはしなくなるかもな。実績《じっせき》をあげて力を認《みと》めてもらうしかないか」

「でも、戦《いくさ》に出なければ、実力をしめすこともできません」

「そりゃそうだな」

ヒューガは頭をかいた。

「だが、勝手に戦うわけにもいくまい。遊撃《ゆうげき》部隊を使うような作戦があればいいんだがなあ。おれも考えておくし、団長《だんちょう》には言ってみるよ。あと、いちおう国王陛下《へいか》にも報告《ほうこく》しておかないとな」

「頼《たの》むぜ。シルカの能力《のうりょく》は本当に役立つ。とくに『鳥の目』っていうのがすごいんだ」

ファストラが早口で説明すると、ヒューガはおどろきつつも納得《なっとく》した。

「たしかにその能力《のうりょく》は使えるな。それに、ファスが人を褒《ほ》めるのは珍《めずら》しいから、その点は強調しておく」

「何だそれ」

ふくれっ面《つら》をするファストラの肩《かた》をたたいて、ヒューガは去っていった。

4 ❖ 謁見《えっけん》

シルカは、ふてくされたような足どりで、王宮の門をくぐった。フィリム王フラーヴァンに呼《よ》ばれて、謁見《えっけん》に来たのである。

　フィリムの王宮は、王都ラクサで唯一《ゆいいつ》の三階建ての建築物《けんちくぶつ》である。門を抜《ぬ》けた先は将兵《しょうへい》を集めるための広い中庭になっていて、正面の建物には演説《えんぜつ》用の露台《ろだい》がある。左右の建物は役人が仕事をする官庁《かんちょう》で、これは二階建てだ。右の建物には、シューデリンの父が勤《つと》める藍玉《キーラ》の工房《こうぼう》も入っている。いずれの建物も白い石造《いしづく》りで丈夫《じょうぶ》そうだが、飾《かざ》りは少なく、無骨《ぶこつ》なつくりである。

「思った以上に小さいな」

　シルカは正直な感想をつぶやいた。エンデシムの王宮はここの十倍以上の敷地《しきち》があり、建物の数も壮麗《そうれい》さも比《くら》べものにならない。シルカはエンデシムの王都を訪《おとず》れたことはないが、「鳥の目」で見ているので、よく知っている。

　国王の招《まね》きを受けたとき、最初、シルカは首を横に振《ふ》った。

「断《ことわ》る。私《わたし》は王とか大臣とかいうやつらが嫌《きら》いなのだ」

「会ったこともないくせに？」

　突《つ》っこんだのはシューデリンである。「巨人《きょじん》の椅子《いす》」の飛空騎士《きし》たちに、食料を届《とど》けに来たところだったった。

「フィリムのものしかないけど、口に合うかな」

シューデリンが両手にさげているかごには、ライ麦パン、チーズ、ヨーグルト、ソーセージなどが詰《つ》まっている。

「飲み物は、あとでファスが牛乳《ぎゅうにゅう》を持ってくるから。料理をするなら、外の炊事場《すいじば》でね。水はためてあるのを使ってもいいし、近くの川でくんでもいい。川にはあとで案内するよ」

手際《てぎわ》よく食料を出しながら、シューデリンが説明する。シルカが皮肉っぽく言う。

「帰ってそうそう、熱心に働いているな」

「戦う以外のことはたいてい得意《とくい》だからね」

シューデリンは笑って、シルカの隣《となり》に目を移《うつ》した。

「それより、使者の人が困《こま》ってるけど」

「……仕方ない。行こう」

シルカはいやいやながら承知《しょうち》した。そして、案内の役人に連れられて、王宮に入ったのである。

正面の建物が宮殿《きゅうでん》で、一階に謁見《えっけん》の間《ま》がある。待たされることもなく、シルカは通された。謁見《えっけん》の間《ま》は三方に壁《かべ》がなく、柱に囲《かこ》まれた空間であった。陽光に照らされて明るく、風が通って心地《ここち》よい。冬は寒そうだな、と思ったが、寒くなれば別の場所を使うのだろう。

国王フラーヴァンは、壁《かべ》を背《せ》にした玉座《ぎょくざ》に腰《こし》をおろしていた。外見は温厚《おんこう》そうな老婦人《ふじん》である。左右にはおつきの女性《じょせい》の他、大臣や役人たちが並《なら》んでいる。若者《わかもの》から老人まで、様々な年齢《ねんれい》の者がいた。

シルカは右手を胸《むね》にあてて頭を下げた。フィリム風の簡単《かんたん》な礼だ。かすかにざわめきが起こったのは、王に対する礼としては敬意《けいい》に欠けるからだろう。本来は両ひざをつくべきなのだが、臣下でないシルカは、そこまでする必要を感じなかった。そもそも、フィリム語の敬《けい》語《ご》を使うのもはじめてで、宮廷《きゅうてい》の礼儀《れいぎ》にもくわしくない。

「あなたが、リディンとエジカの息子《むすこ》シルカですね」

シルカはおどろいて顔をあげた。

「さようです」

国王はやわらかな笑《え》みを浮《う》かべていた。

「まず、騎士団長《きしだんちょう》を救《すく》ってくれたこと、礼を言います」

「それは三人の見習い騎士《きし》の手柄《てがら》でしょう」

シルカが言うと、国王はうなずいた。

「彼《かれ》らにも褒美《ほうび》を与《あた》えます」

そしてあらためて、「リディンとエジカの息子《むすこ》シルカ」と呼《よ》びかける。

「ご両親は我《わ》が国にとっても大切な人でした。あなたが来てくれたことをうれしく思います。こういう状況《じょうきょう》でなければ、お二人の思い出話などしたいところだけど、そうもいかないでしょう。聞けば、あなたは戦《いくさ》に役立つ能力《のうりょく》をもっているとか。ダッカにも考えがあるでしょうが、ぜひその力をフィリムのために用いてください」

「国王陛下《へいか》に頼《たの》まれたら、嫌《いや》とは言いにくいですね」

シルカは、国王が自分からエジカの名前を出したことを喜《よろこ》んでいた。さすが一国の主《あるじ》、騎《き》士団長《しだんちょう》とは器《うつわ》が違《ちが》う、と思ったが、表情《ひょうじょう》には出さない。エジカの息子《むすこ》と呼《よ》ばれて喜《よろこ》ぶ姿《すがた》は、人に見せたくないのだ。

もともと、国王に頼《たの》まれなくても、シルカは戦うつもりだった。フィリムを救《すく》うために、大地溝《だいちこう》を越《こ》えてきたのである。

「現在《げんざい》の戦況《せんきょう》はよくありませんが、私《わたし》が指揮《しき》すれば勝てるでしょう」

シルカは大軍を指揮《しき》したことなどない。だが、自信はあった。勝って自分の力を証明《しょうめい》したい。それ以外にも戦う理由はあるのだが、シルカは脳裏《のうり》に浮《う》かぶいくつかの顔を振《ふ》りはらっている。自分の気持ちを深く分析《ぶんせき》したくはない。

国王はシルカの目を見て告《つ》げた。

「頼《たの》もしいこと。でも、戦《いくさ》の指揮《しき》をとるのは騎士団長《きしだんちょう》の仕事です。ダッカの指示《しじ》にしたがって動いてください」

「はっ、ではそのようにしますが……」

シルカの不満を読みとって、フラーヴァンは微笑《びしょう》した。

「ダッカはあなたが考えているほど、頭の固い人ではありませんよ。私《わたし》からもよく言っておきます」

「感謝《かんしゃ》します」

シルカはそれ以上、主張《しゅちょう》しなかった。

フラーヴァンは解呪《かいじゅ》のお礼《れい》にと、多額《たがく》のお金をシルカに贈《おく》った。シルカと「巨人《きょじん》の椅子《いす》」の飛空騎士《きし》たちが、三か月は楽に暮《く》らせるほどだ。ラクサに滞在《たいざい》中の衣食住の心配もいらないという。

国王は最後に言った。

「誰《だれ》でも飛空騎士《きし》になれるという話は、戦《いくさ》が終わってからにさせてください。それまで、あまり触《ふ》れまわらないでもらえるとありがたいのだけど……」

「心得《こころえ》ております」

飛空騎士《きし》はフィリム軍の中心というだけでなく、フィリムを象徴《しょうちょう》する存在《そんざい》でもある。「巨《きょ》人《じん》の椅子《いす》」の飛空騎士《きし》が投げかける問題はきわめて大きい。先送りするのはやむを得《え》ないだろう。

二日後、シルカは出陣《しゅつじん》前のダッカに会った。国王が仲介《ちゅうかい》してくれたおかげである。しかし、両者の対面は友好的な雰囲気《ふんいき》ではなかった。

「エンデシムに援軍《えんぐん》には行ってはならぬ、おぬしはそう言いたいのだな」

「ええ、先ほどからそう申しあげています。ごく普通《ふつう》の理解《りかい》力をもっていれば、わざわざ確《かく》認《にん》することもないでしょう」

嫌味《いやみ》を言うシルカを、ダッカはにらんだ。にらむだけですませた。気の短い男なら、どなりつけていただろう。

「帝国軍《ていこくぐん》は、飛空騎士《きし》の部隊が北関《ほくかん》をはなれるのを待っています。援軍《えんぐん》に行けば、北関《ほくかん》は総《そう》攻撃《こうげき》を受けて突破《とっぱ》されるでしょう。その先は言うまでもありません」

フィリムとエンデシムの間には巨大《きょだい》なみぞ、大地溝《だいちこう》が横たわっている。大地溝《だいちこう》がせまくなっている東側に、両国は唯一《ゆいいつ》の関所として砦《とりで》を築《きず》いていた。フィリム側が北関《ほくかん》、エンデシム側が南関《なんかん》で、現在《げんざい》、南関《なんかん》は帝国《ていこく》軍が占領《せんりょう》している。

帝国《ていこく》軍は三日に一度くらい、北関《ほくかん》に近づいてくるが、本気で攻《せ》めてはこない。南関《なんかん》をおさえてフィリム軍の進路をふさぎ、エンデシムを先に攻略《こうりゃく》する作戦だと思われた。

「どうして北関《ほくかん》が攻撃《こうげき》されると思うのだ」

「見ているからです」

シルカは淡々《たんたん》と語る。

「私《わたし》は大陸の各地に放った鳥を通じて、軍の動きを見ています。帝国《ていこく》軍は新しく着いた部隊を南関《なんかん》に送ろうとしています。そこには、二頭の盾象《たてぞう》が含《ふく》まれています。これ以上、説明の必要があるでしょうか」

盾象《たてぞう》は光の盾《たて》を張《は》る魔法《まほう》動物だ。その突撃《とつげき》は、攻城《こうじょう》戦に絶大《ぜつだい》な威力《いりょく》を発揮《はっき》する。南関《なんかん》が落とされたのは、盾象《たてぞう》に対抗《たいこう》できなかったからだ。

「それが『鳥の目』か。だが、おれのもとには、そんな報告《ほうこく》は入っていない」

「密偵《みってい》からの伝書鳩《でんしょばと》は戻《もど》ってきていますか？」

ダッカは痛《いた》いところをつかれて沈黙《ちんもく》した。密偵《みってい》たちは戦争がはじまる前から情報収集《じょうほうしゅうしゅう》をおこなっているが、報告《ほうこく》がとだえている者が多い。密偵《みってい》は無事でも、伝書鳩《でんしょばと》が殺《ころ》されてしまえば、情報《じょうほう》は送れない。帝国《ていこく》の占領地域《せんりょうちいき》の情報《じょうほう》は、エンデシムを通じて得《え》ているのが現状《げんじょう》であった。

南関《なんかん》は飛空騎士《きし》が偵察《ていさつ》しているが、変わった動きはない。ただ、南関《なんかん》には大きな弩弓《どきゅう》が備《そな》えつけてあるため、飛空騎士《きし》は射程外《しゃていがい》から見るしかなく、その点に不安があった。

「たとえ多少の危険《きけん》があっても、エンデシムの危機《きき》を放置するわけにはいかない。救援《きゅうえん》の求めに応《おう》じなければ、同盟《どうめい》が崩壊《ほうかい》してしまう」

「それは否定《ひてい》できませんな。エンデシムがさっさと降伏《こうふく》して剣《けん》をこちらに向ければ、フィリムの命運も尽《つ》きる。おそれるのは理解《りかい》できます」

「ならば、よけいなことを言わないでもらおう。おぬしらが見習いたちを助けてくれたことには感謝《かんしゃ》しているし、客人としての滞在《たいざい》は許《ゆる》している。宿と食事の心配はいらぬから、好きなだけラクサにいるがよい。だが、戦《いくさ》には口を出さないでくれ。以上だ」

ダッカは席を立とうとした。シルカは平然として語りつづける。

「留守《るす》部隊の指揮《しき》を私《わたし》に任《まか》せてもらえれば、北関《ほくかん》を守ってみせますよ」

「冗談《じょうだん》だろう」

　ダッカは笑い飛ばした。

「英雄《えいゆう》リディンの子であっても、おぬしは何の実績《じっせき》もない若造《わかぞう》だ。指揮《しき》官に任命《にんめい》したところで、兵がしたがうはずもない」

　その反応《はんのう》は、シルカも予期していた。すぐにつづける。

「では、仕方ありません。北関《ほくかん》が破《やぶ》られてからの話をしましょう。敵《てき》は勢《いきお》いのまま、王都におそいかかるでしょう。私《わたし》が仲間とともにやつらの進軍を食いとめ、王都を守ります。それならいかがですか？」

　ダッカはしばらく考えていたが、やがて迷《まよ》いを振《ふ》りはらった。

「好きにするがよい」

「ならば、準備《じゅんび》の許可《きょか》を文書でください。それから、費用《ひよう》はたてかえておきますので、うまくいったら払《はら》ってください」

　ダッカは火の出るような視線《しせん》で、シルカをにらんだ。だが、怒《いか》りを口にはしなかった。

「わかった。手配を約束しよう」

「ご配慮《はいりょ》に感謝《かんしゃ》します。これで王都は救《すく》われます」

　執務《しつむ》室を出ていこうとするシルカの背中《せなか》に、ダッカは声をかけた。

「見習いたちは連れていくなよ。彼《かれ》らは我《わ》が国の宝《たから》だ。おぬしにはあずけられぬ」

シルカは振《ふ》り返って、かすかに笑《え》みを浮《う》かべた。

「承知《しょうち》しました。でも、宝《たから》も物によっては使わないとさびますよ」

返事を待たずに、シルカは部屋を出た。


シルカが連れてきた「巨人《きょじん》の椅子《いす》」の飛空騎士《きし》は十人おり、最年長のシア・テスが隊長を任《まか》されている。最年長といっても、シアは二十四歳《さい》、褐色《かっしょく》の長い髪《かみ》を後ろで束ねた女性《じょせい》だ。

シルカはシアと見習い騎士《きし》たちに、ダッカとのやりとりを説明した。

「北関《ほくかん》が落ちるのですか」

レインの顔が真《ま》っ青《さお》だ。北関《ほくかん》を奪《うば》われたら、あとは王都までさえぎるものはない。騎馬《きば》の民《たみ》であるフィリム人は、町や土地にこだわりがなく、もともと防御《ぼうぎょ》を重視《じゅうし》しない。負けるなら逃げればいいという考えなのだ。王都はさすがに市壁《しへき》で囲《かこ》まれているが、高さは人の背丈《せたけ》の倍《に》ほどで、盾象《たてぞう》と同じか低いくらいだ。総攻撃《そうこうげき》を受けたらひとたまりもなく、守って援軍《えんぐん》を待つ、という戦術《せんじゅつ》はとれないのである。

「むしろ北関《ほくかん》が落ちてからが勝負だろ。リディンがエンデシム軍を破《やぶ》ったのだって、王都の近くで戦ったんだから。野戦ならおれたちが勝つ」

ファストラの発言は、まさしくフィリム人の考え方である。関《せき》を守るより、高原で騎兵《きへい》を生かして戦うほうを好む。王都周辺には、一万近い騎兵《きへい》がいるのだから、簡単《かんたん》に負けるはずがないのだ。

「飛空騎士団《きしだん》がいなければ、どこで戦っても勝てないよ」

シルカが指摘《してき》した。ダッカは敵《てき》が攻《せ》めてきたとの報告《ほうこく》があれば、すぐに戻《もど》ってくるつもりだろう。だが、果たしてそれは間に合うのか。用意周到《しゅうとう》な敵《てき》が、飛空騎士《きし》隊をやすやすと帰らせるとは考えにくい。

「だから、私《わたし》たちで敵《てき》を食いとめて、王都を守らなければならない」

「任《まか》せとけ」

「残念だけど、ものわかりの悪い団長《だんちょう》にとめられているから、君たちは戦《いくさ》には参加させられない。準備《じゅんび》を手伝ってもらう」

「準備《じゅんび》……？」

ファストラはほおをふくらませた。

内容《ないよう》を聞いて、さらに機嫌《きげん》が悪くなる。

「工事じゃないか！」

「飛空騎士《きし》の仕事じゃない、か？」

シルカに言われて、ファストラは赤面した。戦うだけが飛空騎士《きし》ではない。準備《じゅんび》をなまけたら、勝てる戦《いくさ》も勝てなくなる。

「すみません、やります」

「力仕事は得意《とくい》だろうから、期待しているぞ」

シルカはシアに視線《しせん》を移《うつ》した。

シアはすらりとした体型《たいけい》で、背《せ》が高く見えるが、ファストラと並《なら》ぶと、そのあごあたりまでしかない。勝ち気な瞳《ひとみ》を光らせて、シアは口を開いた。

「敵《てき》はどれくらいの数と予想されるのでしょうか」

「さあ、一万くらいかな」

「それにたった十騎《き》で立ち向かうのですか」

シルカは不敵《ふてき》に笑った。

「そうだ。怖《こわ》いか？」

「いえ、望むところです」

シアは思いきりよく言った。シルカについてきた「巨人《きょじん》の椅子《いす》」の飛空騎士《きし》たちはみな、やる気満々である。大陸を守ろうとする者たちが飛空騎士《きし》となり、そのなかでも戦いたい者だけが大地溝《だいちこう》を渡《わた》ってきたのだ。士気《しき》は高い。

「ただ、私《わたし》たちは実際《じっさい》の戦《いくさ》ははじめてです。全員が指示《しじ》どおりに動けるか、少しだけ不安があります」

「別に動けなくてもいいよ」

シルカはあっさりと言った。

「今回は、敵《てき》の進軍をとめて、少しでも時を稼《かせ》げればいいんだ。北関《ほくかん》を落とした敵《てき》は、フィリム軍の混乱《こんらん》をついて一気に王都をねらってくる。だが、敵《てき》の総《そう》司令官は思慮《しりょ》深《ぶか》い男だ。あらかじめ備《そな》えがあって、飛空騎士《きし》がいることがわかれば、決して無理はしない」

ようするに、こちらが敵《てき》の動きを予想している、と敵《てき》に思わせればいいのである。敵《てき》に充《じゅう》分《ぶん》な情報《じょうほう》があれば、はったりだと気づかれるかもしれないが、そこまで責任《せきにん》はもてない。

「そもそも北関《ほくかん》が落ちるのはダッカのせいだ。私《わたし》は純粋《じゅんすい》な善意《ぜんい》から、危機《きき》を救《すく》ってやろうとしているだけだから、別に失敗してもいいんだ」

シルカは笑ったが、レインの思いつめたような表情《ひょうじょう》を見て、真顔になった。

「心配するな。たぶん、今回は失敗しない。君の父上が戻《もど》ってくる前に、王都が落ちることはないよ」

レインは青ざめた顔のままでうなずいた。

「工事なら手伝うよ」

シューデリンが明るく言った。

「あと、知り合いに声をかければ、人はもっと集められる」

シューデリンは見習い騎士《きし》のなかで、一番顔が広い。ファストラとレインは軍学校で四年学んだ後、飛空騎士《きし》の見習いとなっているので、軍の外に友達《ともだち》がいない。シューデリンは軍学校ではなく、町の私塾《しじゅく》で学んでいたため、友達《ともだち》が多いのだ。訓練をなまけて遊んでいるからでもある。

「それは助かる」

シルカがうなずくと、ファストラも対抗《たいこう》した。

「うちのじいさんも、きっと手伝ってくれるぞ。戦《いくさ》に行けなくて怒《おこ》ってたんだ。たぶん、二十人くらいはそろえられる」

シルカが形のよい眉《まゆ》をあげた。名案を思いついたのだ。

「おじいさんは飛空騎士《きし》か？」

「そうだ。元飛空騎士《きし》の友達《ともだち》も二、三人はいると思う」

「ならば、飛んでもらおう。飛空馬《ひくうば》はおまえたちのを借りればいい」

ああ、と気軽に返事をしたあとで、ファストラは眉《まゆ》をひそめた。

「ちょっと待って。おれたちは参加できなくて、じいさんはいいのか。不公平じゃないのか」

シルカは苦笑《くしょう》する。

「文句《もんく》があるなら団長《だんちょう》に言ってくれ」

シルカは若者《わかもの》と老人の混成《こんせい》部隊をひきいて動きだした。当然ながら、材料を集めるときも、王都を出るときも、作業をするときも、その行動は怪《あや》しまれた。が、そのたびに、ダッカにもらった文書が役に立った。団長《だんちょう》の指示《しじ》で戦《いくさ》に備《そな》えているのだから問題はない。

こうして、シルカは五日間で準備《じゅんび》をほぼととのえたのである。

5 ❖ エンデシム王と宰相《さいしょう》

エンデシムの王都チェイは、大河《たいが》モルグの中流域《いき》に位置する。二重の城壁《じょうへき》と濠《ほり》に囲《かこ》まれ、城壁《じょうへき》内だけで人口十万人を数える大きな街だ。その中央に、王が住むきらびやかな宮殿《きゅうでん》があった。

宮殿《きゅうでん》の主《あるじ》は、この年二十歳《はたち》のサトである。線の細い、気の弱そうな青年だ。

サトは不安そうな面持《おもも》ちで、信頼《しんらい》する宰相《さいしょう》にたずねた。

「戦《いくさ》の状況《じょうきょう》が悪いといううわさを聞いた。この都まで、敵《てき》が攻《せ》めてくるのか？」

宰相《さいしょう》をつとめるリュウ・ゼンは四十七歳《さい》、黒々としたあごひげを長く伸《の》ばしている。

「ご心配にはおよびませぬ」

リュウは国王の三倍は威厳《いげん》のある態度《たいど》で答えた。

「いくつも手を打っておりますゆえ、都や陛下《へいか》は安全です」

「そうか」

若《わか》い国王はほっと息をついた。具体的な内容《ないよう》はたずねない。政治《せいじ》や軍事に興味《きょうみ》はないのだ。だからといって、度を越《こ》したぜいたくをすることも、女遊びにうつつを抜《ぬ》かすこともない。

サトが好きなのは書物であった。宮殿《きゅうでん》には大きな図書館があって、国内はもちろん、ギルス帝国《ていこく》などの外国も含《ふく》めて、様々な書物が集められている。翻訳《ほんやく》や筆写をする役人は百人を超《こ》えており、夜中も明かりが絶《た》えない。サトは自分では読まず、家臣に朗読《ろうどく》させる。朗読《ろうどく》役には声のよい男女が選ばれるのだが、あまりの激務《げきむ》のため、半年もたたずに声がつぶれてしまうという。

「異国《いこく》の書物はいつになったら手に入るか」

「港町カルセイが帝国《ていこく》に奪《うば》われたため、交易《こうえき》がとまっております。この戦争が終わるまで、異国《いこく》の書物を手に入れるのは難《むずか》しいでしょう」

宰相《さいしょう》の回答に、サトは眉《まゆ》をひそめた。サトは旅の記録や歴史《れきし》物語が好きなのだが、とくに見知らぬ国の話を好んでいる。それらが手に入らないのはつらい。

「翻訳《ほんやく》待ちの書物も、半年もすればなくなるだろう。早く戦《いくさ》を終わらせてくれ」

「心得《こころえ》ました」

宰相《さいしょう》リュウ・ゼンは両手をあわせて頭を下げた。国王に対するエンデシムの礼である。

エンデシムの実権《じっけん》は七年前からリュウがにぎっている。

八年前、独立暦《どくりつれき》一二五年、エンデシムでは「白頭《はくとう》の乱《らん》」と呼《よ》ばれる大規模《だいきぼ》な反乱《はんらん》が起こった。乱《らん》の中心になったのはタスクル教団《きょうだん》と商人組合で、反乱《はんらん》軍が目印として白い布《ぬの》を頭に巻《ま》いていたので、その名がついた。タスクル教はエンデシムの国教で、闇《やみ》と戦う光の神を信仰《しんこう》している。

当時のエンデシムでは、タスクル教団《きょうだん》が多くの農地を持っており、小作人を使って耕《たがや》していた。また、商人たちが組合をつくって値段《ねだん》をつりあげ、多大な利益《りえき》を得《え》ていた。そのため、農民の生活が苦しく、国の財政状態《ざいせいじょうたい》も悪かった。そこで、国王ジルと宰相《さいしょう》リュウが二人《ににん》三脚《さんきゃく》で改革《かいかく》に乗り出した。教団《きょうだん》の土地所有を制限《せいげん》し、小作人を解放《かいほう》して農地を与《あた》え、また商人組合から税《ぜい》をとるものだ。

教団《きょうだん》と組合は当然ながら反発した。その結果が、白頭《はくとう》の乱《らん》である。

国王と宰相《さいしょう》は当初、反乱《はんらん》を過小評価《かしょうひょうか》していた。自分たちは正しい改革《かいかく》をおこなっているのだから、反乱《はんらん》は必ず抑《おさ》えられると信じていた。

ところが、信仰《しんこう》と金銭《きんせん》の力は強大だった。反乱《はんらん》は一年以上つづき、全土に広がって、国王軍は苦戦する。国王ジルはみずから軍をひきいて決戦にのぞんだが、味方の裏切《うらぎ》りのせいで敗れ、捕《と》らえられてしまった。

反乱者《はんらんしゃ》たちは国を滅《ほろ》ぼそうとしていたわけではない。改革《かいかく》をやめさせるのが目的だったため、国王を人質《ひとじち》にして交渉《こうしょう》をおこなった。

ここで、宰相《さいしょう》リュウは誰《だれ》も予想しない行動に出る。交渉《こうしょう》に現《あらわ》れた教団《きょうだん》と商人組合の指導者《しどうしゃ》を捕《と》らえて処刑《しょけい》したのだ。

もちろん、反乱者《はんらんしゃ》たちは怒《いか》り狂《くる》って国王を殺《ころ》した。

宰相《さいしょう》リュウは、主君であり、盟友《めいゆう》である国王ジルの死に、まったく動じる様子を見せなかった。

「正義《せいぎ》のため、国のための行動である。王は必ずわかってくださる」

そう言って、フィリムからの援軍《えんぐん》を呼《よ》んで逆襲《ぎゃくしゅう》に転じたのだ。後継者《こうけいしゃ》には第一王子が立てられるはずだったが、国王の死に衝撃《しょうげき》を受けて倒《たお》れ、やがて亡《な》くなった。第二王子は国王が捕《と》らえられた戦いに参加しており、帰ってこなかった。裏切《うらぎ》り者《もの》に殺《ころ》されたのだという。そのため、リュウは、王の甥《おい》であるサトを即位《そくい》させて、ひきつづき宰相《さいしょう》の地位を保《たも》った。

一方、指導者《しどうしゃ》を失った反乱《はんらん》軍は分裂《ぶんれつ》し、弱体化した。フィリムの飛空騎士《きし》団《だん》の活躍《かつやく》もあって、反乱《はんらん》はまもなく鎮圧《ちんあつ》された。これによって、タスクル教団《きょうだん》と商人組合の力は大きくそがれ、宰相《さいしょう》の改革《かいかく》は成功した。

国の財政《ざいせい》を立て直し、農民の支持《しじ》を得《え》た宰相《さいしょう》は以後、独裁《どくさい》をつづけている。

「エンデシム王は、常《つね》に農民たちとともにある」

宰相《さいしょう》はそう宣言《せんげん》し、実際《じっさい》に弱い立場の農民を助けてきた。権力《けんりょく》を我《わ》がものとしながらも、わいろをとったり、自分の利益《りえき》を追求したりすることはなかった。

そのため、国内の政治《せいじ》は比較的《ひかくてき》安定していたのだが、帝国《ていこく》の突然《とつぜん》の侵攻《しんこう》に対しては、有効《ゆうこう》な策《さく》を打てていない。各地の軍を前線に送って守りをかためるだけでは、盾象《たてぞう》を前面に出した帝国軍《ていこくぐん》の攻撃《こうげき》に対抗《たいこう》できないのだ。

一方、国に見捨《みす》てられた弱き者もいる。

王都チェイの城外にある集落の孤児《こじ》たちがそうだった。シルカの友人であり協力者であるネクは、そういう集落をときおり訪ねている。

ネクはシルカと同い年で、黒髪《くろかみ》と濃《こ》い茶色の瞳《ひとみ》をもつ青年だ。快活《かいかつ》な笑顔《えがお》で孤児《こじ》たちに呼《よ》びかける。

「おーい、食料を持ってきたぞ」

たちまち十数人の子どもたちがネクを取り囲《かこ》んだ。十歳《さい》に満たない、愛くるしい子どもたちだが、みなやせていて、つぎはぎだらけの服から骨《ほね》の浮《う》いた手足がのぞいている。

ネクは荷車に乗せていた小麦の袋《ふくろ》を小屋に運んだ。干《ほ》した魚や塩も持ってきている。

「いつもありがとう。本当に助かる」

中年の女性《じょせい》が迎《むか》えた。孤児《こじ》たちを育てているタキ・ソムである。よく日にやけた、いかにも働き者といった雰囲気《ふんいき》の女性《じょせい》だが、足どりは重かった。

「疲《つか》れているようですね。あまり無理をするな、というのは無理でしょうが」

「ええ、この状況《じょうきょう》だからね。寄付《きふ》してくれる人は減《へ》る一方だし、教団《きょうだん》も助けてくれない。自分たちで何とかするしかないの」

タキは寂《さび》しげに笑った。

「でも、子どもたちは元気だから、きっと何とかなる。そうそう、飛空騎士《きし》になりたいという子がいるんだけど、どうかな」

タキに呼《よ》ばれて、小柄《こがら》な子が駆《か》けてきた。目つきがするどく、いかにもすばやそうである。

「いくつだ?」

ネクに問われて、小柄《こがら》な子は挑《いど》むように答えた。

「十二」

ネクが苦笑《くしょう》する。

「嘘《うそ》だな。二年したら、また考えよう」

「二年も待てない。すぐに戦いたい。タキと仲間を守るんだ」

子どもは高い声で言った。ネクはひざを曲げて子どもに視線《しせん》を合わせた。

「その気持ちは立派《りっぱ》だ。でも、飛空騎士《きし》の修業《しゅぎょう》は厳《きび》しい。もう少し大きくならないと耐《た》えられないだろう。ふさわしい年齢《ねんれい》になってから、修業《しゅぎょう》をはじめよう」

少年がうなずくと、ネクはタキに目を移《うつ》した。

「飛空騎士《きし》の修業《しゅぎょう》はともかく、ここにいるみんなで、『巨人《きょじん》の椅子《いす》』に避難《ひなん》したほうがいいかもしれません。もし戦場になったら、畑はつぶされ、川で魚をとることもできなくなります。城内に入っても飢《う》えるのは同じです。国が助けてくれるとは思えない」

タキは腕組《うでぐ》みして、しばらく考えた。口のなかで何かつぶやいてから、ネクに目を向ける。

「……そうね。希望する子は連れていってもらえるとありがたい」

「あなたは?」

「私《わたし》は残る。孤児《こじ》はこれからも増《ふ》えるから、ぎりぎりまで受け入れたいの。それに、迎《むか》えが来ることを信じている子もいるから、ここをはなれられない」

ネクは周囲《しゅうい》を見まわした。

粗末《そまつ》な小屋の裏《うら》には畑があり、鶏《にわとり》や山羊《やぎ》も飼《か》っている。おとなはタキの他に二人、若《わか》い男女がいる。子どもたちを助けたいというタキの思いに共感して、協力しているのだ。

「説得《せっとく》しても無駄《むだ》ですか」

ネクがため息をつくと、タキはふわりと微笑《ほほえ》んだ。

その表情《ひょうじょう》を見て、ネクははっとした。頭のなかに一人の少年の顔が浮《う》かんだ。

「そういえば、タキはフィリムにいたことがあると、うわさで聞いたのですが……」

「ええ。それが何か？」

タキは笑《え》みをおさめた。少し警戒《けいかい》するような目で、ネクを見あげる。

「もしかして……」

たずねようとして、ネクはためらった。視線《しせん》でうながされて、口を開く。

「子どもがいました？」

タキは軽くうなずいた。

「別に隠《かく》していたわけじゃないけどね。わざわざ持ちだすということは、あの子に会ったの？」

「たぶん。ファストラという飛空騎士《きし》ですが、違《ちが》いますか？」

タキは目を伏《ふ》せた。

「違《ちが》わない」

タキとファストラはよく似《に》ていた。とくにぱっちりした目と丸みをおびた鼻がそっくりである。

「くわしくは聞いていませんが、彼《かれ》は事情《じじょう》を知っているようでしたよ。エンデシムまで名がとどろくような、立派《りっぱ》な飛空騎士《きし》になりたいと言っていました。あなたに知ってほしいからでしょう」

「そう。……喜《よろこ》ぶべきなのかな」

タキは目をこすった。

「戦《いくさ》が終われば、会えると思います。おれが仲介《ちゅうかい》しますよ」

子どもたちが集まってきた。何を誤解《ごかい》したのか、ネクに向かってこぶしを振《ふ》りあげて、口々に言いつのる。

「タキを泣かすな！」

「ここから出ていけ！」

ネクは両手を振《ふ》りつつ後ろに下がる。

「いやいや、違《ちが》うって」

タキが涙《なみだ》をふいて笑う。

「私《わたし》の子どもはこの子たちだから。ファストラは元気にやっていてくれれば、それでいい」

「元気はありあまっているようでしたよ」

ネクはファストラの言動を思い出して苦笑《くしょう》した。

そして真顔に戻《もど》って言う。

「では、この件《けん》は終わりにしましょう。避難《ひなん》する子たちは準備《じゅんび》をしておいてください。おればしばらく忙《いそが》しいので、別の者を迎《むか》えに来させます。三日後でいいですか」

「ええ、お願いします」

荷車をひいて帰りながら、ネクは一度、振《ふ》り返った。子どもたちに囲《かこ》まれて、タキが笑っていた。

6 ❖ 北関《ほっかん》の攻防《こうぼう》

ネイ・キール大陸に上陸したギルス帝国軍《ていこく》は、すでに二万を超《こ》えていた。三万を予定して計画が立てられており、補給《ほきゅう》や輸送《ゆそう》といった戦争を支《ささ》える各部門も問題なく機能《きのう》している。

これは総《そう》司令官をつとめるパレオロールの手腕《しゅわん》であった。

パレオロールは二十九歳《さい》で、黒髪《くろかみ》を長く伸《の》ばした細身の青年だ。すっきりした顔立ちのために実年齢《ねんれい》より若《わか》く見られるが、黒い瞳《ひとみ》から放たれる視線《しせん》は冷たくするどく、受ける者を時にふるえあがらせる。総《そう》司令官に任命《にんめい》されたのは、皇帝《こうてい》にかわいがられているからだけでない。実力あっての起用だ。

パレオロールはエンデシムの生まれである。二十七年前、帝国《ていこく》がネイ・キール大陸に侵攻《しんこう》したときに、「戦利品」として連れ帰られ、皇帝直属《こうていちょくぞく》の宮廷奴隷《クリレレ》とされた。宮廷奴隷《クリレレ》は国外の出身で、幼《おさな》い頃《ころ》から皇帝《こうてい》に仕え、文武《ぶんぶ》の教育を与《あた》えられた奴隷《どれい》だ。皇帝《こうてい》に対する絶対《ぜったい》的な忠誠心《ちゅうせいしん》を植えつけられており、有能《ゆうのう》な宮廷奴隷《クリレレ》は皇帝《こうてい》の右腕《みぎうで》として、政治《せいじ》や軍事に活躍《かつやく》する。パレオロールもその一人だ。

ネイ・キール大陸の征服《せいふく》をなしとげれば、帝国宰相《ていこくさいしょう》か、あるいは新領土《りょうど》の総督《そうとく》か、いずれにしても、皇帝《こうてい》の臣として最高の名誉《めいよ》と権力《けんりょく》が得《え》られるだろう。だが、パレオロールはどちらの地位にもさして興味《きょうみ》がなかった。財産《ざいさん》も権力《けんりょく》もいらない。皇帝《こうてい》の側近《そば》くに仕えることだけが望みである。ネイ・キール大陸の総督《そうとく》など、彼《かれ》にとってはまったく魅力《みりょく》的ではない。

パレオロールは港町カルセイにおいていた本営《ほんえい》を、南関《なんかん》に移動《いどう》させていた。街にいると、軍を監視《かんし》する軍監《ぐんかん》という役人が何かとうるさいのだ。前線にいれば、軍監《ぐんかん》はたまに顔を出して嫌味《いやみ》を言うだけで、すぐに街に帰る。

「盾象《たてぞう》の準備《じゅんび》がととのいました。北関《ほくかん》への進撃《しんげき》の許可《きょか》を願います」

将軍《しょうぐん》ストラグルが報告《ほうこく》してきた。

ストラグルは五十歳《さい》を超《こ》える叩《たた》きあげの将軍《しょうぐん》で、弓の名手として、また攻城《こうじょう》戦が得意《とくい》な指《し》揮《き》官として知られている。大柄《おおがら》で腕《うで》や脚《あし》が太く、頭には髪《かみ》が一本もない。本人によれば、かぶとをかぶるときにじゃまだから、そっているのだという。

若《わか》い総《そう》司令官をばかにする様子だったストラグルだが、パレオロールの作戦や指示《しじ》が的確《てきかく》なので、最近は態度《たいど》を変えている。この報告《ほうこく》も礼儀《れいぎ》正しかった。

「許可《きょか》する。すみやかに北関《ほくかん》を落としてくれ」

「お任《まか》せください。飛空騎士《きし》どもが戻《もど》ってくる前に、北関《ほくかん》はもちろん、ラクサまで落としてしまいましょう」

ストラグルはもともと赤ら顔だが、興奮《こうふん》して頭のてっぺんまで赤くしていた。大きな獲物《えもの》を前にして、気持ちがはやっているのだ。敵《てき》を前にすれば落ちつく男だからここまで出世してきたのだが、パレオロールは多少の危《あや》うさを感じた。

「敵《てき》をあなどってはならぬ。楽に勝っている間はよいが、抵抗《ていこう》がはげしくなったり、局地戦で負けたりしたら、進撃《しんげき》をとめて指示《しじ》を待て」

ストラグルはわずかに眉《まゆ》を曲げた。不満を顔に出したことに、本人は気づかなかったかもしれない。

「かしこまりました」

ストラグルを見送ったパレオロールは、副官を振《ふ》り返った。

「エンデシムのほうはそなたに任《まか》せる。作戦どおりに進めてくれ。うまくいくようなら、行けるところまで行ってかまわないが、もし例の宰相《さいしょう》がこちらの想定と違《ちが》う動きをしたら、戻《もど》って指示《しじ》をあおぐこと。ただし、即時《そくじ》の対応《たいおう》が必要であると判断《はんだん》するなら、そのかぎりではない」

副官はパレオロールと同じ宮廷奴隷《クリレレ》で、名をコヌールという。パレオロールより五つ若《わか》い。長い黒髪《くろかみ》とするどい目が、パレオロールによく似《に》ていた。血縁《けつえん》関係があるわけではない。出世する宮廷奴隷《クリレレ》には、実力以外にも共通点がある。

命令を受けたコヌールは少しおどろいたように、上官を見やった。

「二、三、質問《しつもん》してもよろしいでしょうか」

「かまわない」

パレオロールは表情《ひょうじょう》を変えずに応《おう》じた。質問《しつもん》の見当はついている。

「今さらですが、あえて二正面《にしょうめん》作戦をおこなわずとも、このまま戦いを進めれば勝てるのではありませんか」

二正面《にしょうめん》作戦とは、同時に、異《こと》なる場所で複数《ふくすう》の敵《てき》と戦う状態《じょうたい》のことだ。戦力を分けなければならないため、通常《つうじょう》は避《さ》けられる。そういう状況《じょうきょう》になれば、たいていは負けるものだ。

「我《わ》が軍だけを見ていれば、たしかに二正面《にしょうめん》作戦かもしれない。だが、敵《てき》の最強部隊である飛空騎士《きし》隊をいかに無力化するか。それがこの遠征《えんせい》の成否《せいひ》をにぎっている。兵を分けてでも、飛空騎士《きし》隊のいないところで戦うべきなのだ」

飛空騎士《きし》隊は野戦において最大の力を発揮《はっき》する。砦《とりで》を守る戦いでも使える。しかし、砦《とりで》を攻《せ》める戦いでは役に立たない。弩弓《どきゅう》を配備《はいび》すれば、近づくことすらできないからだ。

「北関《ほくかん》を落としてしまえば、飛空騎士《きし》はもはや身動きがとれなくなる。そうしておいて、あとはエンデシムからゆっくり料理、といきたいところだが、ここは敵地《てきち》だ。補給《ほきゅう》や士気《しき》を考えると、長くとどまりたくはない。なるべく早く、少ない犠牲《ぎせい》で片《かた》づける」

「飛空騎士《きし》はそれほどおそろしいものでしょうか」

「ああ、おそろしい」

パレオロールはきっぱりと言った。

「機動力と攻撃力《こうげき》は並《なら》ぶものがない。調べはついていたが、予想以上だった。野戦ではもっと強いだろう。できることなら、戦いたくないな」

「わかりました。別の質問《しつもん》ですが……」

コヌールは唇《くちびる》をしめらせてからたずねた。

「エンデシム側を私《わたし》に任《まか》せるのはどうしてですか。作戦がうまくいけば、巨大《きょだい》な功績《こうせき》になります。ご自身で実行されるべきではありませんか」

パレオロールはじっと副官を見つめた。コヌールは才能《さいのう》ある男だが、それにふさわしい野心も抱《いだ》いている。パレオロールの地位、そしてさらに上の宰相《さいしょう》や総督《そうとく》の地位をねらっているのだ。ただ、その野心を隠《かく》せず、つまらない質問《しつもん》をしてしまうのは若《わか》さであろう。

「エンデシム領《りょう》深くに進めば、フィリム側からの報告《ほうこく》が届《とど》くのに時間がかかる。不測《ふそく》の事態《じたい》が生じたときのために、私《わたし》は双方《そうほう》の前線から遠くない場所にとどまるつもりだ。手柄《てがら》は前線の指揮《しき》官が立てればよい」

「理想の上官ですね」

パレオロールは反応《はんのう》する必要を認《みと》めなかった。コヌールが気まずそうに視線《しせん》をそらす。

「質問《しつもん》は終わりか」

「はい。ありがとうございます」

「では、作戦にかかれ」

コヌールが出ていくと、パレオロールは小さくため息をついた。軍監《ぐんかん》の対応《たいおう》も、部下のあつかいも、面倒《めんどう》なことこのうえない。皇帝《こうてい》の側《そば》に仕え、皇帝《こうてい》だけを見ていた日々に戻《もど》りたい。宮廷《きゅうてい》にいる仲間たちは彼《かれ》の出世をうらやむが、できることなら代わりたいとさえ思うパレオロールであった。

大地溝《だいちこう》は砂煙《すなけむり》につつまれていた。帝国《ていこく》軍が北関《ほくかん》に向けて駆《か》けている。大地溝《だいちこう》は北側が高く、南側が低いので、北関《ほくかん》へ向かうには斜面《しゃめん》をあがっていくことになる。この地形も北関《ほくかん》が守りやすい理由のひとつだ。しかし、帝国軍《ていこくぐん》は勇敢《ゆうかん》にも攻《せ》めかかってきた。最初は規模《きぼ》が小さく、いつもの様子見の攻撃《こうげき》だと思われていたが、次々と増援《ぞうえん》が繰《く》り出される。そして、三頭の獣《けもの》が最前線に出てきた。

大きな耳に長い鼻、するどい二本の牙《きば》に分厚《ぶあつ》い灰色《はいいろ》の皮膚《ひふ》。盾象《たてぞう》である。象使《ぞうつか》いが鞭《むち》を入れると、盾象《たてぞう》は大きく吠《ほ》えた。

光の盾《たて》を前方に張《は》り、地響《じひび》きを立てて突進《とっしん》する。その迫力《はくりょく》に、フィリムの守備《しゅび》兵はたじろいだ。南関《なんかん》は一頭の盾象《たてぞう》に落とされた。今回は三頭もいる。

「いかに盾象《たてぞう》が強力でも、この大門は簡単《かんたん》には破《やぶ》れん。落ちついて迎撃《げいげき》せよ。弩《いしゆみ》を集中させるのだ」

北関《ほくかん》の守備《しゅび》隊長ガラーガが部下たちに指示《しじ》した。ガラーガは歴戦《れきせん》の勇士《ゆうし》で、北関《ほくかん》を守って十年になる。髪《かみ》もひげも白いものが混《ま》じり、顔には深いしわがきざまれているが、声の張《は》りは失われていない。

ガラーガがひきいる守備《しゅび》隊は、北関《ほくかん》の城門や城壁《じょうへき》の上に陣取《じんど》っていた。盾象《たてぞう》の二倍くらいの高さがあって、敵《てき》を見下ろせる。

北関《ほっかん》はいわば崖《がけ》そのものである。崖《がけ》をくりぬいて城門をつくり、崖《がけ》をおおうように石を積んで城壁《じょうへき》を築《きず》いている。城壁《じょうへき》を崩《くず》しても、岩肌《いわはだ》があらわれるだけで、城門を壊《こわ》さないかぎり内部には入れない。

「放て！」

ガラーガの号令一下《ごうれいいっか》、十数本の弩弓《どきゅう》の矢が、盾象《たてぞう》に集中した。しかし、光の盾《たて》が輝《かがや》いて、矢はすべてはじかれてしまう。城壁《じょうへき》の上で、フィリム兵がうめいた。

「あんな怪物《かいぶつ》、どうすれば倒《たお》せるんだ」

「ひるむな！　魔法《まほう》の力は無限《むげん》じゃない。繰《く》り返し攻撃《こうげき》せよ」

ガラーガはさらに投石機の使用を命じた。フィリム軍が盾象《たてぞう》に対抗《たいこう》するために用意した武《ぶ》器《き》である。てこの原理を利用して、大きな石を飛ばすものだ。

人の頭ほどの大きさの石が、弧《こ》を描《えが》いて飛んでいく。盾象《たてぞう》を越《こ》えて、歩兵の列に落下した。悲鳴があがり、直撃《ちょくげき》を受けた不幸な兵が倒《たお》れ伏《ふ》す。だが、わずかに陣形《じんけい》が乱《みだ》れただけで、帝国《ていこく》軍の歩みはとまらない。

盾象《たてぞう》が北関《ほくかん》に迫《せま》る。

先頭の盾象《たてぞう》が勢《いきお》いのまま、城門に巨体《きょたい》をぶつける。光の盾《たて》が一瞬《いっしゅん》消え、すさまじい音と衝《しょう》撃《げき》が城門をゆるがした。まるで、天地がひっくりかえったかのようである。

だが、城門は耐《た》えた。もともと鉄と木でつくられた門だが、南関《なんかん》が落ちてからは、内側に石と土を積んで補強《ほきょう》している。どうせ南には行けないので、開けるのをあきらめ、防御《ぼうぎょ》を固めたのだ。

体当たりした盾象《たてぞう》がふらついている。

それを見て、守備《しゅび》隊が弓をかまえた。懐《ふところ》に入られているため、弩弓《どきゅう》や投石機の射程《しゃてい》は外れているが、弓矢ならねらえる。光の盾《たて》は前方に張《は》られており、上方は象使《ぞうつか》いを守る鞍《くら》の屋根があるだけだ。真上からの攻撃《こうげき》なら、通るかもしれない。

上から下へ、矢の雨が降《ふ》りそそいだ。鞍《くら》の屋根に矢が突《つ》き立つ。盾象《たてぞう》の背中《せなか》の皮膚《ひふ》は厚《あつ》く、多くの矢ははじかれたが、数本がささった。盾象《たてぞう》が怒《いか》りのうなり声をあげながら後退《こうたい》する。

二頭目の盾象《たてぞう》が、城門に体当たりした。

木のきしむ音がしたが、城門は破《やぶ》れない。守備《しゅび》隊は矢を放ち、石を落として対抗《たいこう》する。大きな石が盾象《たてぞう》の尻《しり》に当たって傷《きず》つけた。

「いけるぞ！　射《い》よ！　射《い》よ！　落とせ！　落とせ！」

ガラーガが興奮《こうふん》して足を踏《ふ》みならす。

そのとき、投石をかいくぐって近づいてきた三頭目の盾象《たてぞう》が、城壁《じょうへき》に突《つ》っこんだ。光の盾《たて》が城壁《じょうへき》に当たり、黄色い光が四散する。

ガラーガの足もとが一部崩《くず》れた。すべり落ちそうになるところを、何とか踏《ふ》ん張《ば》る。しかし、こらえきれずに落ちていく兵もいた。ガラーガは手を伸《の》ばしたが、一瞬《いっしゅん》の差で部下を救《すく》えなかった。

「くそっ」

思わず声がもれる。

帝国《ていこく》軍をひきいる将軍《しょうぐん》ストラグルは、勝利を確信《かくしん》して笑《え》みを浮《う》かべた。

「門が固ければ、先に城壁《じょうへき》を壊《こわ》して、守備《しゅび》兵を始末すればよいのだ」

城壁《じょうへき》を壊《こわ》しても城内には入れない。だが、城壁《じょうへき》の上には守備《しゅび》兵がいて、弩弓《どきゅう》や投石機が備《そな》えつけられているので、攻撃《こうげき》は有効《ゆうこう》だ。ストラグルはその点に気づいて、標的を変えた。的《てき》確《かく》な判断《はんだん》だったと言えよう。城壁《じょうへき》部分は、城門に比《くら》べて、はるかに弱かったのだ。

三頭の盾象《たてぞう》が同時に城壁《じょうへき》にぶつかる。石組みが崩《くず》れ、土があらわになった。何人もの守備《しゅび》兵が悲鳴をあげて落下する。

「やむをえん。後退《こうたい》だ」

足の踏《ふ》み場が半分ほどになり、投石機や弩弓《どきゅう》の多くが使えなくなった時点で、守備《しゅび》隊長ガラーガは決断《けつだん》した。

守備《しゅび》兵は関《せき》の内部につながる通路や、崖《がけ》の上に通じるはしごを使って逃《に》げる。その間にも、盾象《たてぞう》は崖《がけ》に体当たりを繰《く》り返し、城壁《じょうへき》を崩《くず》していく。投石機や弩弓《どきゅう》が落ちて壊《こわ》れるのを、ガラーガはなすすべなく見つめた。

「敵《てき》に使われるよりは、壊《こわ》れたほうがましだ」

つぶやいたのは、明らかに強がりである。

フィリム軍はなお、崖《がけ》の上から弓を放って抵抗《ていこう》をつづけた。高所からの弓の攻撃《こうげき》は威力《いりょく》があるが、崖《がけ》の上からでは下がよく見えず、ねらいがつけられない。焼け石に水であった。

やがて、轟音《ごうおん》とともに、城門の木の部分が折れ飛んだ。

「ここまでか」

ガラーガは唇《くちびる》を噛《か》みしめた。

「たとえ攻《せ》められても、団長《だんちょう》が帰るまで持ちこたえると約束したのだが……」

北関《ほくかん》の守備《しゅび》隊は、砦《とりで》の倉庫や詰《つ》め所《しょ》に火をつけ、持ちきれない兵糧《ひょうろう》と物資《ぶっし》を焼くと、王都へと退却《たいきゃく》した。

7 ❖ 反撃《はんげき》の一矢《いっし》

　太陽が沈《しず》みかけている頃《ころ》、北関《ほくかん》と王都を結ぶ街道上《かいどう》では、王都へ向かうガラーガがシルカにとめられていた。二人は押《お》し問答をつづけている。

「このわからず屋め！　私《わたし》の指揮下《しきか》で戦え、なんて言ってないだろう。街道《かいどう》を外れるだけでいいんだ」

「どこの馬の骨《ほね》とも知れぬ若造《わかぞう》の指示《しじ》なんか聞けるか！」

「だから！　ここに団長《だんちょう》が書いた文書があるのだ。北関《ほくかん》が落ちたら、私《わたし》が王都を守る。可能《かのう》なかぎり、指示《しじ》にしたがえ、と」

　何度も同じようなやりとりを繰《く》り返しているので、シルカも頭に血がのぼっている。ガラーガは最初から喧嘩腰《けんかごし》だった。多くの兵を失い、守っていた砦《とりで》を落とされたのだから、機嫌《きげん》がよいわけがない。

　辺りは暗くなりはじめていた。ガラーガの後ろには敗れた守備《しゅび》兵が並《なら》んでいる。傷《きず》ついている者も少なくない。

「治療《ちりょう》が必要な兵もいるだろう。早く言うことを聞いて、出発してくれ。少し迂回《うかい》するだけでいいんだ」

「だから、おまえの命令は聞かん。そこを通せ、若造《わかぞう》め」

ファストラが口をはさんだ。

「リディンだって、若《わか》くして全軍を指揮《しき》しただろ。だったらシルカが同じことをしてもいいはずだ」

シルカがファストラをにらむ。

「リディンは関係ないし、理由になっていない」

だが、これにガラーガが食いついた。

「リディン？　どうしてリディンが出てくる？　おまえはリディンと関係があるのか」

シルカが無視《むし》しているので、ファストラが答える。

「息子《むすこ》だよ」

とたんに、ガラーガの態度《たいど》が変わる。

「何だって!?　本当か。あのリディンの？　『フィリムの戦女神《いくさめがみ》』の息子《むすこ》なのか？　おれはあの『ラクサ郊外《こうがい》の戦い』に参加していたんだ。当時は十人隊の長でな。リディンはおれより若《わか》かったと思うが、格好《かっこう》よくてなあ」

「思い出話はまたの機会にしてくれ」

シルカが冷たく言うと、ガラーガは気を悪くした様子もなく大きくうなずいた。シルカの顔をしげしげと見つめる。

「そうだな。しかし、リディンの息子《むすこ》か。リディンはどうしているんだ？　亡《な》くなった？　それは残念だ。おれは本当に、あの人を尊敬《そんけい》していたんだ。わかった。リディンの顔を立てて、ここはあんたの言うとおりにするよ」

ガラーガは兵士《へいし》たちをひきいて、シルカのしめした道に向かった。レインが案内する。

シルカはため息をついた。

「親の名前を出せばうまくいくのか」

「使えるものは何だって使えばいい」

笑ったファストラを、シルカはじろりとにらんだ。

「君ももう王都に帰れ」

「ここで野営《やえい》するんだろ。朝までつきあうよ」

「いつ敵《てき》が来るかわからないのだ。見習いは戦《いくさ》に参加させないと約束したから、ここにいられると困《こま》る」

「変なところで律儀《りちぎ》なんだな」

ファストラはぶつぶつ言いながらも、撤退《てったい》する兵士《へいし》たちを追って馬を走らせた。

「何とか準備《じゅんび》は間に合いそうだな」

シルカは胸《むね》をなでおろした。計略《けいりゃく》の準備《じゅんび》はこの日、終わったばかりだった。あとは兵士《へいし》たちの通った跡《あと》を隠《かく》すだけだ。

ファストラにはあのように言ったが、敵《てき》の動きは「鳥の目」で確認《かくにん》している。この時点で、ストラグルひきいる帝国《ていこく》軍はまだ関内《せきない》に侵入《しんにゅう》していない。開かないように固定された城門の破壊《はかい》に手間どり、さらに燃《も》えさかる炎に行《ゆ》く手をさえぎられている。井戸も破壊《はかい》しているから消火は簡単ではない。ガラーガたちの奮闘《ふんとう》と置き土産《みやげ》のおかげで、かなりの時間が稼《かせ》げたのだ。まもなく北関《ほくかん》は落ちるが、敵《てき》もさすがに夜は休むだろう。こちらもゆっくり休んでから、迎撃《げいげき》できる。

シルカがひきいるのは「巨人《きょじん》の椅子《いす》」の飛空騎士《きし》十騎《き》と、ファストラの祖父《そふ》スーサら引退《いんたい》した三騎《き》の飛空騎士《きし》、それから老人と若者《わかもの》の歩兵部隊が五十人ばかり。歩兵部隊は正規《せいき》の兵ではなく、戦わせるつもりはない。

シルカが使う魔法《まほう》動物は、森鴉《もりがらす》や赤帽子鳥《あかぼうしどり》など、ほとんどが鳥だが、例外もいる。コウモリの一種ツノコウモリだ。ツノコウモリは目がほとんど見えないため、「鳥の目」は使えないが、超音波《ちょうおんぱ》で敵《てき》を見つけて、魔法《まほう》を使って教えてくれる。夜行性《やこうせい》なので、夜の見張《みは》りにはぴったりだ。敵地《てきち》に乗りこんでいる帝国《ていこく》軍が、深夜に行動するとは考えにくいが、警戒《けいかい》はしなければならない。シルカはツノコウモリを北関《ほくかん》に送って、自身は眠《ねむ》りについた。

早朝、シルカは森鴉《もりがらす》を通じて、帝国《ていこく》軍の接近《せっきん》を知った。三頭の盾象《たてぞう》を先頭に、五千の歩兵がつづいている。

「ありがたい。これで私《わたし》の力を証明《しょうめい》できる」

シルカは自信満々で、作戦の開始を命じた。

「おう、任《まか》せとけ」

答えたのはファストラの祖父《そふ》スーサで、こちらも全身に自信がみなぎっている。スーサがまたがっているのは、ファストラの愛馬ファングだ。

「これはいい馬だ。よく言うことを聞くし、動きもいい」

ファストラには反抗《はんこう》的なファングだが、どうやら乗り手によって態度《たいど》を変えるらしい。それとも、乗り手の技量《ぎりょう》の問題だろうか。

飛空騎士《きし》たちが配置についた。シルカはややはなれた丘《おか》の陰《かげ》に隠《かく》れ、「鳥の目」で敵《てき》を見ている。

その頃《ころ》、ギルス帝国《ていこく》軍をひきいる将軍《しょうぐん》ストラグルは、偵察《ていさつ》兵の報告《ほうこく》を聞いて眉《まゆ》をひそめていた。

「街道《かいどう》上に柵《さく》だと？」

「はい。いかにも急ごしらえといったつくりで、高さは人の背丈《せたけ》くらいです」

「守備《しゅび》兵はどれくらいいるのだ」

「いません」

ストラグルは耳を疑《うたが》った。

「守備《しゅび》兵がいなければ、柵《さく》があっても意味がなかろう」

「しかし、見あたらないのです。丘《おか》にはさまれた場所で、伏兵《ふくへい》の危険《きけん》はありますが、気配はありませんでした」

ストラグルは首をひねった。敵《てき》は北関《ほくかん》への攻撃《こうげき》は予測《よそく》していなかったはずで、それゆえに一日で落とせた。敗走した北関《ほくかん》の守備《しゅび》兵がとりあえず時間稼《かせ》ぎの障害物《しょうがいぶつ》をおき、王都からの兵が今、こちらに向かっている。そういう状況《じょうきょう》だろうか。

ストラグルが迷《まよ》ったのは、ほんの一瞬《いっしゅん》だった。

「我《わ》が軍には盾象《たてぞう》がいる。多少の障害《しょうがい》は破壊《はかい》して突《つ》き進め。今日のうちに王都を攻撃《こうげき》するのだ」

エンデシムの救援《きゅうえん》に行った飛空騎士団《きしだん》が戻《もど》ってくる前に、できるだけ戦果をあげておきたい。北関《ほくかん》から王都までは上り坂になるが、一日で達するのは可能《かのう》だと聞いている。飛空騎士《きし》と騎士団長《きしだんちょう》がいなければ、フィリム王は降伏《こうふく》あるいは和平を選ぶかもしれない。そうなったら、ストラグルの戦功はきわめて大きくなる。

ストラグルは部下たちをはげました。

「北関《ほくかん》につづいて王都まで落とせば、おれたちが一番の手柄《てがら》だ。褒美《ほうび》は思いのままだぞ」

ストラグルはけちではなく、出世のたびに、配下の兵士《へいし》たちに金銀を分け与《あた》えていた。それを知っている部下たちが歓声《かんせい》でこたえる。

三頭の盾象《たてぞう》は速度を落とすことなく、柵《さく》に向かって突進《とっしん》した。光の盾《たて》は張《は》っていない。象《ぞう》の長い鼻と大きな体で破壊《はかい》するつもりだ。

先頭の盾象《たてぞう》が柵《さく》に当たる寸前《すんぜん》だった。

前肢《ぜんし》が道にはまった。全力で駆《か》けていた盾象《たてぞう》はつんのめって、前方に転がった。怒《いか》りの吠《ほ》え声をあげながら、背中《せなか》で柵《さく》をなぎたおす。象使《ぞうつか》いは象《ぞう》の下敷《したじ》きになってしまった。

「落《お》とし穴《あな》か!?」

後続の二頭はあわててよけようとしたが、象《ぞう》は小回りがきかない。それぞれ落《お》とし穴《あな》に足を突《つ》っこんで、倒《たお》れないまでも動けなくなる。

「ひっかかったな、愚《おろ》か者《もの》ども」

スーサの高笑いが響《ひび》いた。十三騎《き》の飛空騎士《きし》が空を駆《か》ける。

上空からつぼが落とされた。地に落ちて割《わ》れ、液体《えきたい》が広がる。油だ。

スーサが弓を引きしぼって、火矢《ひや》を射《い》た。大地に突《つ》きささって、燃《も》え広がる。またたくまに柵《さく》に火がまわり、黒煙《こくえん》がわきおこる。

炎《ほのお》と煙《けむり》につつまれて、盾象《たてぞう》がうめいた。最初に転んだ一頭は、足を折っているようで立ち上がれない。残る二頭も足を怪我《けが》していたが、強引《ごういん》に穴《あな》から足を引き抜《ぬ》いて、動けるようになった。しかし、混乱《こんらん》のあまり、炎《ほのお》の中をぐるぐると回るばかりで、象使《ぞうつか》いの命令をまったく聞かない。

帝国《ていこく》軍は進軍をとめて、口々に叫《さけ》んだ。

「飛空騎士《きし》だ！」

「上から攻撃《こうげき》がくるぞ！」

スーサが白いひげをゆらした。

「では、期待にこたえてやろう」

飛空騎士《きし》たちは次々と矢を放った。敵《てき》は列を組んで密集《みっしゅう》しているので、ねらいをつけなくても誰《だれ》かには当たる。帝国《ていこく》軍はあわてふためいて逃《に》げまどった。

「巨人《きょじん》の椅子《いす》」の飛空騎士《きし》シアはあっというまに矢を射《い》つくした。本当にねらいをつけずに射《い》ていたのだ。槍《やり》に持ちかえて降下《こうか》しようとするところ、赤帽子鳥《あかぼうしどり》がシルカの声を伝える。

〝待て。接近戦《せっきんせん》は禁《きん》じたはずだ〟

シアはしぶしぶ空中で馬をとめた。ファングに乗ったスーサが横に並《なら》ぶ。

「おれも槍《やり》を使いたいが、命令にはしたがわねばならん。それにしても、なかなか達者な弓さばきだったぞ。初陣《ういじん》とは思えぬ」

シアは褐色《かっしょく》の髪《かみ》を風になびかせて応《おう》じた。

「緊張《きんちょう》していました。私《わたし》はもっとやれます」

二人の眼下《がんか》では、盾象《たてぞう》がもがき苦しみ、帝国《ていこく》兵が右往左往《うおうさおう》している。

悲鳴のような報告《ほうこく》を聞いて、将軍《しょうぐん》ストラグルは目をむいた。

「飛空騎士《きし》だと!?　こんなに早く戻《もど》ってくるわけがなかろう」

だが、ストラグルのいる軍列の後方からも、飛空騎士《きし》の姿《すがた》は見えていた。落《お》とし穴《あな》と火計《かけい》で盾象《たてぞう》がやられているという知らせも入ってきた。フィリム軍は万全の準備《じゅんび》で待ちかまえていたものと思われた。

「くっ。退却《たいきゃく》だ。北関《ほくかん》に戻《もど》って、態勢《たいせい》を立て直せ」

ストラグルは当然の判断《はんだん》を下した。ここで怒《いか》りにかられて、攻撃《こうげき》を指示《しじ》するような愚《おろ》か者《もの》は、帝国軍《ていこくぐん》では上に立てない。

命令を受けて、帝国軍《ていこくぐん》は冷静さを取り戻《もど》した。盾《たて》をかかげて矢を防《ふせ》ぎながら、列を保《たも》って退《しりぞ》いていく。

その様子を見て、シルカはほっと息をついた。

「敵《てき》の指揮《しき》官が無能者《むのうもの》でなくてよかった。思考が簡単《かんたん》に読めるから、そこそこ有能《ゆうのう》な敵《てき》というのが一番戦いやすいのだ」

そのまま突入《とつにゅう》してこられたら、少数の飛空騎士《きし》だけでは食いとめられず、王都の兵を頼《たよ》らねばならなくなっていた。だが、退却《たいきゃく》してくれたおかげで、手柄《てがら》はシルカたちが独占《どくせん》できる。

シルカひきいる部隊は、ほぼ無傷《むきず》で勝利をおさめ、ラクサに帰還《きかん》した。

「まあ、みんな無事でよかったよ」

参戦できなかったファストラが、悔《くや》しがりつつも喜《よろこ》んで出迎えた。

翌日《よくじつ》の朝、騎士団長《きしだんちょう》ダッカは王都に戻《もど》ってきた。帝国《ていこく》軍の動きを知って、急行してきたのだ。シルカの話を聞いていなかったら、罠《わな》ではないかと疑《うたが》って、すぐには帰還《きかん》の判断《はんだん》ができなかっただろう。

それにしても、ダッカの帰還《きかん》はおそるべき速さであって、ついてきたのは五騎《き》だけである。残りの者も次々と到着《とうちゃく》する。もっとも遅《おそ》かったのは、一番体格《たいかく》のよいファストラの兄ヒューガであった。

シルカはダッカに戦果を報告《ほうこく》した。

「盾象《たてぞう》は二頭が怪我《けが》を負い、一頭は街道《かいどう》上に転がっています。あれをどかすのは一苦労《ひとくろう》でしょう」

ダッカは腐《くさ》った牛乳《ぎゅうにゅう》を飲んだような顔で礼を言った。

「王都を救《すく》ってくれて感謝《かんしゃ》する。だが、おぬしを認《みと》めたわけではないぞ」

対するシルカは上機嫌《じょうきげん》である。端整《たんせい》な顔には、やさしげな笑《え》みが浮《う》かんでいる。

「別に認《みと》められなくても、次も助けてあげますよ」

「調子に乗らないでもらおう」

ダッカはシルカをさがらせると、深いため息をついた。

王都ラクサへの攻撃《こうげき》は防《ふせ》げたが、北関《ほくかん》が落とされた事実は重い。王都の防衛《ぼうえい》計画を立て、反撃《はんげき》の糸口をさぐらなければならない。さらに、エンデシムに救援《きゅうえん》に行って実感した、エンデシム軍の士気《しき》の低下ぶりも心配であった。盾象《たてぞう》を見ただけで逃《に》げ出す兵が少なくないのだ。ダッカの悩《なや》みは深かった。

6章 迫《せま》りくる帝《てい》国《こく》軍

1 ❖ 弓が苦手な理由

ひざまずいて敗戦をわびる将軍《しょうぐん》ストラグルに対して、総《そう》司令官パレオロールは感情《かんじょう》のこもらない視線《しせん》を向けていた。

「北関《ほくかん》を落としたのは、そなたの手柄《てがら》だ。次の戦《いくさ》では、さらなる功を立ててもらおう」

「はっ。機会をいただけるのであれば、命にかえても帝国《ていこく》に勝利をささげます」

ストラグルはほっとしているようだった。敵《てき》の計略《けいりゃく》にかかったことを責《せ》められて、後方に送られるくらいは覚悟《かくご》していたのだろう。

実際《じっさい》にパレオロールは怒《おこ》っていなかった。ストラグルは期待していた仕事はやってのけたし、その後の敗戦も想定したうちに入っている。盾象《たてぞう》を失ったのは残念だが、これから先の戦いでは、あまり有効《ゆうこう》ではなく、かえって足かせになるかもしれない。敵《てき》がこの勝利に浮《う》かれてくれたら、戦いやすくなる。

エンデシムもフィリムも小さな国ではない。軍を全滅《ぜんめつ》させるつもりはなかった。追いつめて抵抗《ていこう》をつづける気力を奪《うば》い、降伏《こうふく》させればよいのだ。

「しばらくは北関《ほくかん》を守れ。増援《ぞうえん》が来たら、攻勢《こうせい》に転じる」

「御意《ぎょい》にございます」

ストラグルの表情《ひょうじょう》を見て、パレオロールはつけくわえた。

「敵《てき》はきっと攻《せ》めてくる。備《そな》えておくのだぞ」

ストラグルは意外そうに顔をあげた。

「来ますでしょうか。フィリム軍は砦攻《とりでぜ》めは不得意《ふとくい》だ、と聞きました。こちらの進軍を待ちかまえているのではないでしょうか」

「それが攻《せ》めてくる理由だ」

パレオロールはにこりともせずに告《つ》げた。敵《てき》の油断《ゆだん》をつくのは戦略《せんりゃく》の基本《きほん》である。ストラグルは恥《は》じ入って、額《ひたい》に汗《あせ》をかいている。

「まして、北関《ほくかん》の北側は城壁《じょうへき》らしい城壁《じょうへき》もないのだろう。早急に弩弓《どきゅう》を配備《はいび》し、柵《さく》を立てよ」

「はっ、ただちに」

ストラグルは転がるように退出《たいしゅつ》した。今、この瞬間《しゅんかん》にも、敵《てき》が攻《せ》めてくるかもしれない、と思ったのであろう。南関《なんかん》から北関《ほっかん》まで、全速力で馬を走らせるにちがいない。パレオロールはふと気づいて、伝令にあとを追わせた。

「南側からの奇襲《きしゅう》にも備《そな》えよ」

そうストラグルに伝える。飛空騎士《きし》は神出鬼没《しんしゅつきぼつ》である。空を飛んで背後《はいご》にまわるのはお手のものだ。

パレオロール自身も、飛空騎士《きし》と戦うのははじめての経験《けいけん》だ。これまで軍を指揮《しき》して戦うこと五年、ほとんど負けたことはないが、それは自分が臆病《おくびょう》なためだと思っている。臆病《おくびょう》さゆえに、敵《てき》を研究し、事前の準備《じゅんび》をおこたらないのだ。

飛空騎士《きし》の戦法はすでに頭に入っている。エンデシムの前線からの報告《ほうこく》で、彼《かれ》らが百騎《き》に満たないこともわかっていた。強力なフィリム騎兵《きへい》との連携《れんけい》はやっかいだが、奇襲《きしゅう》さえ封《ふう》じれば、数で押《お》しきれるだろう。

パレオロールは先ほど届《とど》いた書類に目を走らせた。今後の船による兵員輸送《ゆそう》の計画である。増援《ぞうえん》は予定どおりなら明日、到着《とうちゃく》する。パレオロールが望んでいた前線の指揮《しき》官も配属《はいぞく》されるようだ。有能《ゆうのう》な男で、虎《とら》の勇と狐《きつね》の智《ち》を兼《か》ね備《そな》えているという。

「ストラグルより上かな?」

パレオロールは無表情《むひょうじょう》でつぶやいた。

フィリム王都ラクサの訓練場には、活気があふれていた。正規《せいき》の飛空騎士《きし》は出陣《しゅつじん》に備《そな》えていて不在《ふざい》だが、ファストラ、レインら見習い騎士《きし》と「巨人《きょじん》の椅子《いす》」の飛空騎士《きし》が宙《ちゅう》を舞《ま》っている。飛空騎士《きし》をやめるはずのシューデリンも「飛びたいから」と、訓練にくわわっていた。

監督《かんとく》しているのはシルカだ。ダッカは相変わらず不機嫌《ふきげん》だったが、訓練場を使う許可《きょか》はくれた。

「訓練場は空いているし、使って減《へ》るものではない。だから許可《きょか》するだけだ」

「そういうことにしておきます。助力が必要になったらいつでも言ってください」

シルカはそう言ったが、これは本心とは微妙《びみょう》に違《ちが》う。負けそうになったら、言われなくても助けるつもりなのだ。

「次こそはおれも戦いたい。戦わせてくれ。いや、もう勝手に戦うぞ」

ファストラが迫《せま》ると、シルカは苦笑《くしょう》まじりにうなずいた。

今回は、見習いを連れていくな、とは言われなかった。ならば、参戦させてもかまわないだろうとシルカは勝手に判断《はんだん》している。

「君たちの役割《やくわり》も考えてある」

「それは戦えるってことだよな」

ファストラは喜《よろこ》んだが、ふと気づいて顔をしかめた。

「待てよ。おれたちが出陣《しゅつじん》するのは、フィリムが負けそうなときか？」

「そのとおりだ」

シルカがうなずくと、ファストラは複雑《ふくざつ》な表情《ひょうじょう》になった。

「うーん、勝ってほしいけど出番がないのもつまらないし……。犠牲《ぎせい》もなく、ちょっとだけ負けるなんてことはないかな」

シルカはファストラを放っておいて、弓の練習をするレインのもとに歩み寄《よ》った。レインは空中から弓を射《い》ていたのだが、ほとんど当たらないので、降《お》りてきたところである。

「君はもしかして、利《き》き目が左か？」

シルカの問いに、馬上のレインは首をかしげた。

「どういうことでしょうか？」

「いくらなんでも下手《へた》すぎると思ってね」

弓が下手《へた》なのは事実だが、ずいぶんな言いようである。レインはむっとして、シルカをにらんだ。レインは人一倍努力している。弓の練習もファストラの三倍はしているだろう。それでも、なかなかうまくならない。

シルカが説明する。

「まず両目で的を見る。片手《かたて》の指で輪をつくって、的を輪の中に入れてみろ」

「はい、こうですか」

むっとしたまま、レインは指示《しじ》にしたがう。

「そのまま左目を閉《と》じて右目で見る。できなければ空いた手で押《お》さえてもいい。的は入ったままか」

「いいえ」

「では逆《ぎゃく》に左目で見たときは？」

「入っています」

シルカはうなずいた。

「利《き》き目は左だ。それが下手《へた》な理由だな」

レインはわけがわからず、目を閉《と》じたり開いたりしている。

「右利《き》きなら、つまり右手で弓を引くなら、標的を右目で見るのが基本《きほん》だ。だが、君のように利《き》き目が左だと、つい左目で見ようとする。左目で見ようとすると弓がじゃまだから、射《い》る寸前《すんぜん》に無意識《むいしき》のうちに動かしてしまうんだ。それで外れる。誰《だれ》かに指摘《してき》されたことはないのか？」

「弓を動かすから外れる、とは注意されていました。でも、目についてははじめてです」

レインは弓を射《い》るかまえで試《ため》してみた。右目を閉《と》じたり、左目を閉《と》じたりして、言われたことを確認《かくにん》してみる。

「理由はわかりました。どうすれば解決《かいけつ》するのですか」

「それが問題なんだ」

シルカは苦笑《くしょう》した。身ぶりをまじえながら解説《かいせつ》する。

「右目で見るよう意識《いしき》する、くらいか。遠近感がずれるのが気にならないなら、左目をつぶってもいい。弓を横に寝《ね》かせる打ち方もあるが、これは強く引けないから、近い距離《きょり》で必ず当てたいときしか使えない」

「わかりました。やってみます」

「まずは地上でな」

レインはさっそく弓をかまえた。

「右目で見る。右目で見る」

つぶやきながら放つ。矢は的のはしに突《つ》きささった。

「お、いい調子じゃないか」

横目で見ていたファストラが手をたたいた。

「ファスは自分の訓練に集中して！」

「はいはい」

ファストラは槍《やり》をかまえて、降下《こうか》の練習を繰《く》り返している。飛空騎士《きし》の基本《きほん》の攻撃《こうげき》である。それを手本に、シアをはじめとする「巨人《きょじん》の椅子《いす》」の飛空騎士《きし》たちも、同じ練習をおこなう。

もっとも、「手本」というには、ファストラの動きにはまだ無駄《むだ》が多い。エジカに習っていたシアのほうが洗練《せんれん》されている。

「おれには何か助言はないの？」

ファストラが大声でシルカにたずねた。

「力を抜《ぬ》け。それだけだ」

「それが一番難《むずか》しいんだよなあ」

力むと身体《からだ》をうまく動かせなくなり、動作も遅《おそ》くなる。わかってはいるのだが、力自慢《じまん》の
ファストラはつい、力を入れてしまうのだ。

「ファスは今のままでいい。器用にこなそうとせずに、全力でやってればいいのだ。へたに
直そうとすると、持ち味がなくなってしまうぞ」

これは訓練に押《お》しかけていたファストラの祖父《そふ》スーサの言葉である。ファストラはとたん
に元気になった。

「さすがに年の功。いいこと言うなあ」

全身の力をこめて槍《やり》を突《つ》き出すファストラである。

シルカは仕方ない、というように笑っていたが、急に表情《ひょうじょう》を変えた。いかにも有能《ゆうのう》な軍師《ぐんし》
といった、冷静で自信にあふれた表情《ひょうじょう》である。

「正規軍《せいき》が出陣《しゅつじん》した。私《わたし》たちも準備《じゅんび》をしよう」

「鳥の目」で情報《じょうほう》を得《え》たのだ。フィリム軍の騎兵《きへい》五千が北関《ほくかん》をめざしてラクサを発《た》った。飛空騎士団《きしだん》もすでに空を駆《か》けている。騎士団長《きしだんちょう》ダッカは、敵《てき》を待ち受けるより、攻勢《こうせい》に出ることを選んだのであった。

2 ❖ 北関《ほくかん》の攻防《こうぼう》再《ふたた》び

北関《ほくかん》の北側、つまりフィリム側には、内部に入りきらない兵と馬のための野営《やえい》地が広がり、簡単《かんたん》な柵《さく》が立てられている。これは防御《ぼうぎょ》のための設備《せつび》ではなく、単に内と外を分ける境《さかい》である。高さは人の背丈《せたけ》よりも低く、馬がその気になれば、跳《と》びこえられる。

今、野営《やえい》地には、帝国《ていこく》軍の天幕《てんまく》が張《は》られていた。兵士《へいし》たちは寝《ね》る時間をけずって、壕《ごう》をほり、木の杭《くい》や柵《さく》を立てるなど、守りを固めるのに必死であった。

「フィリムのやつら、砦《とりで》を何だと思っているのだ」

ストラグルのぼやきがとまらない。北関《ほくかん》は完全に一方からの侵攻《しんこう》しか想定しないつくりになっていた。南関《なんかん》も事情《じじょう》は同じなのだが、街を城壁《じょうへき》で囲《かこ》むエンデシム人だから、南側にも城《じょう》壁《へき》は造《つく》られていた。北関《ほくかん》にもそれがあれば楽なのに、と思う。

しかも、北関《ほくかん》のある辺りは高原でも一番低いところで、北に向かって高くなっていく。つまり、高所である北からは攻《せ》めやすい。

「弩弓《どきゅう》の設置《せっち》が終わりました」

部下の報告《ほうこく》を聞いて、ストラグルは重々しくうなずいたが、内心ではほっとしていた。弩《ど》弓《きゅう》があるとないのとでは、飛空騎士《きし》に対する防御《ぼうぎょ》力が天と地ほども違《ちが》う。

つづいて、血相を変えた兵が駆《か》けてきた。

「見張《みは》り台から報告《ほうこく》です。フィリムの騎兵《きへい》隊が近づいています。数はまだはっきりわかりません が、数千から万に及《およ》ぶもようです」

「ちょうどよい」

ストラグルは不敵《ふてき》に笑った。先の戦いでは罠《わな》にひっかかったが、今度はこちらがはめてやる。準備《じゅんび》はできているのだ。

「柵《さく》を前にして防御《ぼうぎょ》用の陣《じん》を組め。後方には弓隊。矢はそろっているな」

指示《しじ》を出しながら、ストラグルは気持ちが高ぶってくるのを感じていた。早くも失敗を取り返す機会がめぐってきたのだ。本国から新しい指揮《しき》官が送られたという情報《じょうほう》もある。ここで勝って、自分の評価《ひょうか》を高めたい。

帝国軍《ていこくぐん》が陣形《じんけい》をととのえていると、追加の報告《ほうこく》があった。

「敵《てき》はおよそ五千の騎兵《きへい》です。飛空騎士《きし》は三十騎《き》ほどかと思われます」

ストラグルは眉《まゆ》をひそめた。

「飛空騎士《きし》が少ないな」

エンデシムに応援《おうえん》に来ていた飛空騎士《きし》は五十騎《き》を超《こ》えていたという。出し惜《お》しみする状況《じょうきょう》ではないから、別働隊がいるにちがいない。パレオロールの助言が正しいのか。だが、いずれにしても、正面の攻撃《こうげき》を防《ふせ》がなくてはならない。

ストラグルは甲冑《かっちゅう》を着こみ、弓矢を持って北関《ほくかん》の北門を出た。兵士《へいし》たちに語りかける。

「勇敢《ゆうかん》なる帝国《ていこく》兵よ、敵《てき》を怖《おそ》れるな。これは苦しまぎれの攻撃《こうげき》で、敵《てき》の騎兵《きへい》は考えなしに突《つ》っこんでくるだけだ。軽く撃退《げきたい》してやろうぞ！」

「おお！」

兵士《へいし》たちが大声をあげ、こぶしを突《つ》きあげた。先日は負けたが、卑劣《ひれつ》な罠《わな》にかかっただけである。ストラグルは前線の兵士《へいし》たちの信頼《しんらい》を失ってはいない。

対するフィリム軍は、騎士団長《きしだんちょう》ダッカみずから、空中で先頭に立っている。地上の騎兵《きへい》隊と速度をあわせ、飛空騎士《きし》たちが少し先行するかたちで進軍する。地上では蹄《ひづめ》の音がとどろき、砂煙《すなけむり》が立ちこめているが、空中の飛空騎士《きし》は音を立てず、風を切って駆《か》けている。

北関《ほくかん》が見えてきた。目のいいヒューガが警告《けいこく》する。

「敵《てき》は防御陣《ぼうぎょじん》をつくっているようです。弩弓《どきゅう》も確認《かくにん》できます。六、七基《き》かと」

「予期していたか。やはりあなどれないな」

ダッカは厳《きび》しい表情《ひょうじょう》でひげをなでた。

「だが、戦わずに帰るわけにはいかん。作戦は予定どおりに進める」

ヒューガが雷《かみなり》のごとき大声で呼《よ》びかける。

「侵略者《しんりゃくしゃ》を追い出そうぜ。フィリムの空と大地は、おれたちが守る！」

その声は地上にも届《とど》いていた。さすがに、飛空騎士団《きしだん》一の怪力《かいりき》と大声をもつ男である。

ダッカが最初の一矢《いっし》を放った。

敵陣《てきじん》に一直線に飛び、敵兵《てきへい》のよろいをつらぬいて胸《むね》に突《つ》き立つ。すさまじい強弓《ごうきゅう》である。

そのような芸当ができるのはダッカだけだ。力だけならヒューガが勝《まさ》るが、正確性《せいかくせい》がない。

弩弓《どきゅう》の矢が飛んできたが、ダッカは馬をあやつってよけた。

「この距離《きょり》で、地上部隊を援護《えんご》する」

飛空騎士《きし》隊は弩弓《どきゅう》の射程《しゃてい》ぎりぎりに散らばって、次々と矢を放つ。ダッカのように射殺《いころ》すのは無理でも、敵《てき》を混乱《こんらん》させられればいい。

地上では、フィリム騎兵《きへい》が得意《とくい》の騎射《きしゃ》を見せつけていた。全速力で馬を走らせながら、前方に矢を射《い》る。帝国《ていこく》軍は盾《たて》をかかげて防《ふせ》ぎながら、反撃《はんげき》の機会をうかがったが、矢の雨は降《ふ》りやまない。

フィリム騎兵《きへい》は、充分《じゅうぶん》に近づいたところで、矢を槍《やり》に持ちかえた。そのまま柵《さく》ごしに槍《やり》を突《つ》きこむ。前衛《ぜんえい》の帝国《ていこく》兵は盾《たて》で受けとめようとするが、間に合わない。腹《はら》や足に突《つ》きを受けて、帝国《ていこく》兵がひざをつく。うめき声がもれ、血が流れる。

「槍《やり》を使え！　敵《てき》を近づけるな！」

怒号《どごう》がとどろいた。

帝国《ていこく》兵が槍《やり》を突《つ》き出して迎《むか》え撃《う》つ。槍《やり》が交差して、金属《きんぞく》音が鳴り響《ひび》く。両軍の叫《さけ》び声が戦場をおおう。

柵《さく》ごしの戦いは、帝国《ていこく》軍が有利であった。帝国《ていこく》軍の槍《やり》が長く、また柵《さく》の外に壕《ごう》があるので、フィリム軍は簡単《かんたん》には近づけない。最初のぶつかり合いで得《え》た優位《ゆうい》を失って、フィリム軍は劣勢《れっせい》に立たされた。

　両軍の後方にいる部隊は、互《たが》いに矢を射《い》て戦っている。この戦いはほぼ互角《ごかく》であった。帝《てい》国《こく》軍は二人一組になって、一人が盾《たて》で矢を防《ふせ》ぎ、一人が射《い》ている。矢の数は減《へ》るが、被害《ひがい》も少ない。フィリム軍は密集《みっしゅう》を避《さ》け、左右に馬を走らせながら、矢を射《い》ていた。

　帝国《ていこく》軍の矢は命中率《りつ》が低かったが、ストラグルは別であった。もともと弓の名手として知られた将軍《しょうぐん》である。ダッカほどの力強さはないが、百発百中《ひゃっぱつひゃくちゅう》の腕前《うでまえ》で、槍《やり》を使う敵兵《てきへい》を射《い》ていく。技量《ぎりょう》に自信があるので、味方に当たる危険《きけん》を無視《むし》して、最前線の敵《てき》をねらえるのだ。致命傷《ちめいしょう》を与《あた》えなくても、傷《きず》さえつければ、味方が倒《たお》してくれる。ストラグルの援護《えんご》があるところでは、帝国《ていこく》軍がフィリム軍を寄《よ》せつけていない。

　ダッカは空中から、戦いの様子を見ている。前線の戦いの不利は予想したとおりであった。フィリム軍は陣《じん》を攻《せ》めるのは苦手だ。もっとも、どこか一カ所でもほころびがあれば、そこをついて、一気に逆転《ぎゃくてん》することも可能《かのう》である。そのほころびをつくりだすのが、飛空騎《き》士団《しだん》の役目だ。

「頃合《ころあ》いだな」

　太陽の位置を確認《かくにん》して、ダッカはつぶやいた。奇襲《きしゅう》部隊が動きだしているはずだ。

　北関《ほくかん》の南では、半分ほど破壊《はかい》された門が放置され、通路が大きく口を開けている。城壁《じょうへき》はすべて崩《くず》れているが、崖《がけ》の上には帝国《ていこく》軍の見張《みは》りが立っていた。大地溝《だいちこう》側にも目を光らせている。

その見張《みは》りが、合図の角笛を吹《ふ》いた。

「南より敵襲《てきしゅう》！」

関内《せきない》で待ちかまえていた帝国《ていこく》兵が、弩弓《どきゅう》に鉄の矢をつがえる。弓をかまえてねらいをつける。

そこへ、二十騎《き》の飛空騎士《きし》が突《つ》っこんだ。この判断《はんだん》は明らかに誤《あやま》りであった。背後《はいご》から奇《き》襲《しゅう》して敵《てき》をまどわせ、正面の戦いを有利に運ぶのが、フィリム軍の作戦である。少数による奇襲《きしゅう》だから、気づかれてしまっては効果《こうか》がない。敵《てき》が見張《みは》りを立てているのがわかった時点で、退《ひ》くべきだったのだ。

弩弓《どきゅう》が耳ざわりな金属《きんぞく》音を立てた。高速で発射《はっしゃ》された矢が、先頭の飛空馬《ひくうば》の胸《むね》に突《つ》き立つ。革《かわ》よろいも意味がなかった。

矢を受けた飛空馬《ひくうば》の目から光が消え、飛ぶ力が失われる。次の瞬間《しゅんかん》、飛空馬《ひくうば》と飛空騎士《きし》はともに落下して、地面にたたきつけられた。即死《そくし》であろう。

二番目の飛空騎《き》士《し》には、矢が集中した。一本がのどに突《つ》きささって、飛空騎士《きし》は愛馬の首に抱《だ》きつくように倒《たお》れた。

「まずい、逃《に》げろ！」

奇襲《きしゅう》部隊の指揮《しき》官はようやく命じたが、せまい場所での方向転換《てんかん》は簡単《かんたん》ではない。さらに三騎《き》が命を落とすはめになり、奇襲《きしゅう》は大失敗に終わった。

角笛の音は、関《せき》の外で戦うストラグルの耳にも届《とど》いていた。

「総《そう》司令官の忠告《ちゅうこく》どおりか。おそろしい人だ」

ストラグルは作戦の継続《けいぞく》を指示《しじ》して、関《せき》の内部へ走った。自分でも飛空騎士《きし》と戦ってみたい、射落《いお》としてやりたい、と思っていたのだが、すでに遅《おそ》かった。敵《てき》は犠牲《ぎせい》を出して撤退《てったい》したと報告《ほうこく》を受け、北側に引き返す。

「追撃《ついげき》部隊、用意せよ」

ストラグルは喜々《きき》として命じた。帝国《ていこく》軍は勝利しつつあるが、ただ撃退《げきたい》しただけでつまらない。より多くの損害《そんがい》を与《あた》えてやるのだ。

一方のフィリム軍では、ダッカが奇襲《きしゅう》の失敗をさとっていた。敵軍《てきぐん》に混乱《こんらん》は見られないどころか、よく声が出て意気があがっている様子である。奇襲《きしゅう》が完璧《かんぺき》に成功したら、飛空騎士《きし》たちは関《せき》の中から現《あらわ》れるはずだ。しかし、ヒューガが指をさしたのは、関《せき》のはるか上の空であった。

「奇襲《きしゅう》部隊が戻《もど》ってきます」

「……少ないな」

ダッカはしぼり出すように言った。失敗しただけでなく、犠牲《ぎせい》も出たようだ。この時点で勝利はない。できるだけ死傷者《ししょうしゃ》を少なくしなければならない。

「撤退《てったい》する。地上に合図を送れ」

鐘《かね》が鳴らされた。フィリム軍は後方の部隊から順に退却《たいきゃく》をはじめる。飛空騎士《きし》が上空から矢を放って援護《えんご》する。

「団長《だんちょう》、あれは？」

部下の指さすほうを見て、ダッカは太い眉《まゆ》をひそめた。関《せき》の中から、騎兵隊《きへいたい》が現《あらわ》れたのだ。

「用意のいいことだ」

苦々《にがにが》しげに、ダッカはつぶやいた。奇襲《きしゅう》に備《そな》えるだけでなく、追撃《ついげき》用の騎兵《きへい》まで用意していたとは。誰《だれ》の作戦かわからないが、してやられてばかりだ。

騎兵《きへい》どうしの戦いで後《おく》れをとるフィリム軍ではないが、追撃《ついげき》されるとなれば、話は別である。退却《たいきゃく》をはじめている部隊に、途中《とちゅう》で反転して攻撃《こうげき》せよ、と命じるのは簡単《かんたん》だが、実行するのは難《むずか》しい。

「おれたちであの騎兵《きへい》をたたく。ついてこい」

ダッカは敵騎兵《てききへい》を追って飛び、弩弓《どきゅう》の射程《しゃてい》を外れたところで降下《こうか》をはじめた。弓を射《い》ながら降《お》り、弓を槍《やり》に持ちかえて上からおそいかかる。そのするどさはまるで鷲《わし》の攻撃《こうげき》だ。

ダッカの太い槍《やり》が敵《てき》のかかげた盾《たて》をはじきとばし、かぶとに重い打撃《だげき》をくわえる。にぶい音がして、敵《てき》はたまらず馬から転げ落ちる。

ヒューガは敵騎兵《てききへい》を踏《ふ》みつぶすような気合いで、槍《やり》を突《つ》きおろした。肩当《かたあ》てに一撃《いちげき》を受けた敵《てき》が大きく体勢《たいせい》を崩《くず》す。ヒューガの二撃目《げき》は、あらわになったわきの下を突《つ》いた。小さく悲鳴があがる。

しかし、敵軍《てきぐん》はこの攻撃《こうげき》を予期していたようで、あわてることはなかった。百騎《き》ほどの小部隊が踏《ふ》みとどまって飛空騎士《きし》と戦い、残りの大部分は追撃《ついげき》をつづける。踏《ふ》みとどまった半数は弓を射《い》ている。

飛空騎士《きし》たちは敵《てき》の頭の高さを動きまわりながら、攻撃《こうげき》をくわえる。空からの攻撃《こうげき》に慣《な》れていない敵《てき》は防御《ぼうぎょ》も攻撃《こうげき》もうまくできない。飛空騎士《きし》の槍《やり》がひらめくつど、帝国騎兵《ていこくきへい》は落馬する。

だが、ダッカはあせっていた。敵《てき》の小部隊に足どめされていて、本隊の追撃《ついげき》を許《ゆる》してしまっているのだ。

なお悪いことに、敵《てき》の追撃《ついげき》部隊は騎兵《きへい》だけではなかった。百匹《ぴき》を超《こ》える火炎犬《かえんけん》の部隊がくわわっている。帝国軍《ていこく》が誇《ほこ》る魔法《まほう》動物隊のひとつだ。このままでは、地上部隊が危《あぶ》ない。

「いったんあがれ！　味方を救《すく》いに行く」

飛んでくる矢を槍《やり》ではじきながら、飛空騎士《きし》たちは上昇《じょうしょう》する。安全な高さまであがってから、小部隊に背《せ》を向け、本隊を追う。かなりの時間を使ってしまった。どれだけの犠牲《ぎせい》が出るだろうか。

責任《せきにん》を痛感《つうかん》しながら、ダッカは空を駆《か》ける。視線《しせん》の先に、見慣《な》れぬ飛空騎士《きし》たちの姿《すがた》があった。

3 ❖ 逆転《ぎゃくてん》

火炎犬《かえんけん》が炎《ほのお》を吐《は》いた。黒い煙《けむり》の尾《お》を引いて、灼熱《しゃくねつ》の炎《ほのお》がフィリム騎兵《きへい》におそいかかる。炎《ほのお》につつまれた騎《き》兵《へい》が転がり落ちた。熱さに馬が暴《あば》れ、乗り手を振《ふ》りおとした。追いついた帝国騎兵《ていこくきへい》が槍《やり》を伸《の》ばしてとどめをさす。街道《かいどう》上に人馬の悲鳴が渦《うず》を巻《ま》いた。

弓矢で反撃《はんげき》するフィリム騎兵《きへい》もいる。腹《はら》に矢を受けた火炎犬《かえんけん》が、もんどり打って倒《たお》れた。牙《きば》の間から煙《けむり》を出して息絶《た》える。矢を放ったフィリム騎兵《きへい》は、帝国騎兵《ていこくきへい》の槍《やり》を受けて馬から落ちた。

追撃戦《ついげきせん》は追うほうが圧倒的《あっとう》に有利である。負けて逃《に》げる側を背後《はいご》から攻撃《こうげき》できるのだから、戦果は確実《かくじつ》に積みあがっていく。

「このままラクサを落としてしまえ！」

部隊長が喜《よろこ》び勇んで指示《しじ》を出す。

帝国軍《ていこく》は大勝を確信《かくしん》していたが、喜《よろこ》びは長くはつづかなかった。

空から落ちてきた石が、火炎犬《かえんけん》の背中《せなか》を直撃《ちょくげき》した。ぎゃん、と声をあげて、火炎犬《かえんけん》が転がる。頭に石を受けた馬が、横倒《よこだお》しになって、乗り手を放り出す。

「上だ！　飛空騎士《きし》がいるぞ」

警告《けいこく》の声があがった。

「もう追いついてきたのか!?」

「いや、別の部隊だ」

帝国兵《ていこく》があわてて馬をとめた。上空から石の雨が降《ふ》ってくる。

ファストラは石の入ったかごを早々にからにしていた。石を落としたのはシルカの指示《しじ》である。

「初陣《ういじん》のひよっこが矢を射《い》たって、当たるはずがない。真上からなら、石のほうが有効《ゆうこう》だ」

「シルカだって、実戦の経験《けいけん》は少ないだろ」

「私《わたし》は前線に出ないから関係ない。とにかく、自分がひよっこであることを自覚して、慎重《しんちょう》に戦うのだ。君たちを死なせたくない」

そう言って、シルカは出陣《しゅつじん》を命じたのだった。

たしかに、石を落とすのは良策《りょうさく》だった。矢より簡単《かんたん》だし、威力《いりょく》も上かもしれない。重めの石は、かぶとに当たっても敵兵《てきへい》を失神させるほどの打撃《だげき》を与《あた》える。重い石をたくさん持つと飛空馬《ひくうば》が飛べなくなるが、「巨人《きょじん》の椅子《いす》」の飛空騎士《きし》たちは軽い者が多いので、持てる石の数も多い。

ファストラは石の入っていたかごを捨《す》てて、弓矢を手にとった。敵《てき》が集まっているところをねらって矢を射《い》る。二十本のうち、半分は当たっただろうか。

その近くで、シア・テスが会心《かいしん》の笑《え》みを浮《う》かべていた。放った矢の多くが、目標を正確《せいかく》にとらえている。馬より的の小さい火炎犬《かえんけん》を五匹《ひき》も倒《たお》していた。

「フィリムの飛空騎士《きし》より、私《わたし》のほうが腕《うで》がいいようだ」

シアが勝ち誇《ほこ》る。その飛空馬《ひくうば》の胸《むね》には、藍玉《キーラ》が青く輝《かがや》いている。フィリムのために戦うなら と、国王が貸《か》してくれたのだ。

ファストラはむきになった。

「おれは接近戦《せっきんせん》のほうが得意《とくい》なんだ」

言うなり、弓を槍《やり》に持ちかえて降下《こうか》する。

「おい！　命令はまだだぞ！」

シアが制止《せいし》したが、ファストラには聞こえていない。

頭の赤い小さな鳥がシルカの言葉を伝える。

〝仕方ないな。降下《こうか》して攻撃《こうげき》。ただし、一撃《いちげき》をくわえてすぐに上昇《じょうしょう》せよ〟

シアを先頭に、「巨人《きょじん》の椅子《いす》」の飛空騎士《きし》たちがファストラを追う。

〝ファストラ、正面から攻撃《こうげき》するなよ。死角から近づいて、一撃《いちげき》当てて逃《に》げるのだ〟

赤帽子鳥《あかぼうしどり》の声に、ファストラは眉《まゆ》をひそめた。

「どうも卑怯《ひきょう》な気がするんだよな」

それでも、ファストラは指示《しじ》にしたがった。標的はまさにフィリム騎兵《きへい》におそいかかろうとしている帝国騎兵《ていこくきへい》だ。その後方、斜《なな》め上から槍《やり》を突《つ》きおろす。槍《やり》は敵《てき》の肩当《かた》てをはじきとばして、鎖骨《さこつ》のあたりをとらえた。敵《てき》がひと声うめいて、馬の首に抱《だ》きつくように倒《たお》れる。

「おっと」

ファストラはつぶやいて、飛んできた矢をかわした。そのまま上昇《じょうしょう》する。

シアがひきいる飛空騎士《きし》たちは次々と敵《てき》を攻撃《こうげき》し、すぐに上に逃《のが》れる。帝国《ていこく》兵たちは混乱《こんらん》して槍《やり》を振《ふ》りまわすが、ひとつも当たらない。

二十騎《き》に満たない飛空騎士《きし》たちの攻撃《こうげき》で、帝国《ていこく》軍は追撃《ついげき》の足をとめてしまった。飛空騎士《きし》対策《たいさく》は考えていて、一度は成功したはずだったのに、新手《あらて》が現《あらわ》れた。一方的に攻撃《こうげき》していたはずが、思わぬ攻撃《こうげき》を受けて、みなが上空を見てしまったのだ。

その間に、フィリムの地上部隊は距離《きょり》を稼《かせ》いで高所に布陣《ふじん》し、反撃《はんげき》の態勢《たいせい》をととのえた。

ダッカの飛空騎士《きし》部隊も追いついてくる。

「……あの生意気な若造《わかぞう》に、礼をしなければならんな」

ダッカはつぶやいた。シルカたちのおかげで、逆転《ぎゃくてん》の機会が得《え》られた。いまいましいが、ありがたい。

「ヒューガ、二十騎《き》をひきいて、敵《てき》の左方を攻撃《こうげき》せよ。こちらの動きを見て、引くときは引け」

「了解《りょうかい》」

命令を受けたヒューガがさっそうと宙《ちゅう》を駆《か》ける。

ダッカも残りの飛空騎士《きし》をひきいて、降下《こうか》に入る。フィリムの飛空騎士《きし》の逆襲《ぎゃくしゅう》がはじまった。

飛空騎士《きし》が降下《こうか》と上昇《じょうしょう》を繰《く》り返しながら攻撃《こうげき》し、そこに地上部隊が突撃《とつげき》する。空中と地上、二方向から攻撃《こうげき》を受けて、帝国軍《ていこく》は崩《くず》れた。いや、飛空騎士《きし》は攻撃《こうげき》する必要すらなかった。敵《てき》の目の前や頭上を飛ぶだけで、気をそらし、視線《しせん》をずらす効果《こうか》がある。

先ほどまでの勢《いきお》いを忘《わす》れたかのように、帝国騎兵《ていこくきへい》は次々と討《う》たれ、また馬首をめぐらせて逃《に》げていく。おそれを知らぬ火炎犬《かえんけん》が炎《ほのお》を吐《は》くが、フィリム騎兵《きへい》は右に左に動いてかわし、槍《やり》を突《つ》きこむ。

劇的《げきてき》な逆転《ぎゃくてん》を果たしたフィリム軍だが、レインは勢《いきお》いに乗れずにいた。矢が当たらないのはいつもと同じだが、身体《からだ》がうまく動かず、味方から遅《おく》れてしまっていた。

「私《わたし》は何をやっているのだろう」

仲間たちからややはなれて、空中に立ちつくしている。

〝あとは正規軍《せいき》に任《まか》せて、そのまま待機せよ〟

シルカの命令で、ファストラと「巨人《きょじん》の椅子《いす》」の飛空騎士《きし》たちは、高空から戦況《せんきょう》を見つめている。

「何で有利な状況《じょうきょう》になったら、見守らないといけないんだよ。ここが一番の見せ場じゃないのか」

ファストラは不満をもらしているが、赤帽子鳥《あかぼうしどり》の声は一方通行で、「鳥の目」は視覚《しかく》だけだから、シルカには聞こえない。

「不利な状況《じょうきょう》こそ見せ場だと思うけど」

シアが指摘《してき》すると、ファストラは表情《ひょうじょう》をゆるめた。

「それもそうだ。今日はおれたちの活躍《かつやく》で逆転《ぎゃくてん》したんだもんな」

「単純《たんじゅん》ね」

シアが笑う。その様子を遠目に見ながら、レインは自分のふがいなさに怒《いか》りをつのらせていた。

傷《きず》ついた帝国軍《ていこく》が退却《たいきゃく》していく。

「追撃命令《ついげき》は出ないかな」

ファストラの期待は裏切《うらぎ》られた。フィリム軍に余力《よりょく》はない。ダッカは追撃《ついげき》を禁《きん》じ、王都への撤退《てったい》を命じた。

最後に一矢《いっし》を報《むく》いたものの、北関《ほくかん》への攻撃《こうげき》は失敗し、飛空騎士《きし》にも犠牲《ぎせい》を出してしまった。ダッカは責任《せきにん》を痛感《つうかん》していたが、シルカへの礼は忘《わす》れなかった。

「おかげで壊滅《かいめつ》はまぬがれた。おぬしの力を認《みと》める。おぬしらを遊撃《ゆうげき》部隊として、今後も活躍《かつやく》してもらうことにする」

シルカは皮肉っぽく微笑《びしょう》する。

「二度つづけば、偶然《ぐうぜん》ではないですからね。いずれにしても、ありがたいかぎりです。見習いたちはどうしますか？」

ダッカは眉間《みけん》にしわを寄《よ》せて考えた。ファストラとレインの参戦については、すでに報告《ほうこく》を受けている。彼《かれ》らが戦力になることはわかっていた。

「だが、見習いを正規《せいき》軍で使うわけにはいかん。おぬしにあずけよう」

「では、そのように」

話を終えたシルカは、一人つぶやいた。

「ずいぶんと評価《ひょうか》があがったらしい」

ダッカは娘《むすめ》のレインをシルカにあずけたのである。初対面のときに比《くら》べると、打って変わった信頼《しんらい》ぶりだった。しかし、それはフィリム軍にとって、戦況《せんきょう》がかんばしくないことの証明《しょうめい》でもある。見習い騎士《きし》まで、戦力にくわえなければならないのだ。

ダッカはさらに、ファストラの祖父《そふ》スーサら元飛空騎士《きし》の現役復帰《げんえきふっき》も認《みと》めた。

「猫《ねこ》の手も借りたいというところですかな」

笑うスーサに、ダッカは真剣《しんけん》な表情《ひょうじょう》で応《おう》じた。

「ご老体に無理はさせません。戦術《せんじゅつ》にもよりますが、後方からの弓による援護《えんご》を担当《たんとう》してもらいたいと思います」

「つまらんことを言わないでください。わしらは無理をするために志願《しがん》したのです。捨《す》て駒《ごま》にでも使ってくれればけっこう」

「味方の犠牲《ぎせい》を前提《ぜんてい》にするような戦いはしません」

きまじめな返答を得《え》て、スーサは笑いをおさめた。スーサはダッカが生まれる前から、飛《ひ》空馬《くうば》に乗って戦っている。先輩《せんぱい》として、重々しく告《つ》げた。

「フィリムの高原で戦えば、フィリム騎兵《きへい》は決して負けない。頼《たの》みますよ」

「心得《こころえ》ております」

ダッカは胸《むね》に手をあてて、老人のはげましを受けとめた。

4 ❖ 火薬玉の威力《いりょく》

十日かけて態勢《たいせい》を立て直した帝国軍《ていこくぐん》は、新しい将軍《しょうぐん》カルミフの指揮《しき》で、フィリム王都ラクサへの進軍をはじめた。

カルミフは栗色《くりいろ》の髪《かみ》をした小柄《こがら》な男で、外見的な迫力《はくりょく》には欠ける。年齢《ねんれい》は五十代の前半で、顔には深いしわがきざまれていた。印象《いんしょう》的なのは細く薄青《うすあお》い目で、視線《しせん》だけで人を殺《ころ》せそうなほどのするどさがある。もとは密偵《みってい》や暗殺者《あんさつしゃ》の部隊をひきいていた男だ。

「さて、フィリム軍の強さを見せてもらおうか」

カルミフは不敵《ふてき》に笑っている。

するどい笛の音が三度鳴った。飛空騎士《きし》を発見した合図だ。

帝国《ていこく》歩兵は進軍をやめて盾《たて》をかかげた。空から降《ふ》りそそぐ矢が、木の盾《たて》に突《つ》きささる。

飛空騎士《きし》の動きに呼吸《こきゅう》を合わせて、フィリム騎兵《きへい》が動いた。丘《おか》の陰《かげ》から現《あらわ》れて、敵《てき》の軍列の左側に突撃《とつげき》する。蹄《ひづめ》の音が地をゆるがして響《ひび》き、土煙《つちけむり》が高く舞《ま》いあがった。やわらかい横《よこ》腹《ばら》をえぐるように、フィリム騎兵《きへい》は槍《やり》を突《つ》きこんで、傷口《きずぐち》を広げていく。

帝国《ていこく》軍の軍列が崩《くず》れたところで、正面のフィリム軍本隊が前進をはじめた。こちらも騎兵《きへい》である。矢を放ちながら駆《か》け、途中《とちゅう》で槍《やり》に持ちかえて突《つ》きかかる。

正面と左、そして上、三方からの攻撃《こうげき》を受けて、帝国《ていこく》軍はたじたじとなった。前衛《ぜんえい》は槍《やり》を立て、後方から矢を放って抵抗《ていこう》するが、犠牲《ぎせい》は増《ふ》えていくばかりだ。それでも、将軍《しょうぐん》カルミフは余裕《よゆう》をもっていた。

「なるほど、飛空騎士《きし》とはやっかいなものだな。だが、悲しいかな、飛空騎士《きし》も他の兵も数が少ない。最後に勝つのは我《われ》らでまちがいない」

今回の戦闘《せんとう》に参加しているフィリム軍はおよそ七千、すべて騎兵《きへい》である。それに対し、フィリムに侵攻《しんこう》した帝国《ていこく》軍は一万五千を数える。歩兵が一万三千で、騎兵《きへい》が二千、今後も数は増《ふ》える予定だった。さらに魔法《まほう》動物の部隊も存在《そんざい》する。

カルミフは口のはしをゆがめて笑った。

「空から見ていれば、こちらの別働隊の動きもわかっているだろう。だが、すぐに対応《たいおう》できるかな」

帝国軍《ていこく》の騎兵《きへい》部隊が、戦場を迂回《うかい》して北へ向かっていた。フィリム軍の背後《はいご》にまわるか、あるいは王都を直撃《ちょくげき》するか。いずれにしても、フィリム軍としては放置できない。

ダッカは別働隊に気づいて眉《まゆ》をひそめた。飛空騎士《きし》隊にいったん上昇《じょうしょう》を命じる。すると、副官ヒューガの肩《かた》にとまっていた小さな鳥がさえずった。

〝別働隊はこっちで何とかしますよ〟

赤帽子鳥《あかぼうしどり》を通じて語っているのはシルカだ。甲高《かんだか》い鳥の声はシルカの声とは違《ちが》うが、いっそう生意気に聞こえる。口調がシルカのままだからだろう。

「あいつらだけで大丈夫《だいじょうぶ》ですかね」

ヒューガが手綱《たづな》を持った左手で額《ひたい》の汗《あせ》をぬぐった。右手の槍《やり》は血にぬれて赤く光っている。この大柄《おおがら》な飛空騎士《きし》は、すでに十人を超《こ》える敵兵《てきへい》を倒《たお》していた。

「地上の本隊から二千を向かわせよう。敵《てき》の騎兵《きへい》をつぶしておけば、後々《のちのち》有利になる」

ダッカが本隊への伝令に指名したのは、復帰《ふっき》した老飛空騎士《きし》スーサである。

「何でおれが……こんなことなら、ファストラといっしょにいたほうがよかったか」

ぶつぶつ言いながら、スーサは指示《しじ》にしたがう。

「巨人《きょじん》の椅子《いす》」の飛空騎士《きし》と見習い騎士《きし》は、敵《てき》の別働隊めがけて飛んでいた。先頭はシアとファストラで、レインがつづいている。

ファストラがときおりレインを振《ふ》り返る。レインは前回の戦いで、緊張《きんちょう》のせいか、思うように動けなかった。それで心配しているのだが、レインにしてみれば、その気づかいがつらい。

シルカは今回、新兵器を試《ため》すつもりである。火薬を玉に詰《つ》めたもので、火をつけて落とし、地上で爆発《ばくはつ》させる。花火を改良してつくったのだが、まだ完成したとはいえない。そもそもフィリムの花火は、音と煙《けむり》を出して味方に合図するための信号である。火薬の質《しつ》がよくないため、兵器としては使われていなかった。

シルカは言った。

「とりあえず音は出るから、敵《てき》をおどろかす役には立つだろう」

石を落とすより効果《こうか》があるかどうか、実際《じっさい》に使ってたしかめる。本来は試験を重ねてから実戦に投入するべきなのだが、のんびりしていたらフィリムという国がなくなってしまう。失敗を覚悟《かくご》でやるしかない。

「お、敵兵《てきへい》発見！」

ファストラが声をあげた。帝国《ていこく》の騎兵《きへい》隊だ。こちら側に向かって駆《か》けているから、すぐに射程《しゃてい》に入るだろう。

赤帽子鳥《あかぼうしどり》を通じてシルカが命じる。

〝火薬玉に火をつけて落とせ〟

飛空騎士《きし》たちは馬をとめ、火をつける作業にかかった。火打ち石を打って、火口《ほくち》の炭布《すみぬの》に火をつけようとするが、なかなかうまくいかない。上空は風もあり、飛空馬《ひくうば》の背《せ》は安定していないので、両手を使う作業は難《むずか》しいのだ。

若《わか》い飛空騎士《きし》が最初に成功させて、火口《ほくち》から導火線《どうかせん》に火を移《うつ》した。火がちりちりと燃《も》えて火薬玉に近づく。手を放すと、玉は薄《うす》い煙《けむり》をあげながら落ちていく。

二番手はファストラだった。ファストラは手先が器用ではないが、緊張《きんちょう》とは無縁《むえん》なので、意外に早くできたのだ。しかし、火薬玉を勢《いきお》いよく敵《てき》に投げ落としたので、導火線《どうか》の火が消えてしまった。

「あ、まずい」

ファストラはちらりとレインを見た。レインは手元に集中していて、ファストラの失敗には気づいていないようだ。突《つ》っこみがないのは寂《さび》しい。

最初の火薬玉は空中で爆発《ばくはつ》した。大きな音に馬がおどろき、帝国騎兵《ていこくきへい》の軍列が乱《みだ》れる。帝《てい》国軍《こく》は上からの攻撃《こうげき》に備《そな》えて盾《たて》をかかげていたのだが、音に対しては意味がなかった。

数個《こ》の火薬玉が敵中《てきちゅう》に落ちてはじけた。黒い煙《けむり》があがり、赤い炎《ほのお》も見えた。小さな爆発《ばくはつ》が起こったようだ。

「熱い！」

「何があったんだ⁉」

「わからん。飛空騎士《きし》の攻撃《こうげき》のようだが……」

帝国騎兵《ていこくきへい》は暴《あば》れる馬をなだめるのに必死で、進軍どころではなくなった。その間にも、火薬玉が次々と落ちてくる。混乱《こんらん》の輪が広がっていく。

ファストラが落とした二個《こ》目の火薬玉は、敵軍《てきぐん》の中央で爆発《ばくはつ》した。馬が横転し、乗り手が投げ出される。三個《こ》目は、煙《けむり》の中に落ちて見えなくなった。音が聞こえたから爆発《ばくはつ》はしたのだろう。これで、腰《こし》につるしていた火薬玉はなくなった。ここからは、いつものように弓と槍《やり》で戦う。

ファストラは隣《となり》を飛んでいる赤帽子鳥《あかぼうしどり》を見つめた。降下《こうか》の指示《しじ》を出してほしい、と思ったのだが、赤帽子鳥《あかぼうしどり》は沈黙《ちんもく》している。

舌打《したう》ちして辺りを見まわすと、レインがまだ火をつけられずにいた。

「レイン、大丈夫《だいじょうぶ》か？」

ファストラが近寄《ちかよ》ると、レインは顔をあげずにつぶやいた。

「どうして、これくらいのことができないのだろう……」

「火種を分けてやろうか」

「そういう問題じゃないの！」

レインはきっとして顔をあげた。目もとに涙《なみだ》がにじんでいる。

「え、あ、ごめん」

火がつかないなら火薬玉をくれ、と言いたい。しかし、レインの追いつめられた表情《ひょうじょう》を見ると、いかにファストラが無神経《むしんけい》でも、とても口に出せない。

赤帽子鳥《あかぼうしどり》がさえずった。

〝レイン、たいまつを出せ。ファストラ、まだ火種があるなら火をつけろ〟

「たいまつ？」

けげんな顔をするファストラの横で、レインは鞍袋《くらぶくろ》から木の棒《ぼう》を抜《ぬ》いた。先端《せんたん》には油をしみこませた布《ぬの》が巻《ま》いてある。シルカに持たされたものだ。

〝たいまつで仲間に火を分けてやれ〟

「わかりました」

レインが固い表情《ひょうじょう》でうなずく。ファストラが火をつけると、たいまつは油が焼けるにおいとともに燃《も》えあがった。

レインは自分の火薬玉に火をつけては落とした。腰《こし》につるしていたのを取るのに必死で、玉の行方《ゆくえ》は確認《かくにん》していない。最後の一個《こ》を落として、仲間たちに声をかける。

「火薬玉が残っている人は来て。たいまつで火をつけるよ」

四人の飛空騎士《きし》が近づいてきた。レインはたいまつを持った右手を伸《の》ばし、火薬玉に火をつけていく。

レインの表情《ひょうじょう》はけわしい。このような簡単《かんたん》なことでも、役に立てばいいのか。戦場の緊張《きんちょう》感は、想像《そうぞう》をはるかに超《こ》えていた。ひとつの失敗が自分や仲間の死に、あるいは敗北につながりかねないのである。そう考えると、うまく身体《からだ》を動かせなくなった。頭も働かなくて、自分が何をしているのか、何をすべきなのかわからなくなる。

すべての火薬玉が落とされる頃《ころ》には、飛空騎士《きし》たちの周囲《しゅうい》を煙《けむり》がおおうようになっていた。せきこむ者もいるし、視界《しかい》も悪い。

〝引きあげろ〟

シルカの命令を受けて、飛空騎士《きし》たちはいったん上昇《じょうしょう》し、北へ向かう。レインは最後に、火のついたままのたいまつを地上の敵《てき》に投じた。

帝国騎兵《ていこくきへい》たちは進軍をあきらめ、退却《たいきゃく》にかかった。戦死者は少ないが、煙《けむり》と炎《ほのお》にやられて、軍列が崩壊《ほうかい》したためだ。

スーサの案内でフィリム軍の一隊が迎撃《げいげき》に来たときには、敵《てき》の姿《すがた》は見えなくなっていた。

「つまらん。追いかけたいところだが、無理だろうな」

スーサはため息をついた。地上の騎兵《きへい》隊に敵《てき》が退却《たいきゃく》したことを伝え、引き返すよう助言する。老飛空騎士《きし》の助言に、指揮《しき》官はすなおにしたがった。

その頃《ころ》、戦場の後方では、帝国《ていこく》軍の将軍《しょうぐん》ストラグルが陣《じん》をつくる作業を監督《かんとく》していた。前方で味方が戦っている間に、柵《さく》を立て、壕《ごう》を掘《ほ》って、拠点《きょてん》を築《きず》くのだ。堅固《けんご》な砦《とりで》ではなく、簡単《かんたん》な柵《さく》や壕《ごう》であっても、騎兵《きへい》隊に対しては有効《ゆうこう》だ。帝国《ていこく》軍はこうして北関《ほくかん》から徐々《じょじょ》に前進し、最終的に王都ラクサを落とすつもりである。

「敵《てき》の暗殺《あんさつ》で成りあがったような男に一軍を任《まか》せるのはおかしい。さっさと負けて戻《もど》ってくればいいのだ。いや、負けすぎても困《こま》るな。陣《じん》をつくる時間くらいは稼《かせ》いでもらわねばならん」

　ストラグルはカルミフに不満があるのだが、自分自身でも二度の戦いを有利に進めながら、最後の詰《つ》めに失敗した責任《せきにん》を感じている。だから、陣《じん》の構築《こうちく》という地味な役割《やくわり》をしっかり果たして、総《そう》司令官の信頼《しんらい》をとり戻《もど》すつもりだった。

　前方にあがっている土煙《つちけむり》が近づいてくるようだ。味方の兵が後退《こうたい》してくる。

「もう退却《たいきゃく》か。早すぎるのではないか」

　ストラグルはぼやいたが、むしろ機嫌《きげん》はいい。ざまをみろ、と言いたい気分だ。

　カルミフがひきいる帝国《ていこく》軍は、散《ち》り散《ぢ》りに逃《に》げたわけではない。後方の部隊が下がって、槍《やり》を立てた防御陣《ぼうぎょじん》をつくる。前方の部隊が後退《こうたい》してくるのを吸収《きゅうしゅう》し、敵《てき》の攻撃《こうげき》を受けとめるかまえだ。

　フィリム軍は大規模《だいきぼ》な追撃《ついげき》をかけない、という読みがカルミフにはあった。これが的中する。

　ダッカはあらかじめ追撃《ついげき》を禁《きん》じる方針《ほうしん》を示《しめ》していた。敵《てき》が完全に崩《くず》れたら、禁《きん》を破《やぶ》ってもいいと考えていたが、敵《てき》はしっかりと準備《じゅんび》していて、大きな隙《すき》はなかった。

「気に入らんな」

ラクサへ引きあげながら、ダッカはつぶやいた。つぶやくというには、声が大きすぎたかもしれない。

副官のヒューガがたずねる。

「何がです？　今日は快勝《かいしょう》だったじゃないですか」

「だが、得《え》たものはない。むしろ、敵《てき》が陣《じん》を前に進めている。敵《てき》はどうも、ある程度《ていど》の損害《そんがい》を覚悟《かくご》のうえで、前進を優先《ゆうせん》させているようだ。気に食わん」

「兵はいくらでも補充《ほじゅう》できるから、失ってもいいということでしょうか。増援《ぞうえん》の予定があると？」

ダッカはいまいましげにうなずいた。

「そう考えられる」

王都に戻《もど》ったダッカたちを、一人の飛空騎士《きし》が出迎《でむか》えた。

「団長《だんちょう》、先ほどエンデシムより戻《もど》ってきました」

敬礼《けいれい》するのは、ヒューガとファストラの兄、アクアであった。

5 ❖ 帰還《きかん》と復帰《ふっき》

アクアは三十歳《さい》で、ヒューガとは五歳《さい》の年齢差《ねんれい》がある。弟ほど体格《たいかく》に恵《めぐ》まれておらず、どちらかといえば小柄《こがら》である。目尻《めじり》の下がったやさしげな顔つきで、歴戦《れきせん》の飛空騎士《きし》には見えない。

アクアは帝国《ていこく》の侵攻《しんこう》がはじまったその日に、みずから志願《しがん》してエンデシムにおもむいていた。帝国《ていこく》軍が占領《せんりょう》した地域《ちいき》に入って、情報《じょうほう》を集めるためである。もともと情報収集《じょうほうしゅうしゅう》のために活動している密偵《みってい》はいたのだが、南北の関《せき》をおさえられることも予測《よそく》して、関《せき》を通らずに帰ってこられる飛空騎士《きし》を送りこむ必要があった。密偵《みってい》との連絡手段《れんらくしゅだん》であった伝書鳩《でんしょばと》もほとんどが帝国《ていこく》軍に発見されて殺《ころ》されてしまったので、アクアのもたらす情報《じょうほう》は貴重《きちょう》である。

「正直に言って、エンデシムの状況《じょうきょう》は厳《きび》しいです。今回の帝国《ていこく》軍は前回とはまったく違《ちが》います」

二十七年前の帝国《ていこく》軍の侵攻《しんこう》は、奴隷狩《どれいが》りを目的としていたが、今回は属領《ぞくりょう》としての支配《しはい》を目的としているようだ。属領《ぞくりょう》になれば帝国《ていこく》の一部となるが、富は帝国《ていこく》本土に吸《す》いあげられる。積極的な軍事遠征《えんせい》で属領《ぞくりょう》を増《ふ》やし、本土を発展《はってん》させるのが帝国《ていこく》の方針《ほうしん》である。

帝国軍《ていこく》の支配《しはい》は巧《たく》みだ。占領《せんりょう》した港町カルセイをはじめとする地は、今はほとんど混乱《こんらん》していない。

帝国《ていこく》の支配《しはい》を受け入れれば、民《たみ》は危害《きがい》をくわえられず、財産《ざいさん》を奪《うば》われても一部だけである。貧《まず》しい者には、逆《ぎゃく》に食料が与《あた》えられた。奴隷《どれい》として帝国本土《ていこく》に送られるのは兵士《へいし》と、帝国《てい》に反抗《はんこう》した者だ。高位の役人は捕《と》らえられたが、地位の低い役人やあらかじめ降伏《こうふく》していた者は仕事をつづけている。

「一部の貧《まず》しい民《たみ》たちは、帝国《ていこく》の支配《しはい》を歓迎《かんげい》していますよ」

アクアは眉間《みけん》にしわを寄《よ》せながらも、落ちついた声で報告《ほうこく》する。

「エンデシム軍からは脱走者《だっそうしゃ》も出ていますし、戦わずして降伏《こうふく》した町もありました」

ダッカはこぶしを強くにぎった。

「敵《てき》の司令官が有能《ゆうのう》なのはわかっている。最初は甘《あま》い顔をして降伏《こうふく》を誘《さそ》い、支配《しはい》がかたまったら、本性《ほんしょう》をあらわすのだろう」

「おそらくそうでしょう。ですが、実際《じっさい》にエンデシム軍の士気《しき》は下がっています。さらに、帝国本土《ていこく》からは大規模《だいきぼ》な増援《ぞうえん》が来ましたから、エンデシムがいつまで戦えるかわかりません」

「む……」

ダッカは歯をきしらせた。エンデシム軍が善戦《ぜんせん》し、占領地《せんりょう》の民《たみ》が帝国《ていこく》に抵抗《ていこう》してくれれば、フィリムも有利に戦える。だが、今の状況《じょうきょう》では先が見えない。敵《てき》の戦力は増《ふ》える一方、こちらは減《へ》る一方だ。フィリム人は老若男女《ろうにゃくなんにょ》を問わず馬に乗れるから、全員が戦おうと思えば戦える。とはいえ、みなに死ぬまで戦えとはとても命じられない。

フィリム騎兵《きへい》は非常時《ひじょう》に王都に集められる。村ごと、集団《しゅうだん》ごとに決められた数の兵を出すのだが、すべての兵の士気《しき》が高いわけではない。とくに辺境《へんきょう》には、国王や国への忠誠心《ちゅうせい》が薄《うす》い者たちがいる。エンデシムと同じく、フィリムも一枚岩《いちまいいわ》ではないのだ。

「帝国軍《ていこく》の兵糧《ひょうろう》は充分《じゅうぶん》にあるのか？」

ヒューガの問いに、アクアは微笑《びしょう》を浮《う》かべた。

「いい質問《しつもん》だ。残念ながら、兵糧《ひょうろう》が不足するとは思えない。カルセイの倉庫には小麦が詰《つ》まっている。本土からの輸送《ゆそう》にくわえ、エンデシムが税《ぜい》として集めたものをそのまま奪《うば》っているんだ」

「略奪《りゃくだつ》はしていないのか」

「なくはないが、帝国《ていこく》軍の軍規《ぐんき》は厳《きび》しい。略奪《りゃくだつ》や民《たみ》への暴行《ぼうこう》は見つかったら死刑《しけい》だ。三日に一度は、広場で帝国《ていこく》兵が処刑《しょけい》されていたよ」

ヒューガは天をあおいだ。

「やりにくい相手だな」

「そういうことだ」

アクアはうなずいて、さらに細かい報告《ほうこく》をつづけた。

「……という状況《じょうきょう》です。私《わたし》は明日にはエンデシムに戻《もど》ります。帝国《ていこく》の占領地域《せんりょうちいき》は警戒《けいかい》が厳《きび》しくなっているので、エンデシムの前線で情報《じょうほう》を集めようと思います」

「その必要はない」

ダッカが首を横に振《ふ》った。

ヒューガがシルカとその能力《のうりょく》を説明する。シルカは魔法《まほう》を使う森鴉《もりがらす》を五羽、エンデシムに送っていて、港町カルセイや王都チェイ、南関《なんかん》などの様子をさぐっている。はなれたところから森鴉《もりがらす》に指示《しじ》はできないので、どこを見るかは森鴉任《もりがらすまか》せだが、敵《てき》の動きはおおむねわかる。戦場では、せまい場所に何羽もの森鴉《もりがらす》を飛ばすので、より細かい状況《じょうきょう》を見られる。

「それは便利だな。敵《てき》にまわしたくない能力《のうりょく》だ」

感心するアクアに、ヒューガはつづいて「巨人《きょじん》の椅子《いす》」の飛空騎士《きし》について話した。

「なるほど、それは一大事だな」

アクアの冷静な反応《はんのう》に、ダッカが眉《まゆ》をひそめた。

「あまりおどろいていないようだな」

「いえ、天地がひっくり返ったような衝撃《しょうげき》です。でも、いいことかもしれません。シルカという人にはぜひ、会ってみたいですね」

「感じの悪い男だぞ」

ダッカが言うと、ヒューガは苦笑《くしょう》し、アクアは返答に困《こま》って首をかしげた。

「じゃあ、兄貴《あにき》、客人のところへ行こうか」

ヒューガが兄をシルカのいる兵舎《へいしゃ》に連れていって紹介《しょうかい》した。

「君がエジカの息子《むすこ》だね。私《わたし》はアクア、ヒューガとファストラの兄だ」

アクアの第一声に、シルカはむしろ警戒《けいかい》の目を向けた。リディンとエジカが亡命《ぼうめい》したとき、アクアは六歳《さい》である。

「父をおぼえているのですか？」

「いや。ただ、話は聞いている。両親からも、それに、たとえばシューのお母さんなんかからもね」

やりにくいな、とシルカは思った。

両親を知っている人物が、ラクサには多い。シューデリンの母フェルラインは、シルカがラクサに来てまもなく声をかけてきて、じろじろと観察してきた。「エジカはどんな父親だった？」と聞かれたので、「ろくでもない父でした」と答えると、フェルラインは「やっぱり」とうなずいた。そして、「よく似《に》た親子だね」と笑ったのだ。リディンの息子《むすこ》として見られることは覚悟《かくご》していたが、どうもそれだけではないようなのである。

「私《わたし》も飛空騎士《きし》のあり方に疑問《ぎもん》をもったことがあった。ただ、エジカのように行動に移《うつ》す勇気はなかったんだ」

エジカは「巨人《きょじん》の椅子《いす》」で、孤児《こじ》たちの飛空騎士《きし》隊をつくったが、フィリムにいたときから、そういう考えをもっていたのかもしれない。

「あの人はすごいよ」

アクアが褒《ほ》めたので、シルカは複雑《ふくざつ》な気持ちになった。

「感じの悪い男ですけどね」

ヒューガが笑いだした。ダッカがシルカを評《ひょう》した言葉と同じだ。アクアも笑いをこらえている。

誰《だれ》かに悪口を言われていたらしいことはわかる。シルカはむっとして、実務《じつむ》的な話を持ちだした。

「兵糧庫《ひょうろう》の警備《けいび》の状況《じょうきょう》や、いつ輸送《ゆそう》船が入ってくるかはわかりますか?」

「奇襲《きしゅう》をかける気か? 情報《じょうほう》は持っているが、カルセイを攻《せ》めるのは飛空騎士《きし》には厳《きび》しいぞ」

言ってから、アクアは気づいた。

「そうか、フィリム人じゃなければ、海も怖《こわ》くないか」

「ええ。兵や兵糧《ひょうろう》を運ぶ船を海上で攻撃《こうげき》してもおもしろいでしょう」

フィリム人の多くは、大きな湖も海も見たことがなく、小さな川しか知らないので、まったく泳げない。馬も同様で、海の近くでの作戦には不安がある。エンデシム人なら、海を見たことはなくても、川で泳いだり魚をとったりしているので、恐怖《きょうふ》心はない。

「なるほど、君たちは戦力になるようだ。団長《だんちょう》も複雑《ふくざつ》な気持ちだろう」

アクアはヒューガそっくりの苦笑《くしょう》を浮《う》かべた。体格《たいかく》は違《ちが》うが、顔のつくりはよく似《に》た兄弟である。血がつながっていないファストラも、ふとした仕草《しぐさ》は似《に》ている。

「その作戦には、私《わたし》も参加しよう。カルセイの地理は頭に入っている」

アクアが言うと、シルカは首をかしげた。

「海上を飛ぶかもしれませんよ」

「かまわない。向こうにしばらくいたから、海にも慣《な》れているよ。魚だって食べられる。泳ぐ自信はないけどな」

「ならば、指揮《しき》をお願いします。作戦を相談しましょう」

アクアとシルカは意外に相性《あいしょう》がいいようだ。二人で地図を見ながら、話し合いをはじめた。

「その作戦、おれは参加しないぞ」

ヒューガが言うと、アクアとシルカは同時に応《おう》じた。

「わかってる」

シューデリンは町外れの空き家に五、六人の仲間を集めて、火薬玉をつくる作業をはじめていた。

「こういう手仕事は得意だから」

実戦には出たくないが、役には立ちたい。そう考えて、シルカと相談し、火薬玉づくりを引き受けたのだ。

シルカは言う。

「フィリムの山は藍玉《キーラ》だけじゃなくて、火薬の原料、硝石《しょうせき》も硫黄《いおう》もとれる。文字どおり、宝《たから》の山なんだ。火薬をうまく使えれば、フィリムはもっと豊《ゆた》かになれる」

シルカの知識《ちしき》のみなもとは、エンデシム語の書物である。両親が残した銀貨や宝石《ほうせき》は、ほとんど書物に変わっている。

ネイ・キール大陸でもギルス帝国《ていこく》でも、火薬の研究はあまり進んでいない。魔法《まほう》動物を見つけて使いこなすほうに、資金《しきん》や人材が多く費《つい》やされているためだ。そういう状況《じょうきょう》だから、火薬の開発や改良に成功すれば、他国に対して優位《ゆうい》に立てるかもしれない。

硝石《しょうせき》と硫黄《いおう》と木炭を、シルカの指示《しじ》した割合《わりあい》で混《ま》ぜ、皮や木でつくった玉に詰《つ》める。玉を閉《と》じて、導火《どうか》線のひもをつける。玉の材料や大きさ、火薬の量にひもの長さなど、試行錯誤《しこうさくご》を重ねているが、まだ完成していない。実戦で試《ため》して、改良を進めている状況《じょうきょう》だ。

粉《こな》が舞《ま》い、火薬がにおうので、シューデリンたちは麻布《あさぬの》で口と鼻をおおっている。声は通りにくいが、おしゃべりはとだえない。

戦《いくさ》の話題はあえて避《さ》け、シューデリンのエンデシムでの経験《けいけん》や、友人のうわさ話で盛《も》りあがっている。

「森で大蛇《だいじゃ》におそわれたときは、まちがいなく死んだと思ったよ」

シューデリンは思い出して身をふるわせた。

「ファストとレインが助けてくれて、傷《きず》は治癒猿《ちゆざる》に治してもらったんだけどね。もう戦うのは嫌《いや》だな」

「ファストラはほんとに強いの？」

女友達《ともだち》に聞かれて、シューデリンは小首をかしげた。

「強いと言えば強いけど、本人が言ってるほど強いかどうかは疑問《ぎもん》」

「あこがれたりしないの？」

「しない。まったく、これっぽっちも」

シューデリンは力強く否定《ひてい》した。

「飛空騎士《きし》どうしだから、とかは関係なく、あいつは子どもだもん」

「シューは年上好みだからね」

「別に年上じゃなくてもいいけど、落ちついてて頼《たよ》れる人がいい」

そこへ、シューデリンの母フェルラインが顔を出した。

「おもしろそうな話をしているじゃない」

シューデリンは思わず立ちあがった。

「何しに来たの!?」

「様子を見に」

娘《むすめ》の顔が赤くなっているのを見て、母はにやりと笑った。

「盗《ぬす》み聞きはしてないよ。火薬玉ってやつを見てみたいと思ったんだ」

「見るならどうぞ。訓練場でなら、試《ため》しに爆《ばく》発《はつ》させてみてもいいらしいよ。それで気づいたことがあったら変えていいって、シルカが言ってた」

シューデリンが放った火薬玉を、フェルラインは左手で受けとめた。しげしげとながめる。

「勝手に試《ため》していいだなんて、シルカはやっぱり変わってるね」

「よくも悪くもね」

シューデリンの言葉に、母がうなずく。

「非常時《ひじょうじ》にはそういう人が役に立つかも。じゃあ、ちょっと試《ため》してくる」

「そう言われてすぐに試《ため》す人も変わってると思う」

「何か言った?」

別に、と答えて、シューデリンは母を見送った。

しばらくして、遠くで爆《ばく》発《はつ》音が聞こえた。本当に試《ため》してみたようだ。

フェルラインが小走りで戻《もど》ってきた。目が輝《かがや》いている。シューデリンは嫌《いや》な予感がした。

何かろくでもないことを思いついたにちがいない。母は自由気ままで、なおかつ行動力のある人だ。エンデシムのパンが食べたいと、いきなり往復《おうふく》三日かけて買いに行ったり、夜中にこっそりシューデリンの飛空馬《ひくうば》を乗りまわしたり、といった前例がある。

「なかなかの威力《いりょく》だ。うん、決めた。私《わたし》も復帰《ふっき》する」

シューデリンは耳を疑《うたが》った。

「復帰《ふっき》するって、戦うの？」

「もちろん。これを落とすくらいなら、私《わたし》にもできるだろ？」

フェルラインは戦《いくさ》で負った怪我《けが》のせいで、右手の細かい動きができなくなり、飛空騎士《きし》を辞めた。リディンが活躍《かつやく》していた頃《ころ》の話だ。

「いや、でも、今さら？　ちょっと間が空きすぎてない？」

混乱《こんらん》するシューデリンを見て、母は不敵《ふてき》に笑う。

「スーサが復帰《ふっき》したらしいじゃない。あの人に比《くら》べれば、私《わたし》はまだまだ若《わか》い。弓や槍《やり》が使えなくても、きっと役に立つ」

「父さんが心配するんじゃない？」

「そりゃあ心配はするかもね。でも、あの人が私《わたし》のやることに反対したのは一度だけだから」

「一度って？」

父はおだやかな人で、母の勝手な行動をいつも微笑《ほほえ》んで見守っている。反対することがあったとはおどろきだ。

「あんたの兄さんが死んだときにね……。まあ、それはともかく、今回は反対はしないよ」

「そう……」

シューデリンは目を伏《ふ》せた。

「えっと、もしかして、あたしのせいなのかな」

フェルラインは一瞬《いっしゅん》、きょとんとした。娘《むすめ》の言わんとすることに気づいて、左手をひらひらと振《ふ》る。

「安心しな。娘《むすめ》の代わりに戦おう、なんて思ってないよ。ただ、昔の友達《ともだち》にね……」

フェルラインは少し間《ま》をおいて、言葉を選ぶ様子だった。

「フィリムを変えようとしてたやつがいるんだ。もしかしたら、あんたたちは違《ちが》うフィリムを見られるかもしれない。そのためには勝たないといけないから、私《わたし》は戦う。けど、これは私《わたし》がやりたくてやることだから、シューはシューのやり方で戦えばいい。火薬玉をつくるのだって、立派《りっぱ》な仕事だ」

シューデリンが黙《だま》っているので、フェルラインはことさらに笑って言った。

「シルカの指揮《しき》で戦うのはおもしろそうだ。あの子にはたしかに才能《さいのう》がある」

「まあ、そうなんだけど……」

シューデリンは言葉をにごした。訓練を親に見に来られるような気分だ。自分の領域《りょういき》に親が入ってくるのは歓迎《かんげい》できない。もっとも、レインなどは常《つね》に親の視界《しかい》にいるわけで、自分には想像《そうぞう》もできない苦労があるのだろう。

「心配しなくていいって。娘《むすめ》の悪口を言ったりはしない」

「喧嘩《けんか》しないでね。いや、少しくらいならしてもいいか」

「ごちゃごちゃ言わないの」

シューデリンに母をとめることはできない。母が復帰《ふっき》したら、ファストラやレインといっしょに戦うことになる。そう思うと、複雑《ふくざつ》な気持ちだった。自分はどうすべきなのか、正面から向き合って考えなければならない。

一方、シルカは自分の母親と同じ世代の女性《じょせい》を配下として使うことになる。しかもフェルラインは娘《むすめ》から見ても個性《こせい》が強い。シルカに同情《どうじょう》すべきかもしれないと、シューデリンは思った。

6 ❖ 海上の戦い

フィリムの高原の東側では、切り立った崖《がけ》がそのまま海に落ちこんでいる。大地溝《だいちこう》の南側、エンデシムの地には、港町カルセイの他に天然の港もあって、漁村も多いが、北側にはまったくなかった。上陸してすぐ高い崖《がけ》では、港もつくれないし、あえてつくる必要もなかった。

海岸線をずっと北にたどっていけば、森林や平野も広がっているが、その辺りは非常《ひじょう》に寒く、土が凍《こお》るほどなので、ほとんど人は住んでいない。これは北部の山岳《さんがく》地帯や西部の荒野《こうや》も同様だ。フィリムの人口は少ないため、厳《きび》しい環境《かんきょう》の土地を切り開こうという意欲《いよく》は生まれていない。

こうした事情《じじょう》から、高原に住むフィリム人の多くは海を見たことがないし、海の水が塩からいことを知らない。

ファストラは飛空馬《ひくうば》の背《せ》からはじめて海を見て、目を丸くした。

「これって全部が水なのか？　飲めるの？」

義兄《ぎけい》のアクアが答えた。

「水と言えば水だが、塩からくてとても飲めないぞ」

「塩からい？　信じられないな」

ファストラは何度も首をかしげている。

シルカがひきいる飛空騎士《きし》たちは、王都ラクサから東へ向かい、崖《がけ》から飛んで海へ出た。

帝国軍《ていこくぐん》がいる地域《ちいき》からははなれているが、念のため、飛ぶときも低空飛行である。

シルカは一羽の森鴉《もりがらす》と並《なら》んで飛んで、「鳥の目」で周囲《しゅうい》を見ている。直接《ちょくせつ》見ると怖《こわ》くなるからだ。

シルカの頭のなかには、各地に送った森鴉《もりがらす》などの見る映像《えいぞう》がいくつも浮《う》かんでおり、そのなかのひとつを選んで見るのだという。自分の目で見ると高いところが怖《こわ》く、「鳥の目」なら平気、という理屈《りくつ》はファストラにはまったくわからないのだが、シルカは安定した飛行をつづけている。

「あれが拠点《きょてん》にする島だ。降《お》りるぞ」

シルカが指さしたのは、岩に囲《かこ》まれた小さな島だった。中央に少し緑の木々が見える他は、岩と砂《すな》の島である。

ファストラの指示《しじ》に、愛馬ファングは首を振《ふ》って抵抗《ていこう》した。ファストラは平気だが、馬は海が怖《こわ》いのだろう。

「大丈夫《だいじょうぶ》だって、あそこは陸だから。行ってみよう」

周りの飛空騎士《きし》たちが降《お》りるのを見て、ファングはようやく納得《なっとく》したのか、高度を下げはじめた。

シルカのねらいは、帝国《ていこく》の輸送《ゆそう》船に対する奇襲《きしゅう》である。この作戦に参加している飛空騎士《きし》は、シルカを含《ふく》めて十四騎《き》。「巨人《きょじん》の椅子《いす》」の飛空騎士《きし》たちの他に、ファストラとアクア、それにシューデリンの母フェルラインがくわわっている。

レインは王都に残るよう命じられた。

「今回の作戦では、一瞬《いっしゅん》の遅《おく》れが命とりになる。残念だけど、君を連れていくわけにはいかない。危険《きけん》な任務《にんむ》は、もう少し経験《けいけん》を積んでからにしよう」

シルカの言葉に、レインは唇《くちびる》を噛《か》みしめた。反論《はんろん》の余地《よち》はない。これまでの戦いでは、ほとんど役に立てなかった。実戦になると、緊張《きんちょう》して身体《からだ》がうまく動かなくなるのだ。海上での奇襲《きしゅう》作戦には参加させない、というシルカの判断《はんだん》はもっともである。それが理解《りかい》できるだけに悔《くや》しい。自分のふがいなさに腹《はら》が立つ。

「……弓矢の訓練にはげみます」

レインはそう言って、指示《しじ》を受け入れた。

シルカは当初、フェルラインの参加も断《ことわ》った。

「いずれ活躍《かつやく》してもらうつもりですが、今回は出番はなさそうです。王都で待機していてください」

帝国《ていこく》の輸送《ゆそう》船は漕《こ》いで進むガレー船だ。漕《こ》ぎ手《て》の奴隷《どれい》が乗っているので、沈《しず》めてしまうわけにはいかない。火薬玉を次から次に落とす、という戦術《せんじゅつ》は使えないのだ。したがって、弓をあつかえないフェルラインには、活躍《かつやく》の場が少ない。

しかし、フェルラインは言下《げんか》に拒否《きょひ》した。

「嫌《いや》だね」

シルカはおどろいて、とっさに言葉が出ない。フェルラインがたたみかける。

「私《わたし》は行く。石でも投げて戦うよ。それに、久《ひさ》しぶりにやってみたら、槍《やり》はそこそこ使えたんだ。海だって怖《こわ》くない。前線に出すのが不安なら、伝令でもやってやる」

シルカはまばたきを繰《く》り返した。シューデリンの母だというが、言っている内容《ないよう》はまるでファストラである。いや、指示《しじ》にしたがわない点で、ファストラよりたちが悪い。

「今回の作戦は細かい連携《れんけい》が必要なので、はじめて参加する人がいると、問題が出るかもしれず……」

「アクアも行くんだろ？」

シルカは説得《せっとく》をあきらめた。ここで時間と忍耐《にんたい》力を使うより、参加させて適当《てきとう》な役割《やくわり》を与《あた》えたほうがいい。こうして、奇襲《きしゅう》作戦をおこなう飛空騎士《きし》は、十四騎《き》になったのである。


シアを先頭にして、飛空騎士《きし》の一隊はフィリム東方沖の小島に降《お》りた。羽根を休めていた海鳥が、あわてて飛び立っていく。小島は千騎《き》の騎兵《きへい》が布陣《ふじん》できるくらいの広さで、十四騎《き》が拠点《きょてん》とするには充分《じゅうぶん》である。鳥の他に、動物の気配はない。

ファストラは馬を下りて、さっそく波打ち際《ぎわ》に走った。海水を手ですくって、口に持っていく。

「少しにしておくんだぞ」

アクアが声をかけたが、遅《おそ》かった。

「からい！」

ファストラが悲鳴のような声を出して、はげしくせきこんだ。仲間たちが心配そうに集まる。ファストラは息も絶《た》え絶《だ》えである。

「み、水……」

「水は貴重《きちょう》だから、飲みすぎるなよ」

シルカが冷たく言った。

「遊びに来てるんじゃない。軽率《けいそつ》な行動はつつしむように」

そのとおりなので、ファストラはうなだれた。仲間が革《かわ》の水筒《すいとう》を差し出してくれたので、ひかえめに口に含《ふく》んで、うがいをする。

アクアがファストラの背中《せなか》をさすりながら言った。

「ファスの積極性《せっきょくせい》は魅力《みりょく》だけど、ときには慎重《しんちょう》さも必要だ。命に関わるぞ」

「うん、実感した」

涙目《なみだめ》でうなずくファストラである。

少しはなれたところでは、フェルラインが海水を黙《だま》ってなめていた。

「作戦を説明するから、集まってくれ」

シルカが声をかけると、全員が馬を下りてシルカの周りに輪をつくった。太陽は西にかたむいていて、人馬の影《かげ》が長く伸《の》びている。

帝国軍《ていこくぐん》の輸送船《ゆそうせん》は二隻《せき》で、明日の朝にカルセイに入港する予定らしい。したがって、今夜のうちに海上で奇襲《きしゅう》をかけ、船を乗っとる。さらに、漕《こ》ぎ手《て》の奴隷《どれい》を解放《かいほう》してカルセイの倉庫をおそう計画だ。

「巨人《きょじん》の椅子《いす》」の飛空騎士《きし》は、夜に飛ぶ訓練もしていた。アクアとファストラは、人目を避《さ》けて夜に飛んだ経験《けいけん》がある。フェルラインははじめてだが、妙《みょう》に自信ありげだった。

「飛ぶのは私《わたし》じゃない。乗り手は目をつぶっていたって、馬が飛んでくれるよ」

空には半月が出ている。帝国《ていこく》の船は灯《あか》りをつけているので、目標ははっきりしている。夜襲《やしゅう》の条件《じょうけん》はそろっているといえよう。

干《ほ》し肉とチーズで腹《はら》ごしらえをしたあと、日が完全に沈《しず》んでから、飛空騎士《きし》たちは出発した。二隊に分かれ、一隊をアクアが、一隊をシアがひきいる。ファストラとフェルラインはアクア隊に入った。シルカは小島で待機だ。

しばらく飛んでいると、赤帽子鳥《あかぼうしどり》がさえずった。


〝いったん戻《もど》れ〟

緊急事態《きんきゅうじたい》だろうか。飛空騎士《きし》たちはいぶかしみながら小島に引き返した。

シルカが顔をしかめて説明する。

「後方から別の船が一隻《せき》、輸送船《ゆそう》を追っている。あとから護衛《ごえい》の軍船を送ったのだろう」

「作戦がもれたのか？」

ファストラが問うと、シルカは首を横に振《ふ》った。

「私《わたし》たちが作戦を立ててから出発したのでは間に合わないから、それは考えられない。念のための手が当たったのだろう」

帝国《ていこく》の輸送船《ゆそう》は最大二十人の漕《こ》ぎ手《て》で大量の積み荷を運ぶ。乗りこむ兵士《へいし》は十人程度《ていど》だ。一方、軍船は漕《こ》ぎ手《て》が百人乗っており、最大で四百人の兵士《へいし》を乗せて高速で進む。今回、何人の兵士《へいし》が乗っているかはわからないが、計画の練り直しが必要だ。

シルカはツノコウモリの報告《ほうこく》を聞いていたが、やがて言った。

「軍船の兵士《へいし》は百人もいないようだ。とくに夜襲《やしゅう》への備《そな》えもない。火薬玉で攻撃《こうげき》すれば、簡《かん》単《たん》に救援《きゅうえん》には行けないだろう。決行する」

「ほら、私《わたし》の出番があったじゃない」

フェルラインが不敵《ふてき》に笑った。

第三隊がつくられた。フェルライン以下、四人の飛空騎士《きし》が選ばれている。火薬玉のあつかいがうまかった者たちだ。

あらためて飛空騎士《きし》たちが飛び立った。

空から見おろすと、三隻《せき》の船の灯《あか》りが見える。

〝最後尾《さいこうび》が軍船だ。中央部に火薬玉を落とせ。それを合図に、一、二隊は降下《こうか》〟

シルカの指示《しじ》にしたがって、三隊がそれぞれ担当《たんとう》する敵船《てきせん》の上空に向かった。敵《てき》はまだ気づいていない。たとえ上を見ていたとしても、夜空に溶《と》けこんだ飛空馬《ひくうば》を見つけるのは困難《こんなん》だろう。

フェルラインは器用に左手を使って、一回で火をつけた。鞍《くら》の上の種火をいったんたいまつに移《うつ》し、それを右脇《みぎわき》に抱《かか》える。左手で火薬玉の導火《どうか》線に火をつける。暗いうえに不安定な馬上で、一連の作業をとどこおることなくやってのけた。

火打ち石が海に落ちて音を立てたが、船を漕《こ》ぐ音にまぎれて、帝国《ていこく》兵には届《とど》かない。

「じゃあ、行くよ」

誰《だれ》にともなくつぶやいて、フェルラインは火薬玉を落とした。たいまつで火をつけて、二個《こ》三個《こ》とまとめて落とす。すぐに火をつけられなかった仲間も、たいまつのおかげで遅《おく》れずに火薬玉を落とせる。

轟音《ごうおん》とともに、炎《ほのお》と煙《けむり》がわきおこった。

「な、何だ⁉」

見張《みは》りの帝国兵《ていこくへい》が転がるように炎《ほのお》から逃《のが》れた。

敵襲《てきしゅう》、の声があがり、鐘《かね》が鳴り響《ひび》く。

「敵《てき》はどこだ？」

「いいから火を消せ！」

「いったん船をとめろ！　状況《じょうきょう》を確認《かくにん》するんだ」

指示《しじ》の声が乱《みだ》れ飛ぶなか、甲板《かんぱん》を炎《ほのお》が走り、黒煙《こくえん》が踊《おど》る。船上はたちまち大混乱《だいこんらん》におちいった。爆発《ばくはつ》の衝撃《しょうげき》で海に落ちた兵士《へいし》もいるようだ。

たいまつを帝国兵《ていこくへい》に投げ落として、フェルラインがつぶやく。

「油を流せば、船を丸ごと焼けるんだけどねえ」

その案は検討《けんとう》されたが、漕《こ》ぎ手《て》の奴隷《どれい》を全滅《ぜんめつ》させてしまうため、取り入れられなかった。勝利のためとはいえ、罪《つみ》のない奴隷《どれい》を殺《ころ》すことはできない。甲板《かんぱん》が少し燃《も》えるくらいなら、消しとめられるだろう。

軍船の兵士《へいし》たちは、奴隷《どれい》の鎖《くさり》を外して、全員で消火に駆《か》けまわっている。その間に、飛空騎士《きし》たちは輸送《ゆそう》船を攻撃《こうげき》していた。

ゆれる船上での戦闘《せんとう》は慣《な》れていないと難《むずか》しい。だが、飛空騎士《きし》は浮《う》いているので、不利はなかった。アクアが五人、ファストラは二人の敵兵《てきへい》を倒《たお》し、輸送《ゆそう》船を制圧《せいあつ》した。残りは仲間の飛空騎士《きし》が倒《たお》すか、海に飛びこんだ。

アクアとファストラは馬を下り、剣《けん》で奴隷《どれい》の鎖《くさり》を切ってまわった。奴隷《どれい》たちはとまどったように顔を見あわせている。

「フィリム語かエンデシム語がわかる者はいるか？」

中年の奴隷《どれい》が手をあげた。

「おれはエンデシムの出身だ」

「では、通訳《つうやく》を頼《たの》む」

アクアは奴隷《どれい》たちに状況《じょうきょう》を説明した。

「君たちが奴隷《どれい》の立場から逃《に》げ出したいのであれば、私《わたし》たちが協力する。カルセイより南の漁村にでも上陸して身を隠《かく》せばよい。危険《きけん》をおかしたくないなら、私《わたし》たちはこの船をはなれる。カルセイに行けば、奴隷《どれい》としての生活がつづくだろう。どちらにせよ、この船の兵糧《ひょうろう》を始末するのは手伝ってほしい」

エンデシム人の奴隷《どれい》が答えた。

「後ろに軍船がいるんだろ。逃《に》げるなんて無理だ。それに、帝国《ていこく》はもうすぐエンデシムを征《せい》服《ふく》するっていうじゃないか。逆《さか》らうべきじゃない」

ファストラが文句《もんく》を言う。

「意気地《いくじ》がないなあ。ずっと奴隷《どれい》のままでいいのか」

「ああ。奴隷《どれい》だったら、飯の心配はしなくてもいい。それに、漕《こ》ぎ手《て》を十五年つとめれば、解放《かいほう》されて帝国《ていこく》臣民になれるんだ。逃《に》げて苦労するより、そっちがいいよ」

帝国本土《ていこく》は、フィリムやエンデシムよりはるかに税《ぜい》が安い。臣民は奴隷《どれい》と属領《ぞくりょう》からの収入《しゅうにゅう》に支《ささ》えられて、豊《ゆた》かな生活を送っている。

「それがみんなの意見か」

アクアにうながされて、奴隷《どれい》たちは話し合ったが、結論《けつろん》はすぐに出た。

「積み荷を捨《す》てたあとは、カルセイに行く」

ファストラは口をとがらせたが、アクアはそれ以上、説得《せっとく》はしなかった。彼《かれ》らが決めることであるし、自由を求める道に危険《きけん》と困難《こんなん》が多いのはたしかだから、無理強《むりじ》いはできない。

もう一隻《せき》の輸送船《ゆそう》は、シアのひきいる飛空騎士《きし》たちが奪《うば》いとっていた。それを確認《かくにん》したファストラが提案《ていあん》する。

「最初の予定どおり、カルセイの倉庫をおそおうぜ」

アクアは首を横に振《ふ》った。

「それは難《むずか》しい。軍船の兵士《へいし》は、数だけ考えればおれたちだけで全滅《ぜんめつ》させられそうだが、奴隷《どれい》を盾《たて》にされるとやっかいだ。この成果で満足しよう」

二隻《せき》分の兵糧《ひょうろう》が届《とど》かなければ、帝国軍《ていこく》の作戦計画にも狂《くる》いが生じるだろう。今後、警備《けいび》は厳《きび》しくなるだろうが、それも帝国《ていこく》軍の負担《ふたん》になる。

〝撤退《てったい》せよ〟

赤帽子鳥《あかぼうしどり》がシルカの指示《しじ》を伝えた。

軍船を引きつけていたフェルライン隊も含《ふく》め、全員が拠点《きょてん》の小島に戻《もど》った。東の空が白《しら》みはじめている。

「作戦は成功だ。みな、よくやってくれた」

シルカは飛空騎士《きし》たちをねぎらったが、内心では喜《よろこ》んでいなかった。

小さな勝利を重ねて、全体の戦況《せんきょう》をくつがえすことができるだろうか。それは敵《てき》の覚悟《かくご》による。犠牲《ぎせい》が増《ふ》えていけば、帝国軍《ていこくぐん》も侵攻《しんこう》をあきらめて撤退《てったい》するかもしれない。しかし、帝《てい》国《こく》が仮《かり》に「どれだけ犠牲《ぎせい》を出してもいいからネイ・キール大陸を征服《せいふく》せよ」というような方《ほう》針《しん》をとっていたら、小さな勝利を最終的な勝利に結びつけるのは難《むずか》しくなる。どこかで大きな勝負に出なければならない。

「飛空騎士《きし》がせめて三百騎《き》、いや二百もいれば、帝国軍《ていこくぐん》を追い出してやるのに」

シルカはつぶやいた。ないものねだりをしても仕方がない。与《あた》えられた戦力で戦うしかないのだった。

7 ❖ レインの長い夜

その夜、レインは寝《ね》つけずにいた。夜襲《やしゅう》に連れていってもらえなかった悔《くや》しさが、頭のなかでぐるぐる回っている。どうすれば弓がうまくなるか、それも考えてしまう。想像《そうぞう》で弓を射《い》て上達するわけがないのに、考えるのをやめられない。

エンデシムから帰還《きかん》して以来、年長組の見習い騎《き》士《し》は正規《せいき》の飛空騎士《きし》やシルカたちとともに、兵舎《へいしゃ》で寝起《ねお》きしている。急な出撃《しゅつげき》に対応《たいおう》するためだ。

兵舎《へいしゃ》の寝台《しんだい》は家と違《ちが》って固いが、レインはそのほうが好きだった。軍の一員となっている実感があるし、家で母や弟と顔を突《つ》きあわせているより、気持ちが楽である。

何度寝返《ねがえ》りを打っただろう。夜襲《やしゅう》は順調に進んでいるだろうか。

レインは起きあがった。部屋を出て、向かった先は、兵舎《へいしゃ》の外にある鳥小屋である。解呪《かいじゅ》梟《ふくろう》のためにつくったものだ。

解呪梟《かいじゅふくろう》は小屋の中の横木にとまって目を閉《と》じていた。夜行性《やこうせい》のはずだが、寝《ね》ているのだろうか。レインが様子をうかがうと、解呪梟《かいじゅふくろう》は目を開いた。大きな黄色い瞳《ひとみ》で、レインを見つめる。

〈悩《なや》みがあるのか〉

「……少し」

レインが答えると、解呪梟《かいじゅふくろう》は真横に首をかしげた。

〈人はよく悩《なや》むようだな〉

解呪梟《かいじゅふくろう》はレインの背後《はいご》の夜空を見ているようだった。

〈リディンもエジカも、よくわしに話をしたものだ〉

レインは目をみはった。

「リディンも？」

〈うむ、おそらくな。何を言っていたかは、わしにはわからなかったが〉

解呪梟《かいじゅふくろう》は首をぐるりとまわした。

〈わしは呪《のろ》いをとくことしかできぬ。答えは与《あた》えられぬが、人は話すだけで楽になるのではないか。話してみるがいい〉

レインは恥《は》ずかしくなった。リディンの悩《なや》みと比《くら》べれば、自分の悩《なや》みなど小さいに決まっている。リディンは英雄《えいゆう》と呼《よ》ばれることにとまどっていたのだと思う。だが、フィリムをはなれてからも、なお悩《なや》んでいた。ひとつの悩《なや》みがなくなっても、別の悩《なや》みが生まれる。解呪《かいじゅ》梟《ふくろう》の言うように、人はよく悩《なや》むものなのだろう。ならば、未熟《みじゅく》な自分が悩《なや》むのも、きっと、恥《は》ずかしいことではない。

「私《わたし》はがんばっているのに、うまくいかないことばかりで……」

レインが語りはじめてしばらくしたときである。

ふいに、犬の吠《ほ》え声が聞こえた。飛空馬《ひくうば》の馬小屋のほうからだ。吠《ほ》え声は一度だけで、夜は元どおりの静けさを取り戻《もど》したかに思われた。だが、胸騒《むなさわ》ぎがする。

「見てきます」

駆《か》けだそうとするレインに、解呪梟《かいじゅふくろう》が告《つ》げた。

〈武器《ぶき》を忘《わす》れずにな。積み重ねた訓練が、そなたを守ってくれるだろう〉

「はい！」

レインはいったん部屋に戻《もど》って剣《けん》と弓をとり、馬小屋へ走った。馬のいななきが聞こえてくる。走りながら、愛馬に呼《よ》びかけた。

「レース、何かあったの？」

ややあって、返事があった。

〈わからない。でも、仲間が怖《こわ》がっている。空に逃《に》げたい〉

馬小屋の近くで、レインは足をとめた。辺りをうかがうが、人の気配は感じられない。馬たちが不安げにいなないている。

「カカ、どこにいるの？」

呼《よ》びかけるが、反応《はんのう》はない。

カカというのは、馬小屋で飼《か》っている犬の名前だ。馬と犬をいっしょに飼《か》うのは、フィリム人の習慣《しゅうかん》である。

先ほどの吠《ほ》え声はカカだと思うのだが……。眉《まゆ》をひそめたレインのもとに、数頭の飛空馬《ひくうば》が近づいてきた。

飛空騎士団《きしだん》の飛空馬《ひくうば》は、柵《さく》で囲《かこ》まれた牧場と馬小屋を往《ゆ》き来《き》している。馬小屋では、一頭ずつ分かれた馬房《ばぼう》に入るが、つながれてはいない。万一、火事が起こったり、馬泥棒《どろぼう》にあったりしたときに、逃《に》げられるようにである。賢《かしこ》い飛空馬《ひくうば》は、たとえば戦場で行方不明《ゆくえふめい》になっても、ラクサの馬小屋に帰ってくる。

「みんな、大丈夫《だいじょうぶ》だった？」

レインの問いに、飛空馬《ひくうば》たちは顔を見あわせる様子だった。

〈男が入ろうとした〉

〈カカが向かっていった〉

〈男はもういない〉

レインはカカの寝床《ねどこ》に走った。馬小屋の入口《いりぐち》にある木製《もくせい》の犬小屋だ。

そこに、カカの姿《すがた》はなかった。カカは侵入者《しんにゅうしゃ》を撃退《げきたい》したのだろうか。でも、それならなぜ戻《もど》ってこないのか。

血のにおいがした。応援《おうえん》を呼《よ》ぶべきか、と思ったときである。

「誰《だれ》だ!?」

するどい声が響《ひび》いて、レインは跳《と》びあがりそうになった。あわてて答える。

「見習い騎士《きし》のレインです」

「何だ、レインか。どうした？　飛空馬《ひくうば》の様子がおかしいようだが」

たいまつを持って現《あらわ》れたのは、ヒューガである。頼《たよ》れる先輩《せんぱい》の姿《すがた》を見て、レインはほっと息をついた。

「おれは夜番《よばん》をしていて、妙《みょう》な音が聞こえたから、見に来たんだが、おまえもか？」

レインが事情《じじょう》を説明すると、たいまつに照らされたヒューガの顔に緊張《きんちょう》が走った。

「あれはカカの吠《ほ》え声だったのか。すると、もしかしたら、帝国《ていこく》の密偵《みってい》か暗殺者《あんさつしゃ》が忍《しの》びこんだのかもしれない」

帝国《ていこく》は開戦時に、石化鶏《せきかどり》を使った暗殺者《あんさつしゃ》をダッカのもとに送りこんできた。北関《ほくかん》を奪《うば》った今は、さらに多くの工作員が入りこんでいるかもしれない。

「しかし、血のにおいは感じないな」

「それはたぶん、たいまつのせいです」

レインはたいまつからはなれて、においを追った。

街のほうへしばらく歩くと、血だまりがあって、その中心にカカが倒《たお》れていた。茶色い毛が赤い血にぬれている。

レインはあわてて駆《か》け寄《よ》った。腹《はら》の傷《きず》から大量に血が出ていて、すでに息はなかった。

「カカ……そんな……」

レインが肩《かた》をふるわせていると、ヒューガが冷静に告《つ》げた。

「槍《やり》や剣《けん》じゃない。曲刀《きょくとう》っぽい傷《きず》だな。この辺りじゃ、あまり見ない武器《ぶき》だ」

帝国《ていこく》の暗殺者《あんさつしゃ》が飛空馬《ひくうば》をねらったのだろう。馬小屋に近づいたが、犬に気づかれ、飛空馬《ひくうば》が空に逃《に》げるのを見てあきらめた。そのような事情《じじょう》だったのではないか、とヒューガは推測《すいそく》した。

レインは顔をあげた。

「敵《てき》はどこへ行ったのでしょうか」

「それが問題だ。標的を変えたのかもしれない」

「他の標的……まさか、国王様とか!?」

レインは大声をあげそうになって、口に手を当てた。

「暗殺《あんさつ》の標的としては、ありえなくはないな。だが、王宮には藍玉《キーラ》もあるから、警備《けいび》は厳重《げんじゅう》で、簡単《かんたん》には近づけない。やるとしたら、行きあたりばったりでなく、慎重《しんちょう》に計画を立ててやるだろう。他には……」

ヒューガが言いよどんだので、レインが引きとった。

「団長《だんちょう》ですね」

「ああ、護衛《ごえい》なんかつけたら、団長《だんちょう》は怒《おこ》るからな。一度ねらわれたというのに、はっきり言って警備《けいび》は薄《うす》い」

北関《ほくかん》を落とされてから、ダッカは兵舎《へいしゃ》で寝泊《ねと》まりしている。自宅《じたく》には母と弟と召使《めしつか》いの老婦人《ふじん》しかいない。レインは急に心配になった。

「私《わたし》は家《うち》に行ってみます」

「そうだな。おれは念のため、王宮にまわる。気をつけろよ」

ヒューガは王宮へと走りながら、夜が明けたら、どうやって敵《てき》の工作員をあぶり出すか、頭を悩《なや》ませていた。この夜に再《ふた》び動く可能性《かのうせい》は低いと思っていたのだ。

しかし、工作員の側からすると、警戒《けいかい》が厳《きび》しくなる前に、結果を出しておこうという考え方もある。

遭遇《そうぐう》したのはレインだった。

ダッカの家は規模《きぼ》こそ大きいが、つくりはラクサの他の家と変わらない。塀《へい》に囲《かこ》まれていて、母屋《おもや》と離《はな》れ、物置小屋、家畜《かちく》小屋と四つの建物があり、中央に中庭がある。母と弟は母《お》屋《も》の奥《おく》の寝室《しんしつ》で寝《ね》ているはずだ。

正面の扉《とびら》は閉《し》まっていた。内からかんぬきがかけられているので、人を呼《よ》ばないと開かない。

中から話し声が聞こえる気がする。レインは嫌《いや》な予感にかられて、塀《へい》をよじ登った。背丈《せたけ》の倍ほどの石塀《いしべい》だが、手がかりがあるので、登るのは難《むずか》しくない。

石塀《いしべい》はそのまま、建物をつなぐ廊下《ろうか》の屋根につながっている。レインはしばらく屋根の上から様子をうかがった。

母屋《おもや》から母の高い声が聞こえた。

「その子を放しなさい！」

槍《やり》を突《つ》きさされたような衝撃《しょうげき》が、レインの全身をつらぬいた。

弟がつかまっているのだ。

「落ちついて」

レインは自分に言い聞かせた。まず状況《じょうきょう》を確認《かくにん》しなければならない。音を立てずに母屋《おもや》に近づくのだ。

自分の家だから、構造《こうぞう》はわかっている。下りるときに音がするかもしれないから、屋根をつたっていくより、先に下りて廊下《ろうか》の柱に隠《かく》れながら進んだほうがいい。

月は沈《しず》みかけており、明かりは星だけが頼《たよ》りである。中庭も廊下《ろうか》も真っ暗だ。音さえ立てなければ、気づかれないだろう。

レインは母屋《おもや》に向かってゆっくりと歩を進めた。

「いいから放しなさい！」

「……殺《ころ》す……」

母の声は大きいが、相手の声は低くて聞きとりにくい。フィリム語がぎこちないせいもあって、何と言っているのかわからなかった。ぶっそうな言葉だけが耳に残る。

見えた。母屋《おもや》の玄関口《げんかんぐち》だ。レインは柱の陰《かげ》で様子をうかがった。

黒っぽい服を着た男が、弟を引きずって、首のあたりに刀を突《つ》きつけている。弟は意識《いしき》がないようだ。

「放して！」

母が怒鳴《どな》った。

「黙《だま》れ。それ以上しゃべると、こいつの命はないぞ。後ろを向いて、壁《かべ》に頭をつけろ。そのままの体勢《たいせい》で朝までいるんだ。言うことを聞かなければ、こいつはすぐに殺《ころ》す」

男の目的は弟の誘拐《ゆうかい》なのだろうか。それで父の行動が変わるとは思えない。いや、母がうるさく言ったら、父も動くだろうか。

「その子を連れていかないで」

「うるさい。言うとおりにしろ」

母の声が大きいので、男は周りを気にしている。

「代わりに私《わたし》を連れていきなさい！」

「用があるのはこいつだけだ。おまえには価値《かち》がない」

「だったらすぐに放しなさい！」

まったく会話になっていない。母は興奮《こうふん》すると人の話を聞かなくなるが、これはわざとやっているように思えた。

男はフィリム語に自信がなくなったのか、次の行動を迷《まよ》っている。さっさと弟を連れていくなり、母を黙《だま》らせるなりできるはずだが、母の言葉にまどわされて、判断力《はんだんりょく》を失っているようだ。今なら、男を倒《たお》せる。

「だけど、どうやって……」

レインは思案をめぐらせた。

持っている武器《ぶき》は背中《せなか》の弓矢と腰《こし》の剣《けん》だけだ。剣《けん》で斬《き》りつけられる距離《きょり》まで近づけるだろうか。いや、おそらく厳《きび》しい。背後《はいご》をとっているとはいえ、数歩でも動けば相手は気づくだろう。弓ならば確実《かくじつ》に攻撃《こうげき》できるが、命中させる自信はない。シューデリンなら目をつむっていても当てられそうな距離《きょり》だが……。

シルカに助言をもらってから、弓は少しずつ上達している。緊張《きんちょう》さえなければ、うまくいくかもしれない。だが、弟の命がかかっている状況《じょうきょう》で、一発で決められるとは、自分でも思えないのだ。

「もういい。おまえには死んでもらう」

男が弟を引きずったまま、母に近づいていく。

「私《わたし》はどうなってもいいの。その子を放して！」

母が叫《さけ》んだ。

レインは覚悟《かくご》を決めた。自分がやるしかない。

心臓《しんぞう》が早く大きく打っている。

弓に矢をつがえて、ねらいを定める。ゆっくりねらいをつけている余裕《よゆう》はない。

「右目で見る」

自分に言い聞かせる。

だが、いざとなると、なかなか射《い》られない。射《い》られないのも外すのも結果は同じだ。どうせなら射《い》たほうがいい。わかっているのだが、ふんぎりがつかない。

男が母に向かって曲刀《きょくとう》をかまえた。

今しかない。

レインは左目を閉《と》じて矢を射放《いはな》した。

「お願い！」

祈《いの》りながら駆《か》け出す。弓を捨《す》て、剣《けん》を抜《ぬ》く。

男の曲刀《きょくとう》が母の首に迫《せま》る。

その背中《せなか》に、矢が吸《す》いこまれるように突《つ》き立った。

曲刀《きょくとう》が力を失って床《ゆか》に落ちる。

レインは、よろめく男の背中《せなか》に剣《けん》をふるった。手応《てごた》えはあったが、浅い。男は体をひねってレインに向き直ろうとしたが、踏《ふ》ん張《ば》れずに顔から床《ゆか》に突《つ》っこんだ。うつぶせに倒《たお》れる。

背中《せなか》の矢傷《やきず》と切り傷《きず》に赤いしみが広がってくる。

「レイン⁉」

母が声をあげた。

レインは男の背中《せなか》にひざを乗せ、両腕《りょううで》をとって押《お》さえつけた。男はまだ生きているが、これで動けない。

「兵舎《へいしゃ》から誰《だれ》か呼《よ》んできて。早く！」

「でも、この子が」

母は弟を抱《だ》きあげようとしている。弟がうめき声をあげた。

「大丈夫《だいじょうぶ》だから！　急いで！」

母が駆《か》けだしたので、レインはほっとした。男が足をばたつかせる。レインはひざに体重を乗せて押《お》さえる。

生かして捕《と》らえられるとは思っていなかったが、こうなったら生きたまま役人に引きわたしたい。一夜に二度も失敗するくらいだから、男は有能《ゆうのう》ではない。問いつめたら、何かしら情報《じょうほう》が得《え》られるかもしれないのだ。

弟が身を起こした。頭を振《ふ》ってまばたきを繰《く》り返す。意識《いしき》がはっきりしてきたようだ。

「……姉貴《あねき》が助けてくれたのか？」

「うん、動けるなら、こいつの足を押《お》さえて」

「わかった」

弟は男の足をそろえて、その上に自分のひざを落とした。男の動きがとまる。

「ありがとう。やっぱり姉貴《あねき》はすごいな」

一瞬《いっしゅん》の沈黙《ちんもく》のあと、レインは早口で答える。

「珍《めずら》しく運が良かったから」

弟は少し笑った。

「日頃《ひごろ》のおこないがいいからかもね」

「どっちの？」

「おれの」

複数人《ふくすうにん》の足音が聞こえてきて、レインは玄関《げんかん》を振《ふ》り返った。たいまつの明かりが近づいてくる。

「レイン、大丈夫《だいじょうぶ》か」

力強い父の声が、レインを安心させた。ひざの下の男は意識《いしき》を失っているが、息はしているようだ。

レインは起きあがって男を兵士《へいし》たちにあずけて、ようやく気づいた。服が血に染《そ》まってい
る。返り血をあびるのははじめてで、今さらながら手がふるえてきた。

「よくやったぞ。大手柄《おおてがら》だ」

ダッカに肩《かた》をたたかれて、レインは顔をあげた。母が弟に抱《だ》きついている。

「次の戦いも期待できそうだな」

「……がんばります」

周りに兵士《へいし》たちがいたから、レインは何とか気を抜《ぬ》かずに耐《た》えた。そうでなかったら、号《ごう》
泣《きゅう》していただろう。


朝になると、シルカたちの奇襲《きしゅう》の成功が伝えられて、フィリム軍は喜《よろこ》びにわいた。帝国軍《ていこくぐん》
の弱点は長い補給路《ほきゅうろ》である。その点をつけば、戦いを有利に進められるかもしれない。

しかし、その数日後、エンデシムから届《とど》いた知らせが、状況《じょうきょう》を一変させた。

「エンデシム、降伏《こうふく》す」

王都ラクサは、絶望《ぜつぼう》の黒雲におおわれた。

7章 失われた翼《つばさ》

1 ❖ 悲劇《ひげき》

独立暦《どくりつれき》一三三年八月二十七日、エンデシム王国はギルス帝国《ていこく》に降伏《こうふく》し、その支配下《しはいか》に入った。降伏《こうふく》文書に署名《しょめい》したのは国王サトだが、降伏《こうふく》を決めたのは宰相《さいしょう》リュウ・ゼンである。

宰相《さいしょう》に降伏《こうふく》をすすめられたとき、若《わか》い国王は不安そうにたずねた。

「私《わたし》はどうなるのだ。まさか、殺《ころ》されるのではあるまいな」

組んだ指を小刻《こきざ》みに動かしている王とは対照的に、宰相《さいしょう》は落ちついている。

「そうならないよう、早めに交渉《こうしょう》をまとめました。余力《よりょく》があれば、こちらの要求が通りやすくなります」

「で、どうなるのだ」

身を乗り出すサトに、リュウは告《つ》げた。

「陛下《へいか》には帝国《ていこく》本土に移《うつ》っていただきます。こちらには戻《もど》れませんが、帝国《ていこく》の貴族《きぞく》として、不自由のない暮《く》らしが約束されます」

「本は読めるのか」

「もちろん、読めます」

実際《じっさい》には、様々な制限《せいげん》があるだろうから、これまでのように書物を輸入《ゆにゅう》したり、使用人に読ませたりできるかどうかはわからない。だが、宰相《さいしょう》はそこまで言わなかった。

「ならば、降伏《こうふく》しよう。私《わたし》は王都を血に染《そ》めてまで、王位にとどまろうとは思わぬ」

「それでこそ、我《わ》が君《きみ》。賢明《けんめい》なご決断《けつだん》でございます」

宰相《さいしょう》リュウは、にこりともせずに言って、降伏《こうふく》文書を差し出したのであった。話はすでにまとまっており、王は署名《しょめい》するだけであった。

帝国《ていこく》側で降伏交渉《こうふくこうしょう》にあたったのは、総《そう》司令官パレオロールの副官コヌールである。何度か使者のやりとりをしたのち、コヌールとリュウは王都郊外《こうがい》にある村で直接《ちょくせつ》、交渉《こうしょう》をおこなった。

エンデシム側の条件《じょうけん》は、宰相《さいしょう》リュウが引きつづき政治《せいじ》に関わること、王族も民《たみ》も殺《ころ》さぬこと、民《たみ》から略奪《りゃくだつ》はしないこと、などである。対する帝国《ていこく》側は、完全に帝国《ていこく》の支配下《しはいか》に入ることを求めている。自治は認《みと》められない。

「自分の地位が守られるなら、国はどうなってもよい。貴殿《きでん》はそういう考えか」

コヌールは意地の悪い問いを投げかけた。怒《おこ》らせて本音を聞きだそうという意図がある。

二人は互《たが》いの言語がほぼ理解《りかい》できるが、それぞれ通訳《つうやく》を立てていた。外交交渉《こうしょう》では、正確《せいかく》に理解《りかい》するため、そして考える時間をつくるため、通訳《つうやく》が必要になる。

「それは誤解《ごかい》です」

リュウは相手の目を見すえた。

「私《わたし》はエンデシムの名もなき民《たみ》たちの生活を守りたい。そのために、この国を知る私《わたし》が政治《せいじ》にたずさわらねばならないのです。宰相《さいしょう》の地位にはこだわりません」

「あくまで民《たみ》のためと言うか」

コヌールは鼻を鳴らした。

もちろん、宰相《さいしょう》リュウの経歴《けいれき》や性格《せいかく》についてはは調べあげている。農民のための改革《かいかく》をおこなうと称《しょう》して、親友だった王を見殺《みごろ》しにし、自身の権力《けんりょく》を守った男だ。ただ、実際《じっさい》に改革《かいかく》は進み、農民の生活は改善《かいぜん》された。リュウ自身はぜいたくな暮《く》らしはせず、身内を取り立てることもない。不思議な男である。

「さよう。今回の降伏《こうふく》も民《たみ》の生活を思えばこそなのです。独立《どくりつ》にこだわって、多くの血を流したくはありません。エンデシム王が支配《しはい》しようが、ギルス皇帝《こうてい》が支配《しはい》しようが、民《たみ》が豊《ゆた》かに暮《く》らせれば、私《わたし》はそれで満足です」

「ふむ……」

コヌールは優秀《ゆうしゅう》な若者《わかもの》であるが、まだ人生経験《けいけん》はとぼしい。いくら観察しても、リュウの真意はわからなかった。ただ、リュウの思惑《おもわく》がどうあれ、降伏《こうふく》の交渉《こうしょう》をまとめれば、コヌールの手柄《てがら》になる。

「ネイ・キール大陸を統治《とうち》する総督《そうとく》の補佐官《ほさ》として、貴殿《きでん》を起用する。この条件《じょうけん》でいかがか」

「任期《にんき》と権限《けんげん》をはっきりさせていただきたいですな」

「任期《にんき》は終身。権限《けんげん》は、この場で私《わたし》が言えるものではない。総督《そうとく》に助言し、業務《ぎょうむ》を補佐《ほさ》するのが仕事になるが、どれだけ政治《せいじ》に関われるかは、総督《そうとく》の考えしだいになろう」

リュウは薄《うす》く笑った。

「あなたが総督《そうとく》になればよろしいのではありませんか」

「私《わたし》が？」

コヌールはあっけにとられた。自分は野心家だと思うが、現《げん》時点でそこまで大それた望みは抱《いだ》いていなかった。

「帝国《ていこく》の政治《せいじ》にくわしくはありませんが、皇帝陛下《こうていへいか》お気に入りの宮廷奴隷《クリレレ》が大きな功績《こうせき》をあげれば、大きく出世することもありえるのでは？　たとえば、エンデシムが早々に降伏《こうふく》して、全面的に帝国《ていこく》にしたがうとか」

「それはそうだが……」

「公的にも私的《してき》にも、最大限《さいだいげん》協力しましょう。私《わたし》が協力するということは、エンデシム一国があなたに味方するということ。どうです、魅力《みりょく》的ではありませんか」

コヌールはごくりとつばを飲みこんだ。通訳《つうやく》をちらりと見やる。エンデシム出身の宮廷奴隷《クリレ》で、故郷《こきょう》も年齢《ねんれい》も総《そう》司令官パレオロールに近い。コヌールの動きをパレオロールに報告《ほうこく》しているかもしれない。この男に聞かれたのはまずい。

通訳《つうやく》があわててささやいた。

「私《わたし》はあなたの味方です。決して他言《たごん》はいたしません」

コヌールは冷たい目を通訳《つうやく》に向けた。まったく信用できない。この会談が終わったら、

「戦死」か「事故死《じこ》」してもらおう。それを察して、通訳《つうやく》が必死に訴《うった》える。

「司令官閣下《かっか》が、同郷《どうきょう》だからといって優遇《ゆうぐう》するような方でないことは、よくご存《ぞん》じでしょう。この件《けん》、私《わたし》にも協力させてください」

たしかに、パレオロールは縁《えん》があるからといって、他者を引き立てたりしない。宮廷《きゅうてい》では、冷たい、情《じょう》がない、などと非難《ひなん》されており、陰《かげ》では「土人形《つちにんぎょう》」と呼《よ》ばれている。部下の働きに対する評価《ひょうか》は公正だが、仕えがいのある上司ではないかもしれない。

もし通訳《つうやく》が実力以上の出世を望むなら、パレオロールよりコヌールにつくべきだ。コヌールは通訳《つうやく》にうなずいて、リュウにたずねる。

「私《わたし》に具体的に何をしろと言うのか」

「私《わたし》がエンデシムの政治《せいじ》に深く関われるよう、地位に応《おう》じて働きかけていただければいいのです。私《わたし》はエンデシムの民《たみ》のために、あなたを全力で支援《しえん》します」

コヌールにとって、損《そん》はない取引に思われた。

「いいだろう。ではさっそくだが……」

二人は降伏《こうふく》の条件《じょうけん》について話し合い、表《おもて》と裏《うら》の両方で合意に達したのであった。

帝国《ていこく》がエンデシムに要求した条件《じょうけん》のひとつに、奴隷《どれい》の提供《ていきょう》があった。おとなの奴隷《どれい》は犯罪《はんざい》者《しゃ》や、帝国支配《ていこくしはい》に抵抗《ていこう》する者を捕《と》らえればよい。コヌールがほしいのは、宮廷奴隷《クリレレ》の候補《こうほ》となる子どもたちだった。

リュウは当初、いい顔をしなかった。

「エンデシムの民《たみ》を奴隷《どれい》に差し出そうとは思いませんな。南の森や海岸沿《ぞ》いに、独立《どくりつ》した集《しゅう》団《だん》がおります。彼《かれ》らを捕《と》らえればよいでしょう」

「それでは時間と労力がかかりすぎる。そもそも宮廷奴隷《クリレレ》は不幸ではない。私《わたし》も総《そう》司令官も宮廷奴隷《クリレレ》出身だ」

「子どもと引きはなされた親はどう思うでしょうか」

「ならば、親のいない子や、たくさんの兄弟がいる子を見つくろえばよい」

リュウはしばらく考えてからつぶやいた。

「そういえば、孤児《こじ》の集落があったな……それとタスクル教団《きょうだん》から出させるか」

独立暦《どくりつれき》一三三年九月八日、コヌールは二十人あまりの兵士《へいし》をひきいて、孤児《こじ》たちが暮《く》らす集落をおとずれた。

子どもたちをかばって、タキ・ソムが進み出た。

「帝国《ていこく》の方々《かたがた》が何のご用《よう》でしょう」

エンデシム出身の通訳《つうやく》がコヌールの横でタキの言葉を伝える。

「君たちにいい話を持ってきた」

コヌールは得意《とくい》げな顔で、宮廷奴隷《クリレレ》の候補《こうほ》として帝国《ていこく》に行くようすすめた。

「出世すれば、金も名誉《めいよ》も思うがままだ。いや、たとえ出世しなくても、今よりはずっといい生活ができる。食べる物にも着る物にも困《こま》らない」

コヌールの視線《しせん》の先には、やせほそり、ぼろをまとった子どもたちがいる。タキは視線《しせん》を追って眉《まゆ》をひそめたが、すぐにコヌールに向き直った。

「それを望む子がいれば、私《わたし》は引きとめません」

タキは子どもたちを呼《よ》び集めた。先日、ネクが食料を持ってきたときに比《くら》べ、人数は増《ふ》えている。「巨人《きょじん》の椅子《いす》」に避難《ひなん》した子も少なくないが、新たにやってくる子がそれ以上に多いためだ。とくに、帝国《ていこく》軍に攻《せ》められた街から逃《に》げてきた子、親が戦死して行き場がなくなった子が目立つ。

通訳《つうやく》が説明する間、コヌールは子どもたちを値踏《ねぶ》みしていた。男子が十五人、女子が十三人。年齢《ねんれい》は五歳《さい》くらいから十二、三歳《さい》くらいまでいるようだ。見かけはよくないが、みがけば光りそうな子もいる。貧《まず》しそうなわりに目が輝《かがや》いているのは、環境《かんきょう》がいいのだろうか。女子は皇帝《こうてい》や貴族《きぞく》の側室候補《こうほ》だから、容姿《ようし》が重要だ。男子は知性《ちせい》や武勇《ぶゆう》が必要だが、育ててみないとわからない。才能《さいのう》がなければ、ガレー船の漕《こ》ぎ手《て》や農奴《のうど》にする。

「とりあえず、全員連れていこう」

コヌールはそう判断《はんだん》した。こちらで吟味《ぎんみ》する余裕《よゆう》はないので、二百人くらいまとめて本国に送り、向こうで選別してもらおう。宰相《さいしょう》リュウは教団《きょうだん》がどうとか言っていたが、宗教《しゅうきょう》の色がついていると教育がしにくい。

「希望者は一人もいません」

通訳《つうやく》が言ったとき、コヌールは耳を疑《うたが》った。小さい子はともかく、十歳《さい》を超《こ》えていたら、損得《そんとく》がわかるだろうに。

「希望しなくてもかまわん。連れていく」

コヌールが部下に指示《しじ》を送ると、タキが立ちはだかった。兵士《へいし》がかまえる剣《けん》にひるむことなく、コヌールをにらみつける。

「エンデシムは帝国《ていこく》に降伏《こうふく》したと聞きました。帝国《ていこく》は自国の民《たみ》を奴隷《どれい》にするのですか」

通訳《つうやく》が困《こま》った顔で伝える。コヌールはエンデシム語でタキをさとした。

「そのほうが子どもたちも幸せになれる。私《わたし》は帝国《ていこく》の奴隷狩《どれいが》りで宮廷奴隷《クリレレ》となったが、今ではその運命に感謝《かんしゃ》しているよ。この場の感情《かんじょう》で動くことなく、子どもたちの将来《しょうらい》を考えたらどうだ」

「奴隷《どれい》にされて幸せになれるのだったら、王族や金持ちの子どもを連れていけばいいでしょう」

「親を悲しませたくないと、前宰相《さいしょう》のリュウが言うのでな」

コヌールはリュウに責任《せきにん》を押《お》しつけつつ、言葉を足した。

「悲しいことだとは私《わたし》は思わぬが、悲しむ者が少ないほうがいいのはたしかだ。親がいなければ、この先も生きていくのは簡単《かんたん》ではない。いくらあなたが努力しても、数十人を養うのは無理だろう。意地を張《は》らずに、最善《さいぜん》の選択《せんたく》をしたまえ」

「子どもたちが嫌《いや》がっているかぎり、私《わたし》は彼《かれ》らの盾《たて》になります。二度と、ええ、二度と勝手なまねはさせません」

そのりりしい姿《すがた》は、英雄《えいゆう》リディンを思わせた。兵士《へいし》たちが一瞬《いっしゅん》、たじろいだほどだ。

コヌールは兵士《へいし》たちをにらんだ。

数人の兵士《へいし》がタキを囲《かこ》む。

「結局、力に頼《たよ》るのですね」

タキはあわれみの視線《しせん》を兵士《へいし》たちに向けた。一人の兵士《へいし》が剣《けん》でおどし、一人が手をあげる。

ほおをひどくなぐりつけられて、タキは吹《ふ》っ飛《と》んだ。その先に剣《けん》があった。

タキの胸《むね》に剣《けん》が突《つ》きささる。タキはおどろいたように目を見開くと、かすれ声で子どもたちに告《つ》げた。

「逃《に》げて……」

兵士《へいし》が思わず剣《けん》を引き抜《ぬ》く。倒《たお》れたタキの胸《むね》から、赤い血が流れ出る。

「タキ！」

数人の子が悲鳴をあげた。ある者はタキに駆《か》け寄《よ》り、ある者はコヌールにつめ寄《よ》った。

コヌールは立ちつくしている。殺《ころ》すつもりなどなかった。少しおどせば言うことを聞くと思っていた。そもそも、抵抗《ていこう》するような場面ではないのだ。孤児《こじ》を引き取るのだから、感謝《かんしゃ》されるはずではないか。

「ご、ご命令を」

うながされて、コヌールは我《われ》に返った。だが、とっさにどうすべきか、判断《はんだん》がつかない。

この状況《じょうきょう》で子どもたちを連れていくのは無理だろう。

「いったん引きあげる」

コヌールはきびすを返した。その腰《こし》に幼《おさな》い男子が飛びついた。

「よくもタキをさしたな」

泣きながら、コヌールの背中《せなか》をたたく。

「引きはがせ」

コヌールは兵士《へいし》に命じて、力のない歩みをつづけた。

タキは虫の息である。

心配そうに集まった子どもたちに向かって微笑《ほほえ》み、白くなった唇《くちびる》を懸命《けんめい》に動かす。

「私《わたし》は、大丈夫《だいじょうぶ》。あなたたちは、ネクを、頼《たよ》ってね」

「タキ、死なないで」

子どもたちがとりすがって涙《なみだ》する。

タキは微笑《びしょう》を浮《う》かべたまま、目を閉《と》じた。

「ファス、生きて……」

最期《さいご》の言葉が発せられることはなかった。

2 ❖ 凶報《きょうほう》を受けて

エンデシムの降伏《こうふく》が王都チェイの市民に知らされたのは九月一日、翌日《よくじつ》には、フィリムに急報《きゅうほう》が届《とど》いた。

「あの古狸《ふるだぬき》めが！」

ダッカは、エンデシムの宰相《さいしょう》だったリュウを激《はげ》しくののしった。

「つい先日も、『手をたずさえて帝国《ていこく》と戦おう』などと言っていたではないか！」

騎士団長《きしだんちょう》の執務室《しつむしつ》に、アクア、ヒューガ、そしてシルカが集まっている。エンデシム王都チェイの出張所《しゅっちょうじょ》からの急報《きゅうほう》は、シルカの「鳥の目」によって、事実だとたしかめられていた。正確《せいかく》には順序《じゅんじょ》が逆《ぎゃく》で、不自然に戦闘《せんとう》が停止《ていし》したことから、シルカはエンデシムの降伏《こうふく》を疑《うたが》っており、報告《ほうこく》によってそれが裏付《うらづ》けられたかたちである。

すでに帝国《ていこく》軍の一部は王都チェイに達している。王の名で降伏《こうふく》が発表されたときには、王と宰相《さいしょう》は帝国《ていこく》軍の保護《ほご》下《か》にあった。

「不利な状況《じょうきょう》とはいえ、帝国《ていこく》がエンデシム王都に達するのはまだ先のはずだった。これだけあっさりと降伏《こうふく》するのは不可解《ふかかい》だ。おそらく、かなり前から帝国《ていこく》と裏《うら》で交渉《こうしょう》していたのだろう」

シルカの分析《ぶんせき》は、ダッカの怒《いか》りに火を注いだだけだった。

「リュウは国を売ったのだ。自分が生き残るためにな」

フィリムに第一報《いっぽう》が入った時点では、降伏《こうふく》に際《さい》してリュウがどういう役割《やくわり》を果たしたのか、帝国《ていこく》の支配下《しはいか》でどういう地位につくのかは、明らかになっていない。しかし、ダッカはすべてがリュウの陰謀《いんぼう》だと考えていた。

シルカが皮肉っぽく告《つ》げる。

「リュウは七年前、人質《ひとじち》になった国王を見殺《みごろ》しにして、自分の権力《けんりょく》を守った。そのとき、フィリムの飛空騎士団《きしだん》はリュウに協力して、反乱《はんらん》を鎮圧《ちんあつ》したのだったな」

「盟約《めいやく》にしたがったまでだ。好きで協力したわけではない！」

ダッカは吠《ほ》えるように言った。

アクアがおだやかに割《わ》って入る。

「まあまあ、過去《かこ》のことを話しても仕方ありません。この先の戦略《せんりゃく》を考えましょう」

「戦略《せんりゃく》を考えると言ってもな……」

ダッカはため息をついた。

「一対一で帝国軍《ていこく》と戦うなら、苦戦はまちがいないにしても、まだやりようはある。だが、最悪の場合、帝国軍《ていこく》とエンデシム軍を相手に、一対二で戦わなければならんのだぞ。帝国軍《ていこく》はどうも、それを当てにしていた節がある」

シルカも同意する。

「そうだろうな。このまま待っていれば、来月にはエンデシム軍、いや旧《きゅう》エンデシム軍が帝《てい》国《こく》軍とともに押《お》し寄《よ》せてくるだろう」

「エンデシム兵が帝国《ていこく》の命令におとなしくしたがうでしょうか」

アクアの疑問《ぎもん》に、ダッカが不機嫌《ふきげん》そうに答える。

「無理やりしたがわせるだろう。手段《しゅだん》はいくらでもある。士気《しき》は低くても、数が多ければ脅《きょう》威《い》になる」

「だとしたら、我々《われわれ》は都を捨《す》てて抵抗《ていこう》するかたちになるでしょうか」

「今はまだそこまで考える時期ではない」

ダッカは否定《ひてい》した。フィリム人は土地には縛《しば》られないが、かつて英雄《えいゆう》リディンは都を捨《す》てようとする王を引きとめて、決死の戦《いくさ》にのぞんだ。リディンを尊敬《そんけい》するダッカも、戦わずして逃《に》げるのには反対なのだ。

「私《わたし》も、まだ勝機はあると考えている」

シルカがダッカに賛成《さんせい》したので、ヒューガが軽く口笛を吹いた。さすがに不謹慎《ふきんしん》と思ったか、あわてて口をおさえる。

アクアが弟にあきれたような視線《しせん》を向けてから、シルカに質問《しつもん》した。

「具体的な策《さく》があるのか？」

「あるにはあるが、今は言えない。準備《じゅんび》ができしだい、私《わたし》はエンデシムに行く」

「一人でか？」

たずねたアクアが、はっとして問いを重ねる。

「そもそも、君が連れてきた飛空騎士《きし》たちはどうするのだ。これまでどおり、我《われ》らとともに戦うのか、それとも……」

「そうだな……」

シルカは珍《めずら》しく歯切れが悪かった。

「当面の間は、こちらの戦力としては考えないでくれ。私《わたし》は彼《かれ》らとエンデシムに行き、一人で戻《もど》ってくる」

「あの者たちはもともと計算には入れておらぬ」

ダッカは言ったが、これは強がりである。

「だが、おまえの『鳥の目』は、一万の兵ほどの価値《かち》がある。『鳥の目』で見た戦況《せんきょう》をおれに伝えてくれれば、それだけで有利に戦える」

ようするに、ダッカはシルカに早く戻《もど》ってきてほしいのである。シルカはしかし、そっけなく応《おう》じた。

「『鳥の目』だけが私《わたし》の能力《のうりょく》だと思われては困《こま》る」

ダッカが顔をしかめて立ちあがる。

「おれは国王陛下《へいか》に報告《ほうこく》してくる。ヒューガはついてこい。アクアはエンデシム軍が敵《てき》にくわわった場合の侵攻《しんこう》計画を予測《よそく》して、迎撃《げいげき》の作戦を立ててくれ」

指示《しじ》を出したダッカは、重い足どりで歩きだした。

残されたシルカは軽くため息をついた。

「こちらの準備《じゅんび》は半分も終わっていない。でも、立ちあがるべきなのだろうな」

エンデシムの降伏《こうふく》は、事前に予想し、対策《たいさく》も考えていた。だが、帝国《ていこく》軍と宰相《さいしょう》リュウの動きはあまりにも早かった。一度、大きな決断《けつだん》を下した者は、二度目も簡単《かんたん》に決断《けつだん》できるのだろうか。

「こころざしを同じくする友を殺《ころ》すのに比《くら》べれば、国を売るなど、何でもないことなのだろうな」

シルカはつぶやいた。リュウの真意はどうあれ、嫌悪感《けんお》しかなかった。

シルカとネクは、月に二度は連絡《れんらく》をとっている。ネクが手紙を書いて森鴉《もりがらす》に見せ、それを「鳥の目」でシルカが見る。シルカの返事や指示《しじ》は伝えられないので一方通行だが、情報《じょうほう》を求めているのはシルカなので、それはかまわない。

九月十日正午、ネクはシルカとの連絡《れんらく》に使っている場所に現《あらわ》れた。王都チェイに近い、森《もり》鴉《からす》の餌場《えさば》となっている林である。

数羽の森鴉《もりがらす》が、餌《えさ》としてまいた麦をついばんでいる。ネクは森鴉《もりがらす》の前に、手紙を開いて置いた。

エンデシムの降伏《こうふく》については知っているな。至急《しきゅう》、対策《たいさく》を話し合いたい。五日後にサンドの隠《かく》れ家《が》に来てほしい。おまえが難《むずか》しいなら、連《れん》絡《らく》役になる者を寄《よ》こしてくれ。飛空騎士《きし》たちには来てもらえるとありがたいが、そちらの事情《じじょう》もあるだろうから、おまえの判断《はんだん》にまかせる。

サンドの隠《かく》れ家《が》は、ネクがいくつか持っている拠点《きょてん》のひとつだ。拠点《きょてん》のなかでは大地溝《だいちこう》に一番近いが、それでも五日というのはかなりの強行軍になる。

「旅の準備《じゅんび》はととのえているからいいが、私《わたし》でなければ対応《たいおう》できないぞ」

ぶつぶつ言いながらも、シルカのほおはゆるんでいる。シルカ自身も、直接《ちょくせつ》話す必要を感じていた。それもなるべく早くだ。遠くはなれていても、互《たが》いの気持ちが通じているのが、ありがたい。

だが、二枚《まい》目の手紙を読んで、シルカは眉《まゆ》をくもらせた。

それから、とびきり悪い知らせがある。

エンデシムの降伏《こうふく》以上に悪い知らせがあるのか。

シルカはネクの表情《ひょうじょう》をうかがった。本来のネクは逆境《ぎゃっきょう》にあっても陽気にふるまう男だが、この日は目を伏《ふ》せて無言である。

ネクがゆっくりと手紙をめくった。

タキが帝国軍《ていこく》に殺《ころ》された。

シルカは三度、文字をたどって、天をあおいだ。

タキのことは以前から知っていた。エジカが彼女《かのじょ》の活動に協力しており、シルカもそれを引き継《つ》いでいる。

彼女《かのじょ》がファストラの母だとは、前回のネクの報告《ほうこく》ではじめて知った。ファストラには、母が見つかったとはまだ伝えていない。タキの意思を確認《かくにん》してから告《つ》げるべきだと思ったし、戦《いくさ》が終わって落ちついてからとも考えていた。

そのタキが亡《な》くなった。しかも帝国軍《ていこく》に殺《ころ》されたとは。くわしい事情《じじょう》はわからないが、帝《てい》国《こく》に抵抗《ていこう》した結果であろうと想像《そうぞう》できた。

ファストラに伝えるかどうかはおまえに任《まか》せる。では五日後に
最後は地面に書き残して、ネクは去った。

「それは任《まか》せないでほしい」

シルカは口をとがらせてつぶやいた。

「どうするのが正解《せいかい》なのか……」

シルカは頭を抱《かか》えた。生涯《しょうがい》ではじめてのことだった。

「ずっと黙《だま》っているわけにはいかないから、あれこれ考えずに早く伝えるべきか」

半日悩《なや》んで、そういう結論《けつろん》に達した。


シルカは訓練を終えたファストラに声をかけた。

「話があるから、片《かた》づけがすんだら私《わたし》の部屋に来てくれ」

「何だ、次の戦《いくさ》の相談か？　どんな危険《きけん》な役割《やくわり》でもやってやるぞ」

ファストラは元気よく言った。エンデシムの降伏《こうふく》の情報《じょうほう》が広まって、王都ラクサはにぎわいを失い、兵士《へいし》たちも沈《しず》んでいるが、ファストラは変わらない。

シルカが部屋で待っていると、ファストラが駆《か》けこんできた。すすめる前に椅子《いす》にすわって、シルカに笑いかける。

「いい話か？　悪い話か？」

「後者だ」

「じゃあ、さっさと言ってくれ」

ファストラは軽くこぶしをにぎって身がまえた。

この数か月の間に、さらに筋肉《きんにく》がつき、また戦《いくさ》の経験《けいけん》を積んで、頼《たの》もしくなったように思われる。十五歳《さい》の若者《わかもの》を見つめて、シルカは二度、まばたきした。

「君の実の母親の話だが……」

「見つかったのか⁉」

ファストラが身を乗り出し、すぐに首をかしげた。

「でも、悪い話って……」

そこで、ファストラは察したようだった。こういうときは妙《みょう》に勘《かん》が働くらしい。

「死んでたのか」

シルカはうなずいた。

「帝国《ていこく》軍に殺《ころ》されたそうだ」

ファストラが目を見開いた。

「帝国《ていこく》軍に？　じゃあ、最近の話なのか」

「ああ、エンデシムで孤児《こじ》たちの世話をしていたのだが、そこで殺《ころ》されたらしい。子どもたちを守ったのかもしれない」

知るかぎりの事情《じじょう》を語ると、ファストラは気丈《きじょう》な笑《え》みを浮《う》かべた。

「さすがおれの母さんだ。子どもたちのために尽《つ》くして……えらい人だ……」

間をおいて、ファストラは息を吐《は》き出した。

「でも、そうか、うん、もう会えないんだな……」

ふいに顔を両手でおおう。

あふれる涙《なみだ》から目をそらして、シルカは口を開いた。

「私《わたし》には経験《けいけん》がないから、助言はできない。アクアとヒューガに話をするといいだろう」

飛空騎士《きし》にとって、若《わか》いうちに肉親を失うことは珍《めずら》しくない。アクアとヒューガの母、ファストラの養母は、七年前に戦死している。もっとも、ファストラの例は特殊《とくしゅ》だから、兄たちと話してなぐさめられるかどうかはわからなかった。

3 ❖ 飛べない飛空騎士《きし》

王都ラクサから人の気配がなくなった。山岳《さんがく》地帯や西方の牧地に避難《ひなん》できる者は避難《ひなん》しており、残った役人や兵士《へいし》たちも息をひそめている。

ダッカひきいるフィリム軍は、エンデシムの降伏《こうふく》以来、三度にわたって敵《てき》の攻撃《こうげき》を撃退《げきたい》していたが、勝利の喜《よろこ》びはまったくなかった。

「帝国軍《ていこく》のやつらは明らかに全力を出していない。こっちがどこまで戦えるか、試《ため》しているようだ」

ダッカが苦々《にがにが》しげに言うと、アクアが応《おう》じた。

「私《わたし》には、増援《ぞうえん》が来るまで暇《ひま》だから攻撃《こうげき》してきているように見えます」

「どちらにしても、不愉快《ふゆかい》きわまりないな」

フィリム軍の損害《そんがい》は少なく、飛空騎士《きし》の戦死者は出ていないが、何度も繰《く》り返されれば、徐々《じょじょ》に戦力はけずられていく。兵士《へいし》がいれば戦えるというわけではない。兵糧《ひょうろう》はまだ充分《じゅうぶん》にあるが、矢が足りなくなってきていた。矢がなくなれば、フィリム騎兵《きへい》の戦闘力《せんとう》は半減《はんげん》する。国王は全土に触《ふ》れを出して、矢をつくらせているが、果たして供給《きょうきゅう》が間に合うかどうか。

九月の下旬《げじゅん》になって、北関《ほくかん》に旧《きゅう》エンデシム兵が集まりはじめた。ダッカは先制攻撃《せんせいこうげき》を検討《けんとう》したが、敵《てき》の警戒《けいかい》は厳《きび》しく、あきらめざるをえなかった。

九月二十八日、三万を超《こ》える敵軍《てきぐん》が、王都ラクサに向けて進軍してきた。先頭には二頭の盾象《たてぞう》が堂々《どうどう》たる姿《すがた》を見せ、そのあとに旧《きゅう》エンデシム兵がつづいている。後方の帝国《ていこく》軍本隊には、火炎犬《かえんけん》や氷栗鼠《こおりりす》の部隊もいるようだ。

市壁《しへき》の低いラクサにこもって戦うのは不利だ。ダッカは野戦に活路を見出《みいだ》そうと、全軍に出撃《しゅつげき》を命じた。

シルカはまだエンデシムから帰ってこない。「巨人《きょじん》の椅子《いす》」の飛空騎士《きし》たちも同行している。そのため、レインとファストラ、フェルラインは正規軍《せいきぐん》とともにダッカの指揮下《しきか》で戦うことになった。

ダッカは三人を呼《よ》んで命じた。

「おまえたちには、シルカの火薬玉を使ってもらう。あとは伝令だ」

「はい」

レインは固い表情《ひょうじょう》でうなずいた。弟を助けたあの経験《けいけん》が自信となって、今度こそ戦える気がしている。空中で火をつけるのも早くなった。弓だって、長足《ちょうそく》の進歩をとげている。

「この子たちの世話は私《わたし》に任《まか》せな。絶対《ぜったい》に死なせない」

フェルラインが胸《むね》をたたいた。

レインはちらりと横を見た。ファストラが無言でうつむいている。

ファストラはここしばらく訓練を休んでいた。タキの件《けん》を聞いたときは、レインも息ができないほどにつらかった。ファストラの心の痛《いた》みは、想像《そうぞう》もつかない。いくら前向きなファストラでも、回復《かいふく》には時間がかかるかもしれない。

「ファストラは無理せずともよい。飛べないなら、今回は待機していろ」

ダッカが言うと、ファストラは顔をあげた。

「いや、飛べる。戦わないと」

ファストラは準備《じゅんび》をして愛馬ファングにまたがったが、ファングは動かない。首を左右に曲げて、ファストラを気づかう仕草《しぐさ》を見せている。やがて、その場にすわりこんでしまった。ファストラがうながしても、立ちあがろうとしない。

「おい、ファング！　戦《いくさ》だぞ。帝国《ていこく》軍と戦うんだ」

ファストラが悲痛《ひつう》な声で呼《よ》びかけると、ファングは悲しげにいないた。力を振《ふ》りしぼるようにして立ちあがり、ゆっくりと走りだす。

だが、円を描《えが》くように走るだけで、ファングは飛ぼうとしない。いや、飛べないといったほうがいいかもしれない。首の藍玉《キーラ》がむなしく輝《かがや》いている。

「レイン、何とかしてくれ！」

その声は悲鳴に近かった。

先に飛んでいたレインはあわてて降下《こうか》した。ファングに馬を寄《よ》せて語りかける。

「どうしたの？」

ファングの答えははっきりしなかった。もどかしさを感じる。レインは首をかしげた。

「ようするに、飛びたいけど飛べないのね。ファス、ちょっと下りてみて」

「何で？」

「たしかめてみたいから」

ファストラがしぶしぶ下りる。すると、ファングは少し助走しただけで飛び立った。空高くあがって、すぐに降《お》りてくる。

ファストラは立ちつくしていた。だらりとさがった手に、力がない。

「原因《げんいん》はおれか……」

レインもうつむく。

「そう……みたいね。残念だけど、今日は休むしかない」

「くっ」

ファストラは地面を蹴《け》りつけた。

人が飛空馬《ひくうば》に乗って飛ぶには、飛空馬《ひくうば》と心を合わせなければならない。それができるのは、飛空騎士《きし》の血を引く者だけ。フィリムではそう考えられていた。「巨人《きょじん》の椅子《いす》」の飛空騎士《きし》によって、「血」の部分は否定《ひてい》されたが、誰《だれ》でも飛べるわけではない。また、飛空騎士《きし》でも、精神的《せいしん》にひどく不安定な状態《じょうたい》では飛べない。見習いの一年目などは、日によって飛べたり飛べなかったりする。

ファストラも頭ではわかっている。今の状態《じょうたい》で戦闘《せんとう》に参加したところで、役には立たない。失敗して周りに迷惑《めいわく》をかけるか、戦死してしまうだろう。ファングはそれを理解《りかい》していて、ファストラを守ってくれているのかもしれない。

実の母に見つけてもらうために、活躍《かつやく》して名前をあげたいと考えていた。だが、もういくら活躍《かつやく》しても、母には届《とど》かない。よくがんばったと褒《ほ》めてもらうことはできない。

帝国《ていこく》に対する憎《にく》しみがつのる。母の仇《かたき》をとりたい。そう思っているのだが、ファストラは飛べなかった。槍《やり》を持っても、感触《かんしょく》が違《ちが》う。矢を射《い》ても、力の加減《かげん》がわからない。自分が自分でないような気がしている。

「大丈夫《だいじょうぶ》。ファスなら、きっと乗り越《こ》えられるから」

レインにはファストラの気持ちや焦《あせ》りがよくわかる。理由は違《ちが》うが、つい先日まで、自分がそうだった。

ファストラはレインに顔を向けなかった。返事ができるほど、気持ちが整理できていない。この戦いにはフィリムの存亡《そんぼう》がかかっている。一人でも多くの飛空騎士《きし》が必要なはずだ。なのに参加できない。ただ、自分が情《なさ》けなくて仕方がない。

　でも、何のために戦うのだろう。命を守るためなら、みんなで逃《に》げればいいのではないか。フィリム人は毛皮牛《けがわうし》と馬がいればどこでも生きていける。帝国軍《ていこくぐん》は寒さの厳《きび》しい山岳《さんがく》地帯まで追ってくるだろうか。

　これまでのファストラにはない思考だった。ファストラは大きく頭を振《ふ》った。何の罪《つみ》もない母を殺《ころ》した帝国軍《ていこくぐん》に好きにさせてたまるか。ただ、仇《かたき》をとっても、母は戻《もど》らない。生きていてほしかった。大きくなった、と喜《よろこ》んでほしかった。その日は、二度と来ない。胸《むね》に空いた穴《あな》は、ただ広がっていくばかりだ。

「じゃあ、行ってくる」

　レインはファストラに告《つ》げて再《ふたた》び飛んだ。

　空で待っていたフェルラインは、レインの報告《ほうこく》を受けて、小さくうなずいた。

「ファストラの出番をつくるためにも負けられない。でも、あんたたちみたいな若者《わかもの》の仕事は生き残ること。それを忘《わす》れないで」

「はい」

　返事をして、レインは地上に目をやった。ファストラはファングとともに、地面にすわりこんでいた。

4 ❖ 命にかえても

大地をとどろかせて、二頭の盾象《たてぞう》が突撃《とつげき》してくる。土煙《つちけむり》が飛空騎士《きし》たちの高さまで立ちのぼって、視界《しかい》をおおう。地面がゆれ、空気がふるえていた。

フィリム騎兵《きへい》はその迫力《はくりょく》におののいていた。乗り手は耐《た》えられても、馬が恐怖《きょうふ》で落ちつかない。

「まずはあれを防《ふせ》がねばならぬ」

ダッカは飛空騎士《きし》隊を前進させた。先頭に立つのはフェルラインとレインである。

「弩弓《どきゅう》の射程《しゃてい》に入るなよ」

ダッカの指示《しじ》を背《せ》に受けながら、レインは火打ち石を手にとった。やはり緊張《きんちょう》で身体《からだ》がかたくなっている。手がうまく動かない。

「失敗してもいいんだよ」

フェルラインが声をかけた。

「レインは完璧《かんぺき》を求めすぎるんだ。失敗したらやり直せばいい。試験でも結婚《けっこん》でもね」

「ここは戦場です。失敗は許《ゆる》されません」

思わず反論《はんろん》したレインだが、言いたいことはわかる。

「そうか？　とにかく肩《かた》の力を抜《ぬ》いていこう」

「わかりました」

今度はすなおに答えて、レインは点火を試みた。たしかに、この作業は一度や二度失敗してもかまわない。そう考えると、手が動いた。ついた火を火薬玉に移《うつ》し、少し前進してから落とす。

盾象《たてぞう》の近くで爆発《ばくはつ》が起こると、前進の勢《いきお》いがとまった。盾象《たてぞう》は長い鼻を盛《さか》んに振《ふ》って、周囲《しゅうい》を警戒《けいかい》しながら進む。しかし、背中《せなか》の象使《ぞうつか》いが叫《さけ》びながら鞭《むち》でたたくと、再《ふた》び走りだした。

「いいよ、その調子だ」

フェルラインの声にはげまされて、レインは本来の自分を取り戻《もど》した。ねらいを定めて火薬玉を落とすと、見事に鞍《くら》の屋根に当たって転がり、爆発《ばくはつ》する。爆発《ばくはつ》音とともに煙《けむり》があがる。衝撃《しょうげき》で鞍《くら》がはじけ飛び、象使《ぞうつか》いが悲鳴をあげて落ちる。盾象《たてぞう》の動きがとまった。

フェルラインの落とした火薬玉は盾象《たてぞう》の真下で爆発《ばくはつ》し、盾象《たてぞう》を横転させていた。光の盾《たて》は前方しか防《ふせ》げないから、巨体《きょたい》の下で爆発《ばくはつ》するようにうまく調節できれば、大きな打撃《だげき》を与《あた》えられる。

レインとフェルラインの活躍《かつやく》で、フィリム軍は盾象《たてぞう》の突撃《とつげき》を防《ふせ》いだが、この攻撃《こうげき》はおとりであった。

飛空騎士《きし》たちが中央に集まっている隙《すき》に、左右両翼《りょうよく》の旧《きゅう》エンデシム兵がすさまじい勢《いきお》いで前進してくる。

「まずい！」

ダッカはみずから左翼《さよく》におもむき、アクアのひきいる一隊を右翼《うよく》に向かわせた。すでに両《りょう》翼《よく》では、フィリム騎兵《きへい》と旧《きゅう》エンデシム歩兵の激闘《げきとう》がはじまっている。

旧《きゅう》エンデシム兵は槍《やり》をかまえてひたすら前に突《つ》き進む。フィリム軍は弓矢で迎《むか》え撃《う》ったが、敵《てき》の足はとまらない。まるで恐怖《きょうふ》を知らぬようである。これは帝国《ていこく》軍が後方から追いたてているからだった。前進をとめたら、後ろから矢を射《い》られる。矢だけではない。火炎犬《かえんけん》や氷栗鼠《こおりりす》の部隊が、炎《ほのお》や氷の魔法《まほう》で攻撃《こうげき》してくるのだ。旧《きゅう》エンデシム兵としては、目の前の敵《てき》と戦うしかない。

ダッカをはじめとする飛空騎士《きし》たちは、上昇《じょうしょう》と降下《こうか》を繰《く》り返しながら、多くの敵《てき》をしとめていくが、敵軍《てきぐん》の激流《げきりゅう》をとめるまでにはいたらない。

「帝国《ていこく》軍め、味方を味方と思っていないな」

アクアがぼやいた。

帝国《ていこく》軍は前線の旧《きゅう》エンデシム兵に当たるのをおそれずに、大量の矢を射《い》てくる。なかには弩弓《どきゅう》の矢も含《ふく》まれていて、飛空騎士《きし》たちは回避《かいひ》に追われる場面もあった。ダッカは槍《やり》を回転させて矢をはじきながら敵《てき》を倒《たお》しているが、誰《だれ》もがまねできる技《わざ》ではない。

レインは敵《てき》の弓隊の真上まで進んで、下に向かって矢を射《い》ていた。敵《てき》は大勢《おおぜい》いるので、多少ずれても当たる。フェルラインも石や火薬玉を落として奮戦《ふんせん》しているが、二人では焼け石に水だ。

先日までの味方であった旧《きゅう》エンデシム兵と戦うわけだが、フィリム兵にためらいはない。誰《だれ》が敵《てき》かなどと考えている余裕《よゆう》はないのだ。一方、旧《きゅう》エンデシム兵には、飛空騎士《きし》を敵《てき》にまわす恐怖《きょうふ》はあったが、無防備《むぼうび》の後方から射《い》られるほうがおそろしい。力のかぎり戦うしかなかった。

帝国《ていこく》軍を指揮《しき》する将軍《しょうぐん》カルミフは唇《くちびる》を曲げて、毒気《どくけ》のこもった笑《え》みを浮《う》かべていた。

「エンデシムのやつらも意外と使えるではないか。そのうち力つきるだろうが、しょせんは捨《す》て駒《ごま》だからな。なるべく多くの敵《てき》を道連れにしてほしいものだ」

汚《よご》れ仕事で出世したカルミフだが、一軍をひきいる立場までのぼりつめたのは、戦闘指揮《せんとうしき》にも才能《さいのう》があったからだ。とくに、戦況《せんきょう》を見極《みきわ》めて、勝負どころに戦力を集中させるのがうまい。

フィリムとの戦いでは、へたに作戦を練っても、上から見抜《みぬ》かれてしまう。兵力の差を生かして、敵《てき》が弱ったところを攻《せ》めるのが良策《りょうさく》だ。それこそが、カルミフの得意技《とくいわざ》である。

カルミフは目を光らせた。

「よし、ここだ。ストラグルの部隊を突入《とつにゅう》させろ」

ストラグルは帝国軍《ていこくぐん》の精鋭《せいえい》である歩兵隊をひきいて、中央に陣取《じんど》っている。ストラグルはカルミフを競争相手とみなしているが、カルミフはストラグルをひとつの駒《こま》としてしか考えていなかった。ストラグルが自分の役割《やくわり》を果たせば、帝国軍《ていこくぐん》の勝利だ。

命令に応《おう》じて、太鼓《たいこ》の調子が変わった。

ストラグルは太鼓《たいこ》を聞いて顔をしかめた。カルミフに手柄《てがら》を立てさせたくはないが、命令にしたがって仕事をしなければ、自分の評価《ひょうか》を下げるだけである。

「いまいましいが、たしかに今が絶好機《ぜっこうき》だ。進め、者《もの》ども！」

ストラグルはフィリム軍に向かって槍《やり》を突《つ》きあげた。帝国軍《ていこく》の歩兵隊がときの声をあげて駆《か》け出す。

フィリム軍は左右の攻撃《こうげき》に援兵《えんぺい》を送っていたため、中央の陣容《じんよう》が薄《うす》い。残っていた騎兵《きへい》が懸命《けんめい》に矢を放って防戦《ぼうせん》するが、帝国《ていこく》軍はかまわず突進《とっしん》してくる。フィリム騎兵《きへい》は受け身になるともろい。次々と討《う》たれて、ずるずると後退《こうたい》していく。

「私《わたし》たちが何とかしないと！」

レインは降下《こうか》しようとしたが、フェルラインは許《ゆる》さなかった。

「あんた一人が槍《やり》をふるったところでどうにもならない。戦死者が一人増《ふ》えるだけだ。火薬玉を補充《ほじゅう》しに本陣《ほんじん》に帰るよ」

「でも……」

フェルラインの判断《はんだん》は正しい。二人ともすでに矢も火薬玉も使い果たしているのだ。レインが降下《こうか》して戦っても、戦況《せんきょう》に影響《えいきょう》は与《あた》えられない。

「冷静になりな。いったん退《ひ》くことが、一番多くの味方を救《すく》えるんだ」

レインはうなずいて後方へ馬を向けた。戻《もど》ってきたときにはもう負けているかもしれない。それでも、最善《さいぜん》の方策《ほうさく》をとるのだ。

ダッカも中央の危機《きき》に気づいたが、送るべき兵力がない。左右両翼《りょうよく》の戦いはかろうじて互《ご》角《かく》だが、余力《よりょく》はまったくなかった。

「おれが行きます！」

ヒューガが高く舞《ま》いあがった。

「待て！　一人でどうするのだ!?」

ダッカは引きとめたが、ヒューガは聞く耳を持たない。

「敵《てき》の指揮《しき》官を討《う》てば、ひっくり返せるかもしれない」

急進するヒューガを追いかける飛空騎士《きし》がいた。

「おれが援護《えんご》してやる」

あっというまにヒューガに並《なら》んだのは、祖父《そふ》のスーサだ。

「とめないんだな、じいさん」

「当たり前だ。ここで退《ひ》いたら、フィリムは終わる。もはや一《いち》か八《ばち》かの策《さく》しかないわい」

スーサは槍《やり》をあやつって、飛んでくる矢をたたき落とした。

「あれが敵将《てきしょう》だな」

スーサが槍《やり》で指したのは、馬にまたがった甲冑姿《かっちゅうすがた》の男だ。周りを護衛《ごえい》部隊らしき騎兵《きへい》が固めている。

「よし、行くぞ。ヒューガ、帰るための力を残しておけよ」

「……できればね」

ヒューガはにやりと笑った。

二騎《き》の飛空騎士《きし》が、ストラグルめがけて一直線に降下《こうか》する。

ストラグルが迫《せま》りくる飛空騎士《きし》に気づいた。護衛《ごえい》部隊が次々と矢を放つ。

「下から来る矢など怖《こわ》くないわ」

スーサは巧《たく》みに馬をあやつって矢をよけ、槍《やり》ではじきながら降《お》りる。スーサの動きは直線的でないため、迎撃《げいげき》する側は予測《よそく》しにくい。ヒューガがそのあとにつづく。

「じじいはどうでもよいが、あの若《わか》いやつはやっかいそうだな」

ストラグルが弓をかまえてねらいを定めた。この叩《たた》きあげの将軍《しょうぐん》は、帝国軍《ていこく》でも屈指《くっし》の弓の名手である。

ひゅん、と弓が鳴った。

上空に向かって放たれた矢は、勢《いきお》いを失うことなく、ヒューガの飛空馬《ひくうば》の首に突《つ》きささった。よろいを貫通《かんつう》するほどの威力《いりょく》であった。

「な⁉」

ヒューガの腰《こし》ががくんと落ちた。飛空馬《ひくうば》が致命傷《ちめいしょう》を受けて、力を失ったのだ。

スーサは異様《いよう》な風を感じて振《ふ》り返った。

ヒューガが落ちてくる。この高さではまず助からない。

とっさに伸《の》ばした手が、孫の腕《うで》をつかんだ。しかし、とても支《ささ》えられる重さではない。

「綱《つな》を切れ！　早く！」

スーサの指示《しじ》にしたがってヒューガは剣《けん》を抜《ぬ》いた。ひと振《ふ》りで命綱《いのちづな》を断《た》ち切る。飛空馬《ひくうば》が敵兵《てきへい》の群れの中に落下した。

「手を放せ」

ヒューガが祖父《そふ》に呼《よ》びかける。

「まだ……だ」

スーサの飛空馬《ひくうば》は二人分の体重を支《ささ》えながら、ストラグルめがけて降《お》りていく。ヒューガは目の前に迫《せま》った矢を剣《けん》ではらった。

「じいさんが危《あぶ》ないぞ。おれはいいから放せ。放して上昇《じょうしょう》しろ」

「もう遅《おそ》い。あとは頼《たの》んだ……」

「おい!?」

手が放れた。真下に敵《てき》の指揮《しき》官がいる。

ストラグルは従者《じゅうしゃ》から槍《やり》を受けとろうとしたが、間に合わなかった。落ちてきたヒューガがストラグルに抱《だ》きつく。二人は馬上でもみあい、やがてもつれあって馬から落ちた。ストラグルの甲冑《かっちゅう》が耳障《みみざわ》りな金属《きんぞく》音を立てる。

二人の横に、スーサと飛空馬《ひくうば》が倒《たお》れていた。人馬とも、全身に矢を浴びていた。スーサは無数の矢傷《やきず》を受けながら、安全な高さになるまで、孫の腕《うで》を放さなかったのだ。

ヒューガの目に、祖父《そふ》の満足げな死に顔が映《うつ》った。

どうせ死ぬなら、空で死にたい。何度もの戦いを生きのびてきた祖父《そふ》はそう言っていた。

これが本望《ほんもう》だったのだろうか。

「おれだって!」

最期《さいご》に、なすべきことをやってやる。

ヒューガはストラグルに馬乗りになって、かぶとをはぎとった。ストラグルが下からなぐりつけてくる。ヒューガの右手には、すでに剣《けん》はない。首を押《お》さえつけ、はぎとったかぶとを額《ひたい》にたたきつける。

背中《せなか》に焼けるような痛《いた》みが走った。槍《やり》の穂先《ほさき》が、胸《むね》から突《つ》き出ている。血のかたまりが、のどの奥《おく》からせりあがってくる。

ヒューガはかまわずに攻撃《こうげき》をつづけた。

飛空馬《ひくうば》に乗って飛ぶだけが飛空騎士《きし》ではない。命にかえてもフィリムを守る。それが飛空騎士《きし》だ。たとえ地に落ちても、飛空騎士《きし》のつとめを果たす。侵略者《しんりゃくしゃ》に、フィリムの地はわたさない。

「フィリムはおれが守る！」

声にならない叫《さけ》びが、フィリムの高原に響《ひび》いていた。


帝国《ていこく》軍の前進がとまっていた。

最初に気づいたのは、再《ふた》び前線に立っていたレインとフェルラインだった。

「敵《てき》の動きがにぶい。食いとめられるかもしれない」

フェルラインの声に、生気《せいき》が戻《もど》った。敵《てき》軍は最前線では必死に戦っているが、後方から新《あら》手《て》が押《お》し寄《よ》せてくることがなくなった。火薬玉の爆発《ばくはつ》で軍列に穴《あな》が空いても、兵が補充《ほじゅう》されない。

レインは最後の火薬玉を敵軍《てき》めがけて落とした。

「また本陣《ほんじん》に帰りますか?」

たずねると、フェルラインは首を横に振《ふ》った。

「いや、いったん降《お》りて味方に伝えよう」

フェルラインはレインをしたがえて降下《こうか》した。

「敵《てき》の攻勢《こうせい》はとまった。押《お》し返せ!」

疲《つか》れきった味方にはげましの声をかける。この言葉で、フィリム軍は息を吹《ふ》き返した。最後の力をふりしぼって、目の前の敵《てき》と戦う。

帝国《ていこく》軍の後方では、カルミフが舌打《したう》ちを繰《く》り返していた。

「ストラグルの愚《おろ》か者《もの》め、これだけ有利な状況《じょうきょう》で戦死だと!? 無能《むのう》にもほどがある」

ののしりながらも、カルミフは冷静に考えている。

帝国《ていこく》軍は完全勝利を目前にしているが、フィリム軍の抵抗《ていこう》もはげしい。このまま戦えば、いずれ王都ラクサを落とせるが、本隊にも犠牲《ぎせい》が多く出るだろう。それでは、総《そう》司令官から の評価《ひょうか》が下がってしまう。総《そう》司令官パレオロールは、戦わずして勝つのを最上とする性格《せいかく》なのだ。

「ラクサは後日の楽しみとするべきか」

日も暮《く》れようとしている。夜通し戦って、同士討《どうしう》ちなど起こっても困《こま》る。フィリム軍にはかなりの打撃《だげき》を与《あた》えているから、今でなくてもラクサは落とせる。無理に戦いをつづける理由はなかった。

カルミフは前線の各部隊に後退《こうたい》の合図を送った。

帝国軍《ていこく》はラクサまで半日の距離《きょり》に陣《じん》をしき、拠点《きょてん》を築《きず》く作業に入った。フィリムに圧力《あつりょく》をかけつつ、伝令を出して総《そう》司令官の指示《しじ》をあおぐ。総《そう》司令官はただちに、降伏勧告《こうふくかんこく》の使者を送るだろう。

「頼《たの》むから、降伏《こうふく》は拒否《きょひ》してくれよ」

カルミフは舌《した》なめずりをしていた。

5 ❖ 新たなる決意

「おめおめと生き残ってしまった……」

ラクサに戻《もど》ったダッカは、再《ふたた》び足が石になったかのような姿《すがた》であった。肩《かた》が落ちていて、足どりが重い。

夜の王宮を、ダッカは一人で歩いている。いつも隣《となり》にいた大柄《おおがら》で陽気な副官の姿《すがた》がない。

今回の戦いで、フィリム軍は二千騎《き》あまりの騎兵《きへい》と、十騎《き》の飛空騎士《きし》を失った。兵力差からすれば当然の結果とはいえ、完敗である。王都まで侵入《しんにゅう》されなかったのは、スーサとヒューガが命と引き替《か》えに敵将《てきしょう》を討《う》ち、前進を食いとめてくれたからだった。

ダッカの謝罪《しゃざい》と報告《ほうこく》を受けたフィリム国王フラーヴァンは、沈痛《ちんつう》な表情《ひょうじょう》で告《つ》げた。

「あなたは責任《せきにん》をとらなければなりませんが、それは私《わたし》も同様です。事が終わってから、ともに考えましょう。今は、みなが生き残るために、最善《さいぜん》の策《さく》を実行しなければなりません」

「御意《ぎょい》にございます」

ダッカは胸《むね》に手をあてて、頭《こうべ》をたれた。

「陛下《へいか》には至急《しきゅう》、都をはなれ、北の山中に身をひそめていただきたいと思います」

フラーヴァンが落ちついた声でたずねる。

「あなたは、そして軍は、これからどうするのですか」

「すべての民《たみ》と役人、王族の方々《かたがた》が避難《ひなん》してから、ラクサで戦いたいと思います。町は破壊《はかい》されるかもしれませんが、簡単《かんたん》に負けることはありません」

ダッカはラクサでの市街戦を計画していた。空を移動《いどう》できる飛空騎士《きし》は市街戦にも強い。

また、ラクサの街路は広く、馬が通れるようにつくられている。道のわからない帝国《ていこく》軍を引きずりこみ、地の利を生かして迎撃《げいげき》すれば、かなりの打撃《だげき》を与《あた》えられるだろう。

「私《わたし》は逃《に》げません」

フラーヴァンは淡々《たんたん》と告《つ》げた。決意を述《の》べるにはあまりにも平静な様子であったので、ダッカは一瞬《いっしゅん》、言葉の意味を理解《りかい》しそこねた。

ややあってから、あわてて反対する。

「それはなりません。お気持ちはありがたく思いますが、藍玉《キーラ》の守護者《しゅごしゃ》たる陛下《へいか》がもし捕《と》らえられでもしたら、藍玉《キーラ》の鉱脈《こうみゃく》が帝国《ていこく》の手に落ちてしまいます。そうなれば、国の存亡《そんぼう》にかかわります。どうかお考え直しください」

フラーヴァンは少し表情《ひょうじょう》をゆるめた。

「あら、今の騎士団長《きしだんちょう》は、リディンとは違《ちが》う意見のようですね」

リディンはかつて、国王に逃《に》げるな、と言ったのだ。ダッカはもちろん、それを承知《しょうち》している。

「申し訳《わけ》ございません。私《わたし》はかの英雄《えいゆう》ほどの自信を持ち合わせておりません」

「自信がないなら、戦うのは許《ゆる》しません。将《しょう》のわがままに、兵をつきあわせてはいけませんよ。みなでともに逃《に》げるのです」

痛《いた》いところをつかれて、ダッカは目を伏《ふ》せた。自分はわがままで兵の命を危険《きけん》にさらそうとしているのかもしれない。だが、ここで逃《に》げたら、ヒューガたちの命をかけた奮戦《ふんせん》が無駄《むだ》になるような気がしていた。

「戦いですから、必ず勝てるとは言えません。ですが、無人の町で戦えば、多くの損害《そんがい》を与《あた》えられるのではないかと考えています」

「ならば、私《わたし》もここに残ります。藍玉《キーラ》についてはすでに手を打っていますので、心配はいりません」

国王が残っていれば士気《しき》はあがる。志願兵《しがんへい》も増《ふ》えるだろう。だが、国王を守りながらでは戦いにくくなる。どちらが有利だろうか。

ダッカが悩《なや》んでいると、謁見《えっけん》の間《ま》の後方で話し声がした。

「困《こま》ります。騎士団長閣下《きしだんちょうかっか》が報告《ほうこく》している最中ですので……」

「ちょうどいい。お二人に話があるのだ。私《わたし》を見れば、二人とも喜《よろこ》ぶだろう」

ダッカは太い眉《まゆ》をひそめた。聞きおぼえのある声だ。

「ただいま戻《もど》りました」

堂々《どうどう》たる足どりで、シルカが入ってきた。長旅のあとだろうに、髪《かみ》も乱《みだ》れず、端整《たんせい》な顔と涼《すず》しげな瞳《ひとみ》に疲《つか》れの色はない。リディンもかくやと思わせる、さっそうたる姿《すがた》である。

シルカは国王に礼をし、ダッカに視線《しせん》を向けた。

「遅《おそ》くなって悪かった。ラクサが危《あぶ》なくなる前に戻《もど》りたかったが、あちらも簡単《かんたん》にはいかなくてね」

ダッカは無言でシルカをにらんだ。軽々しく謝《あやま》ってほしくなかった。自分がいればヒューガは死なずにすんだ、とでも言うのか。

気持ちが通じたのか、シルカは表情《ひょうじょう》と口調を真剣《しんけん》なものにととのえた。

「私《わたし》が来たからには心配はいりません。次の戦《いくさ》で勝ち、帝国《ていこく》軍を追いはらってみせます」

ダッカはあきれた。大言壮語《たいげんそうご》が過《す》ぎる。

国王もおどろいたようで、反応《はんのう》が少し遅《おく》れた。

「……冗談《じょうだん》ではないのですね」

「もちろん。私《わたし》は根拠《こんきょ》のない発言はしません。必ず勝ちます」

シルカが胸《むね》を張《は》ると、国王はうなずいた。

「では、任《まか》せます。騎《き》士《し》団《だん》長《ちょう》と協力して、勝利を得《え》てください」

「お、お待ちください。にわかには信じられません」

ダッカがあわてて言う。国王は微《び》笑《しょう》した。

「くわしい話はあなたが聞いてください。軍が戦うかぎり、私《わたし》は逃げません。言えるのはそれだけです」

「だそうだ。作戦を説明しよう」

二人は国王に挨《あい》拶《さつ》したあと、連れだって執《しつ》務《む》室へと向かった。


生《せい》還《かん》したアクアは、食事もとらずに、すぐに兵《へい》舎《しゃ》におもむいた。

ファストラは自室で、明かりもつけずにぼうっとしていた。寝《しん》台《だい》に腰《こし》かけて、床《ゆか》を見つめている。兄が入ってくると、ファストラは顔をあげずにたずねた。

「戦いは終わったのか」

アクアが短く答える。

「ああ。じいさんとヒューガが死んだ。二人のおかげで、敵《てき》のラクサへの侵《しん》入《にゅう》は防《ふせ》げた」

言葉がゆっくりと、心に落ちてくる。

「……嘘《うそ》だろ……」

ファストラは目の前が真っ暗になった。

「おれのせいだ」

頭を抱《かか》えるファストラの隣《となり》に、アクアが腰《こし》をおろした。ファストラの嗚咽《おえつ》が響《ひび》く。

「どうしておればっかり……」

ファストラはつづけて三人の身内を失った。十五歳《さい》の少年には、あまりに過酷《かこく》な状況《じょうきょう》である。しかし、アクアは厳《きび》しかった。

「おまえのせいでも、おまえだけの話でもない。これが戦争だ」

「わかってる」

アクアは弟の背中《せなか》に手をあてた。

「おれだって、明日死ぬかもしれない。飛空騎士《きし》は常《つね》に死と隣《とな》り合わせだ。それが、代々つづいていく。……いや、つづいていた」

アクアは慎重《しんちょう》に言葉を選んでいるようだった。

「今後、飛空騎士《きし》がどうなるのかはわからない。だが、ここで負けたら、フィリムの未来はなくなる。ヒューガはそう考えたのだろう。おれはあいつを誇《ほこ》りに思う。でも……でも、ばかだよなあ」

「兄さん……」

背中《せなか》におかれたアクアの手がふるえている。

長い沈黙《ちんもく》を経《へ》て、ファストラは顔をあげた。

「……おれ、覚悟《かくご》してたつもりだったんだ。でも、全然足りなかった。わかってなかった」

涙《なみだ》をぬぐう。

「これからどうなるんだ？　帝国《ていこく》軍はすぐ近くまで来ているんだろ？」

「わからない。団長《だんちょう》はラクサを無人にして町で戦いたいようだが、陛下《へいか》が許《ゆる》すかどうか。ただ、フィリムの民《たみ》は不当な支配《しはい》には屈《くっ》しない。いずれにしても、戦いはつづくだろう」

「次は絶対《ぜったい》におれも行く。兄貴《あにき》とじいさんの分まで、おれがやる」

アクアは首を横に振《ふ》った。

「今の精神状態《せいしんじょうたい》では、犬死《いぬじ》にするだけだ」

「おれは死なない」

それは単なる強がりであったが、声に張《は》りが戻《もど》っていた。立ち直りつつある。

　アクアは弟の背中《せなか》から、手をそっとはずした。

　ファストラはふと思い出した。

「そういえば、兄さんは前に、おれの母さんのことを教えてくれただろ。おれを見捨《みす》てたわけじゃないって。あれはどうして？」

「そんなことがあったかな」

　アクアはとぼけた。

「あったよ。おかげで、おれは母さんの死をちゃんと悲しむことができた」

　ファストラの表現《ひょうげん》を受けて、アクアはかすかに笑《え》みを浮《う》かべた。

「それはよかった、と言うべきかな」

「ああ、感謝《かんしゃ》している」

「……おれは飛空騎士《きし》の制度《せいど》に納得《なっとく》していなかったんだ」

　アクアは遠くを見る目で告《つ》げた。

「国の都合で勝手に人生を決められて、おまえも、タキさんもかわいそうだと思っていた。おれやヒューガは仕方ないけど、おまえは別の道を選べたかもしれない。少なくとも、タキさんはそのつもりだった」

「おれは自分で選べても飛空騎士《きし》になる。これまでは母さんに知ってもらうためだったけど、今は違《ちが》う。飛空騎士《きし》になって、帝国《ていこく》を倒《たお》す。フィリムを守る」

「おまえは強いな」

アクアはうなずいた。過去《かこ》を語ったアクアにつづいて、ファストラは未来を語った。心はすでに前を向いている。

「やっぱり、かわいそうだと思ったのはまちがいだった。おれはどうも高みから物を見るくせがあってな」

アクアは頭をかいた。

「おまえだけじゃない。レインもシューデリンも強いよ。ちゃんと自分で考えている。おれたちの代にはなかったことだ。だから、今の危機《きき》を乗りこえたら、そして、おまえたちが一人前の飛空騎士《きし》になったら、きっと、フィリムは変わる。今よりいい方向にな」

ファストラが眉《まゆ》をひそめる。

「危機《きき》を乗りこえるために命を捨《す》てる、なんて考えないでくれよ」

「おれが命を捨《す》てても、たいしたことはできないからなあ」

アクアは目を閉《と》じて、スーサとヒューガに祈《いの》りをささげた。

「じゃあ、おれは部隊に戻《もど》る」

「ばあちゃんには？」

「落ちついてからだな」

二人の祖母《そぼ》はすでにラクサから避難《ひなん》している。つらい知らせを伝えなければならないが、今はその余裕《よゆう》はない。

この日、多くのフィリム人が愛する者を失った。涙《なみだ》の量だけ、うらみや憎《にく》しみがつのるであろう。そうやって他国を征服《せいふく》して、その先の支配《しはい》がうまくいくと、帝国《ていこく》は考えているのだろうか。

戦《いくさ》で死ぬのはフィリム人だけではない。帝国《ていこく》兵も、エンデシム兵も、多くの者が死ぬ。アクア自身、多数の敵《てき》を手にかけるだろう。さらに、うらみや憎《にく》しみが重なっていく。負の感《かん》情《じょう》の連なりは、戦いがつづくかぎり、なくならない。

やりきれないな、とアクアは思う。それでも、スーサとヒューガの思いにこたえるため、フィリムの未来のために、武器《ぶき》を捨《す》てるわけにはいかない。

ファストラはまだ若《わか》くてまっすぐだから、割りきれる強さがあるから、再《ふたた》び飛べるだろう。いずれ戦う意味について、深く考えることになるかもしれないが、それは勝って生き残ってからの話だ。

「ちゃんと食って寝《ね》ろよ」

最後にそう言って、アクアは弟の部屋を出た。

残されたファストラは立ちあがって、せまい部屋を歩きまわった。落ちついて考えたいのだが、落ちつかない。いろいろな思いが頭のなかを駆《か》けめぐっていて、火薬玉のように爆発《ばくはつ》しそうだ。ふいに思いついて、床《ゆか》で腕立《うでた》て伏《ふ》せをはじめた。回数も数えずに、ひたすら腕《うで》を曲げては伸《の》ばす。

「おれは飛べるんだろうか」

自問するが、答えは出ない。

長兄《ちょうけい》に話したのは、正直な気持ちである。飛空騎士《きし》になって、帝国《ていこく》を倒《たお》す。祖父《そふ》と次兄《じけい》と母の仇《かたき》をとる。

飛空騎士《きし》は見えない翼《つばさ》に思いをのせて飛ぶ。

ヒューガの言葉だ。

祖父《そふ》と次兄《じけい》は、命をかけてフィリムを守った。自分は何のためにどう戦うのか。勝って、生き残りたい。それが、祖父《そふ》と次兄《じけい》の思いにこたえることになる。そして、血統《けっとう》によらない、新しい世代の飛空騎士《きし》として、フィリムの人々を守る。

母はファストラを飛空騎士《きし》にしたくなかった。いや、違《ちが》う。望まぬ道を強制《きょうせい》したくなかっただけだ。ファストラが自分の意思で選ぶなら、きっと応援《おうえん》してくれただろう。

そう、選ぶのは自分だ。

「おれは飛ぶ」

もうゆらがない。迷《まよ》わない。逃《に》げない。きっと、ファングにも伝わるはずだ。

決意して腕立《うでた》て伏《ふ》せをつづけるファストラは、床《ゆか》に見慣《な》れない皮袋《かわぶくろ》が置いてあるのに気づいた。アクアが持ってきたのだろうか。

開けてみると、干《ほ》し肉の束が顔を出した。

「悩《なや》んだときは肉を食え」

祖父《そふ》の声が聞こえてきたような気がした。

「もう悩《なや》んでないけどな」

ファストラは勢《いきお》いよく干《ほ》し肉をかじった。涙《なみだ》で味つけされた干《ほ》し肉は、いつもより味が濃《こ》かった。

6 ❖ エンデシムを取り戻《もど》せ

九月二十八日、フィリムでラクサ郊外《こうがい》の戦いが終わった夜、旧《きゅう》エンデシム王都チェイはさわがしかった。

エンデシムの降伏以降《こうふくいこう》、チェイにはコヌールひきいる帝国軍《ていこく》が入っている。前国王サトはすでにチェイをはなれ、港町カルセイに送られていた。旧《きゅう》エンデシム兵は一部がフィリムとの戦いに駆《か》りだされ、一部は出身の村に帰され、一部は抵抗《ていこう》したあげくに奴隷《どれい》にされている。

帝国《ていこく》兵たちは夜な夜な酒を飲んで楽しんでいる。チェイには酒や料理を出す店がたくさんあるが、ほとんどが帝国《ていこく》兵に占領《せんりょう》されており、民《たみ》は寄《よ》りつかない。それでも、金を払《はら》うだけましかもしれない。民《たみ》を傷《きず》つけない、略奪《りゃくだつ》しない、という、総《そう》司令官パレオロールの方針《ほうしん》は守られている。

広大な王宮は大部分が閉鎖《へいさ》されていた。一部を臨時総督府《りんじそうとくふ》として帝国《ていこく》軍が使っており、元宰相《さいしょう》のリュウが臨時行政官《りんじぎょうせいかん》として政治《せいじ》をおこなっている。役人たちも多くがそのまま業務《ぎょうむ》についていた。

臨時総督府《りんじそうとくふ》は、帝国兵《ていこく》によって守られているが、占領地《せんりょう》にもかかわらず、兵には緊張感《きんちょう》がなかった。孤児《こじ》たちの村に行って以来、コヌールが覇気《はき》を欠くのも、原因《げんいん》のひとつかもしれない。

深夜、王宮のもっとも奥《おく》にある王の寝所《しんじょ》に、小さな明かりがともった。床《ゆか》に開いた穴《あな》から、次々と人が出てくる。十数人に達しただろうか。

先頭に立つのはネクであった。手ぶりで後続の者たちを案内しながら、ひとけのない通路を進む。勝手知った道を行くように、まったく迷《まよ》いがない。

いくつかの回廊《かいろう》と庭園を通って、ネクは三階建ての建物にたどり着いた。帝国兵《ていこく》が警備《けいび》に立っており、建物からは光がもれている。リュウをはじめとする役人たちが仕事をしている場所だった。

見張《みは》りはぼうっと突《つ》っ立っている。ネクたちは見張《みは》りの視界《しかい》を避《さ》けて進み、裏《うら》の扉《とびら》から建物に侵入《しんにゅう》した。

リュウは小さな部屋で一人、紙の束に囲《かこ》まれていた。帝国《ていこく》に人口や生産量を報告《ほうこく》するための書類をつくっている。

「久《ひさ》しぶりだな」

ネクが声をかけると、リュウは顔をあげずに応《おう》じた。

「誰《だれ》か知らぬが、じゃまをするな。私《わたし》は忙《いそが》しい」

「その心配は無用だ。じきにおまえの仕事はなくなる」

リュウは目だけをあげて、侵入者《しんにゅうしゃ》を見た。

一瞬《いっしゅん》で顔色が蒼白《そうはく》になった。

「おまえはジルの……」

言いかけて、リュウは頭《かぶり》を振《ふ》った。

「いや、違《ちが》う。第二王子は戦死したと報告《ほうこく》を受けた」

ネクが不敵《ふてき》に笑う。

「それはどうかな。王族しか知らない隠《かく》し通路を使ってここに来たことが、何よりの証拠《しょうこ》ではないか」

「つきあってられぬ」

リュウは立ちあがった。

「兵はどこだ!?　侵入者《しんにゅうしゃ》がいるぞ」

ネクは剣《けん》を抜《ぬ》いていた。すばやく間合いをつめて、リュウに突《つ》きつける。

リュウはネクをにらんだ。

「逆《さか》うらみで私《わたし》を殺《ころ》す気か。エンデシムの民《たみ》がどうなってもいいのか。私《わたし》がいなければ、民《たみ》は帝国《ていこく》の厳《きび》しい支配《しはい》に苦しむのだぞ。もし本当に王族なら、民《たみ》のことを第一に考えるべきではないのか⁉」

「民《たみ》を言い訳《わけ》に、王を殺《ころ》し、国を売った外道《げどう》め。おまえこそが民《たみ》を苦しめている張本人《ちょうほんにん》だ。父の仇《かたき》、とらせてもらう」

リュウが悲鳴のような声をあげる。

「待て！」

ネクは待たなかった。八年間、エンデシムの実権《じっけん》をにぎっていた宰相《さいしょう》は、復讐《ふくしゅう》の刃《やいば》を受けて倒《たお》れた。

最初の目的をとげたネクらは、臨時総督府《りんじそうとくふ》へと走った。

ネクは本当の名前をレイという。リュウの盟友《めいゆう》であった国王ジルの息子《むすこ》、第二王子だ。ジルが捕虜《ほりょ》になった戦いがレイの初陣《ういじん》だったが、そこで行方《ゆくえ》がわからなくなり、戦死したとされていた。しかし、実際《じっさい》は生きのびて、エンデシムを取り戻《もど》す機会をうかがっていたのだった。

ネクはシルカに語っていた。

「リュウが本当に民《たみ》を第一に考えていたら、おれは復讐《ふくしゅう》など計画せず、どこかでひっそりと暮《く》らしていただろう。だが、多くの人が苦しんでいるのを見て、あいつを許《ゆる》せなくなった。あいつは結局、自分が権力《けんりょく》をにぎりたいだけだ」

ネクは少しずつ仲間を集めていたが、反乱《はんらん》を起こすにはまだ少なかった。それでも、帝国《ていこく》の支配《しはい》が固まってしまえば、機会はなくなる。今なら、エンデシムのために立ちあがる兵も多いだろう。そう考えて決行したのである。

臨時総督府《りんじそうとくふ》の前では、帝国軍《ていこく》と反乱軍《はんらん》の戦闘《せんとう》がすでにはじまっていた。

チェイを守る帝国軍《ていこく》は二千人、そのうち夜番《よばん》についていたのは二百人ほどである。急報《きゅうほう》を受けて戻《もど》ってくる兵もいて、数は段々《だんだん》と増《ふ》えていくが、それがかえって混乱《こんらん》のもとになっている。

「敵《てき》は誰《だれ》だ?」

「エンデシム人が反乱《はんらん》を起こしたんだ。エンデシム人を殺《ころ》せ!」

叫《さけ》びながら一人一人が勝手に戦うので、味方のじゃまになっている。

ネクがひきいるのは、エンデシムが誇《ほこ》る「不死隊」の一部である。魔法《まほう》動物の治癒猿《ちゆざる》とともに戦う兵士《へいし》だ。その数は五十人。ネクは王子だった頃《ころ》、不死隊と行動をともにしていたので、親しい者が多かった。彼《かれ》らが、王子が生きていると知って、ひそかに同志《どうし》となったのだ。

不死隊の本隊は千人を数える。コヌールはこの部隊をフィリムとの戦いに使いたかったのだが、彼《かれ》らが反乱《はんらん》をちらつかせて拒否《きょひ》したので、しぶしぶチェイに残していた。コヌールとしては、時間をかけて説得《せっとく》するつもりだったのだが、結局、その時間は与《あた》えられなかった。

ネクが剣《けん》を振《ふ》りかざして命じる。

「突破《とっぱ》せよ」

不死隊の兵士《へいし》は強引《ごういん》に敵中《てきちゅう》に分け入り、剣《けん》を振《ふ》りまわしてはげしく戦った。傷《きず》つくと、背《せ》負《お》った袋《ふくろ》から治癒猿《ちゆざる》が顔を出し、傷《きず》を癒《い》やす。魔法《まほう》で回復《かいふく》している最中も動きはとめない。敵《てき》の攻撃《こうげき》をものともせずに突《つ》き進む。

「猿《さる》をねらえ！」

指示《しじ》が飛ぶが、背中《せなか》の猿《さる》を攻撃《こうげき》するには後ろにまわらねばならない。不死隊に対抗《たいこう》するのは簡単《かんたん》ではなかった。

さらに、「巨人《きょじん》の椅子《いす》」の飛空騎士《きし》たちが空を飛んで駆《か》けつけてきた。彼《かれ》らはあらかじめ旅商人に変装《へんそう》して街なかにひそんでおり、決行の日に王宮のさわぎを確認《かくにん》して、飛び立ったのだ。

「ネク、加勢《かせい》するぞ」

シアが弓を乱射《らんしゃ》しながら降下《こうか》してくる。

「気をつけろ！　味方に当たるぞ」

ネクは苦笑《くしょう》しながら、敵《てき》を斬《き》り伏《ふ》せた。

「ちゃんとねらっているから心配ない」

シアは弓を槍《やり》に持ちかえた。頭上からの攻撃《こうげき》で、敵兵《てきへい》を次々と倒《たお》していく。シアたちはフィリムで訓練し、実戦も経験《けいけん》したことで、格段《かくだん》に腕《うで》をあげている。

飛空騎士《きし》の攻撃《こうげき》により、帝国《ていこく》軍の軍列は崩壊《ほうかい》した。臨時総督府《りんじそうとくふ》への道が開ける。

「よし、突《つ》っこむぞ」

ネクは先頭に立って、臨時総督府《りんじそうとくふ》の建物に乗りこんだ。

矢が飛んできた。ネクは剣《けん》で斬りはらう。矢を放ったのはコヌールだった。数十人の護衛《ごえい》兵に囲《かこ》まれている。

「宰相《さいしょう》は世を去った。侵略者《しんりゃくしゃ》さんにもご退場《たいじょう》願おう」

ネクは陽気に告《つ》げた。仲間たちが笑ってつづく。

「そうそう。招《まね》かれざる客は追い出さないとね」

「おまえたちは何者だ」

コヌールの問いに、ネクは不敵《ふてき》な笑《え》みで答えた。

「帝国《ていこく》の敵《てき》だよ」

言いながら、ネクは剣《けん》を突《つ》き出した。同時に、不死隊の兵士《へいし》たちが斬《き》りこむ。ネクの剣《けん》がひらめくたびに、帝国《ていこく》兵が倒《たお》れる。帝国《ていこく》兵は必死に防《ふせ》ぐが、傷《きず》を治しながら戦う不死隊にはかなわない。

やがてコヌールはただ一人となった。みずから剣《けん》をとってネクに斬《き》りかかるが、ネクはたやすくかわした。

「降伏《こうふく》しろ。全軍を撤退《てったい》させるなら、命は助けてやる」

コヌールは火の出るような目で、ネクをにらみつけた。

「断《ことわ》る。これ以上、屈辱《くつじょく》を重ねられるか」

言うなり、みずからの首に剣《けん》を突《つ》きたてる。とめる間《ま》もなかった。

ネクはあっけにとられたが、すぐに我《われ》に返った。建物を出て、声を張《は》りあげる。

「帝国《ていこく》兵よ、おまえたちの指揮《しき》官は死んだぞ。命が惜《お》しかったら、剣《けん》を捨《す》てよ」

ネクは降伏《こうふく》を呼《よ》びかけながら、さらに戦いつづけた。帝国兵《ていこくへい》は大部分が投降《とうこう》し、そうでない者は逃《に》げ出した。ネクのひきいる反乱軍《はんらんぐん》は朝までに王宮を制圧《せいあつ》し、エンデシムの緑色《ネイ》の旗をかかげた。

朝日が照らす王宮で、ネクは緑色《ネイ》の旗の下に立った。エンデシムの役人や兵士《へいし》、そして民《たみ》に向かって語りかける。

「私《わたし》は前王ジルの息子《むすこ》レイである。宰相《さいしょう》リュウは欲におぼれて帝国《ていこく》にエンデシムを売ったため、これを倒《たお》した。次は帝国軍《ていこくぐん》だ。悪逆非道《あくぎゃくひどう》な侵略者《しんりゃくしゃ》を追い出し、ともにエンデシムを取り戻《もど》そう」

王宮前の広場に、少しずつ人が集まってくる。早すぎる降伏《こうふく》に反対していた者、宰相《さいしょう》リュウの独善《どくぜん》的なやり方に反発していた者、ジルを慕《した》っていた者……。大義《たいぎ》のある反乱《はんらん》が成功に近づけば、味方は増《ふ》えてくる。

これから、領土《りょうど》を取り返す戦いがはじまる。帝国軍《ていこくぐん》が主力をフィリムに向けているとはいえ、道のりはけわしい。だが、ネクにはやりとげる自信があった。

「そっちも頼《たの》むぞ、シルカ」

上空を飛ぶ森鴉《もりがらす》に向かって、ネクはつぶやいた。

8章 フィリムの飛空騎《き》士《し》

1 ❖ 帝《てい》国《こく》軍の事《じ》情《じょう》

「反乱《はんらん》が起きたそうですなあ」

中年の軍監《ぐんかん》がどことなくうれしそうに言った。

帝国《ていこく》軍総《そう》司令官パレオロールは不愉快《ふゆかい》であったが、表情《ひょうじょう》には出していない。

「百名規模《きぼ》の反乱《はんらん》です。すぐに鎮圧《ちんあつ》できるでしょう」

「臨時総督《りんじそうとく》は閣下《かっか》の副官でしたか。戦死したといううわさですが、事実ですかな」

軍監《ぐんかん》が嫌味《いやみ》な口調でたずねた。

「事実です」

パレオロールは短く答えた。

「よほど無能《むのう》なのか、敵《てき》が強いのか。前者なら任命《にんめい》した閣下《かっか》の責任《せきにん》が問われますし、後者なら『すぐに鎮圧《ちんあつ》』というわけにはいかないでしょう」

背《せ》の低い軍監《ぐんかん》が、上目づかいにパレオロールの表情《ひょうじょう》をうかがう。軍監《ぐんかん》は総《そう》司令官の仕事ぶりを監視《かんし》する役人である。本国への報告《ほうこく》は正しいか、戦利品を自分のものにしていないかなど、確認《かくにん》するのが役割《やくわり》だ。

たいていの総《そう》司令官は、軍監《ぐんかん》にわいろを贈《おく》って味方につける。不正をしている者は見逃《みのが》してもらうため、そうでない者は戦略《せんりゃく》に口出しされないように、である。

パレオロールはわいろを贈《おく》らなかったので、軍監《ぐんかん》との対立は日に日に深まっていた。エンデシムが降伏《こうふく》したときは、カルセイにとどまったまま祝いも言わなかった軍監《ぐんかん》が、反乱《はんらん》が起こったと聞くと、本陣《ほんじん》のある南関《なんかん》まで馬で駆《か》けつけてきた。帝国《ていこく》軍にとっての凶報《きょうほう》が、うれしくてたまらないようだ。

「今回はあきらめて撤退《てったい》したらいかがですか。これ以上戦っても、犠牲《ぎせい》が増《ふ》えるだけだと思いますが」

「フィリムは降伏《こうふく》目前だ。エンデシムの反乱《はんらん》はチェイでの出来事にすぎない。撤退《てったい》する理由はない」

軍監《ぐんかん》はばかにしたように笑う。

「そうですかな。そこそこの成果はあげたのですから、傷《きず》が浅いうちに退《ひ》けば、次の機会もあるでしょう。無理に戦いをつづけて大敗したら、皇帝陛下《こうていへいか》からの信頼《しんらい》も地に落ちますよ」

パレオロールは軍監《ぐんかん》を冷たく見返した。彼《かれ》はカルセイでうまい汁《しる》をたくさん吸《す》ったらしい。満腹《まんぷく》になったので帰りたいのだ。

「貴公《きこう》が帰りたいのなら帰ってもよい。カルセイの民《たみ》が喜《よろこ》ぶだろう。苦情《くじょう》が減《へ》れば、私《わたし》が軍事以外にとられる時間も減《へ》る。私《わたし》もありがたい」

苦情《くじょう》、と聞いて、軍監《ぐんかん》は一瞬《いっしゅん》、表情《ひょうじょう》を変えた。

「とにかく、私《わたし》は忠告《ちゅうこく》しました。あとは閣下《かっか》の判断《はんだん》に任《まか》せます」

そそくさと帰っていく。

パレオロールは小さくため息をついた。

目下の戦況《せんきょう》に比《くら》べれば、軍監《ぐんかん》の嫌味《いやみ》など取るに足りない。

コヌールを信頼《しんらい》しすぎたのは、自分の失策《しっさく》だった。若《わか》い副官は野心にふさわしいだけの才覚を持っていると思っていたのだが、結果的には過大評価《かだいひょうか》であった。早期降伏《こうふく》のため、宰相《さいしょう》リュウを抱《だ》きこむ策《さく》を考えたのはパレオロールであり、それ自体に問題があったとは思わない。だが、交渉《こうしょう》の進め方には問題があった。降伏《こうふく》を決めたリュウが憎《にく》まれることは予想できた。用いるなら、支配《しはい》が安定してからにすべきだったのだ。そうすれば、反対派《は》をおびきだす罠《わな》としても使えたのに。

考えても仕方がない。すでに反乱《はんらん》は起こり、チェイは奪《うば》い返されてしまった。反乱《はんらん》の一報《いっぽう》から六日が経《た》っている。大地溝《だいちこう》の南では、真偽《しんぎ》不明の様々なうわさが飛びかっていた。国王サトとリュウが戦って相討《あいう》ちになったとか、帝国《ていこく》軍がチェイの住民を皆殺《みなごろ》しにしたとか、ばかげたうわさもあるが、パレオロールは冷静に状況《じょうきょう》の分析《ぶんせき》を進めていた。

現在《げんざい》、帝国《ていこく》軍はエンデシムの東部三分の一を支配《しはい》しており、反乱《はんらん》軍はチェイとその周辺をおさえている。西半分の街にはまだ正確《せいかく》な情報《じょうほう》が届《とど》いていないだろうが、やがて反乱《はんらん》軍につくのではないか。エンデシムの完全征服《せいふく》は難《むずか》しくなった。

一方、フィリムは王都が陥落寸前《かんらくすんぜん》である。国王に逃《に》げられるとやっかいだが、もう一戦して勝利すれば、降伏《こうふく》とまでいかなくても、帝国《ていこく》に有利な条件《じょうけん》で講和《こうわ》できるだろう。

フィリムが片《かた》づけば、再《ふたた》びエンデシムとも戦える。反乱《はんらん》軍は基盤《きばん》が弱いから、一度の敗北で崩壊《ほうかい》するかもしれない。

楽観的な予測《よそく》を立てながらも、パレオロールは最悪の場合も考えている。

帝国《ていこく》軍は海を越《こ》えて遠征《えんせい》してきているため、負けて撤退《てったい》するとなると、簡単《かんたん》にはいかない。一隻《せき》の船で運べる人数はかぎられているので、すぐには帰れないのだ。万一に備《そな》えて、なるべく多くの輸送《ゆそう》船をカルセイに待機させておきたいが、奴隷《どれい》の食糧《しょくりょう》などを考えると、限《げん》界《かい》もある。

「それでも準備《じゅんび》はしておくか」

パレオロールは部下に船の手配を命じた。本国からはにらまれるだろうが、打てる手は打っておくべきだ。

部下と入れ替《か》わりにカルミフからの報告《ほうこく》が届《とど》いた。フィリムは降伏勧告《こうふくかんこく》に対して、返事をしてこなかったという。交渉《こうしょう》にさえ応《おう》じないということは、エンデシムの状況《じょうきょう》が伝わったのだろうか。

チェイにあったフィリムの出張所《しゅっちょうじょ》は閉鎖《へいさ》し、フィリム人の役人はすべて捕《と》らえている。伝《でん》書鳩《しょばと》も始末しているはずだ。その程度《ていど》の仕事で、コヌールにぬかりがあったとは思えない。西方にある他の街の出張所《しゅっちょうじょ》は、まだ正確《せいかく》な情報《じょうほう》をつかんでいないだろう。つかんでいたとしても、大地溝《だいちこう》を越《こ》えてフィリムに伝えるには時間がかかる。

「他に情報《じょうほう》を伝える手段《しゅだん》がある？　魔法《まほう》動物か？」

パレオロールは思いついたが、現時点《げんじてん》では調べるのは難《むずか》しい。

カルミフは総攻撃《そうこうげき》の許可《きょか》を求めている。伝令が言う。

「今ならまだ、旧《きゅう》エンデシム兵が使えます。例の策《さく》も実行可能《かのう》です。せっかくここまで来たのですから、フィリムを滅《ほろ》ぼしてしまいましょう」

パレオロールは伝令に確認《かくにん》した。

「フィリムはラクサを守るつもりなのか？　攻撃《こうげき》したら、町を捨《す》てて逃《に》げるのではないか」

「民《たみ》は避難《ひなん》しているようですが、兵はまだラクサに残っています」

「王も残っているのだな」

「おそらくは」

ラクサには何人かの密偵《みってい》が入りこんでいる。王が逃《に》げたら報告《ほうこく》せよ、と指示《しじ》しているが、まだ報告《ほうこく》はない。密偵《みってい》は飛空馬《ひくうば》やダッカの息子《むすこ》に対する工作は失敗しているが、それ以外の成果はあげており、働きは信用できる。王はまだ残っているとみてよさそうだ。

「王が残っていれば、敵《てき》の抵抗《ていこう》もはげしくなるが、勝利の際《さい》に得《え》るものも大きい。総攻撃《そうこうげき》を許可《きょか》する。フィリム王を捕《と》らえよ」

命令するとともに、パレオロールはみずからの本陣《ほんじん》を北関《ほくかん》の先に移動《いどう》させると決めた。エンデシムからはなれることには不安もあるが、カルミフにすべて任《まか》せるのは危《あや》うい。フィリムは飛空騎士《きし》を中心として抵抗《ていこう》し、様々な小細工をしかけてくるだろう。警戒《けいかい》をおこたらず、慎重《しんちょう》に戦いを進めるようカルミフに伝える。

「一戦して霧《きり》が晴れるとよいがな」

パレオロールはつぶやいた。

先が見通せないのは不快《ふかい》であった。せめて主導権《しゅどうけん》はにぎっていたかった。

カルミフは総攻撃《そうこうげき》が許可《きょか》されたと聞いて、にやりと笑った。見る者を不快《ふかい》にさせる毒々《どくどく》しい笑いである。しかし、つづいてパレオロールが本陣《ほんじん》を前進させるとの報《ほう》が入ると、薄《うす》い眉《まゆ》をひそめて吐《は》き捨《す》てた。

「ふん、宮廷《きゅうてい》の人形が、戦《いくさ》を知ったような顔で出てくるとはな」

おれは信用されてないらしい、と思い、それは当たり前だと苦笑《くしょう》する。他人をだまし、蹴《け》落《お》とし、闇《やみ》にほうむって出世してきたカルミフである。

敵襲《てきしゅう》を告げる鐘《かね》が鳴った。

「また飛空騎士《きし》です。三十騎程度《きていど》」

報告《ほうこく》を受けて、カルミフは顔をしかめた。

「応戦《おうせん》せよ。何か策《さく》があるかもしれん。油断《ゆだん》するなよ」

ここ数日、一日に何度も飛空騎士《きし》隊が攻撃《こうげき》をかけてきている。弩弓《どきゅう》の届《とど》かない位置から火薬玉や矢で攻撃《こうげき》をかけてくるだけだが、被害《ひがい》は出るし、兵への精神《せいしん》的な影響《えいきょう》は無視《むし》できない。

「苦しまぎれの嫌《いや》がらせだな。だが、それも終わりだ」

カルミフは総攻撃《そうこうげき》の準備《じゅんび》を命じた。

敵《てき》はおそらく市街戦を選ぶだろう。フィリムの町は馬で走りまわれるつくりだと聞く。だが、町で戦うなら歩兵が有利だし、魔法《まほう》動物も有効《ゆうこう》に使える。それに、帝国《ていこく》軍には必勝の策《さく》があった。

「勝つか負けるか、ではない。どう勝つか、だ」

カルミフは戦《いくさ》の終わらせ方に、思いをはせていた。

2 ❖ 開戦

見習い騎士《きし》年長組三人が、久《ひさ》しぶりに顔を合わせた。夕暮《ゆうぐ》れどきの兵舎《へいしゃ》の食堂《しょくどう》である。

ファストラはライ麦パンを両手に持ち、鍋《なべ》で温めたバターに突《つ》っこんでは口に運んでいる。皿にはソーセージとチーズも山になっている。

「さすがに食べ過《す》ぎじゃないの?」

レインが眉《まゆ》をひそめた。レインはスープにパンをひたして食べている。

「ようやく食欲《しょくよく》が戻《もど》ったんだ。好きに食わせてくれ」

言いながら、ファストラの手と口の動きはとまらない。

「ファス一人のせいで食糧《しょくりょう》が足りなくなったりして」

背後《はいご》から声をかけられて、ファストラはびくりとして振《ふ》り返った。

「なんだ、シューか。避難《ひなん》しなかったのか」

シューデリンは頭をかいた。

「さすがにね。シュートがいれば、いつでも逃《に》げられるし、あたしだって少しは役に立ちたいし」

シューデリンの家では、父だけが王都を去った。父は自分だけ避難《ひなん》するのを嫌《いや》がったが、藍玉《キーラ》の細工師《さいくし》は残るのを許《ゆる》されなかった。藍玉《キーラ》を加工する技術《ぎじゅつ》を守るためである。

「くれぐれも無理はしないでね」

父はシューデリンとフェルラインに言った。いつものようにおだやかな口調だった。

「いや、私《わたし》は無理するよ」

母はいつものようにきっぱりと宣言《せんげん》した。

「帝国《ていこく》軍を蹴散《けち》らして、この国を守る。じゃまするやつは敵《てき》でも味方でもぶっ飛ばす」

「いや、味方はまずいでしょ」

シューデリンは力なく突《つ》っこんだ。母のように迷《まよ》いなく自分をつらぬけたら楽だろうな、と思う。

「シューは父さんについていけばいいのに」

「母さんを一人にしたら、何をするかわからないから」

「あんたがいたって、いっしょだよ」

二人の会話を聞いて、父が笑う。

シューデリンは思い出した。兄が死んで、家から笑いが消えた日々のことを。

繰《く》り返してはならない。でも、負けるわけにはいかない。勝って、生き残る。そのために、自分ができることをしようと思った。

ファストラの実母が死んだと聞いたとき、シューデリンはファストラが心配で会いに行った。残された者の痛《いた》みは知っているつもりだった。「火薬玉をつくろう」と誘《さそ》うと、ファストラはいったん立ちあがった。だけど、すぐにすわってしまった。「ごめん、やっぱり無理だ」「いいよ、また今度」。ファストラは弱みを見せたくないだろうから、しばらくそっとしておいた。

そこに、スーサとヒューガの戦死である。シューデリンはファストラが壊《こわ》れてしまうのではないか、と恐《おそ》れた。しかし今、ファストラは多少のぎこちなさは見せつつも、笑《え》みを浮《う》かべている。

「ファスは……」

えらい、と言いかけて、シューデリンはやめた。面と向かって褒《ほ》めるのは照れくさい。

ファストラは首をかしげたが、すぐに食事を再開《さいかい》した。

レインが口を開く。

「そういえば、シューはネクの話を聞いた？」

「聞いた聞いた。シルカが得意《とくい》そうに言ってた」

シューデリンはレインの向かいの椅子《いす》に腰《こし》かけた。

「エンデシムの王子で、反乱《はんらん》を起こしたんだって？」

「偉《えら》い人には見えなかったけど」

レインの感想に、シューデリンは微笑《びしょう》した。

「そう？　どことなく雰囲気《ふんいき》はあったよね」

「剣《けん》の腕《うで》はすごかったな」

ファストラが口をはさんだ。もう食べ終わって、食後の牛乳《ぎゅうにゅう》を飲んでいる。

「それより、のんびりしてる場合じゃないぞ。明日が決戦だろう、ってシルカが言ってた。今夜中《こんやじゅう》に準備《じゅんび》を終えないといけないから、急がなきゃ」

「口のまわりに牛乳《ぎゅうにゅう》つけた人に言われてもね」

文句《もんく》を言いながらも、シューデリンはすばやく食事を終えた。

ちょうどシルカが顔を見せる。

「三人そろっているとは都合がいい。今、ダッカとの話が終わったところだ。明日の戦いで、君たちには、私《わたし》の指示《しじ》で戦ってもらう」

「あたしも？」

シューデリンの問いに、シルカはにやりと笑った。

「一人で待っているより、いっしょにいたほうが気が楽だろう。それに、君にはやってほしいことがある」

「できることがあるならやるけどね」

ぶっきらぼうな口調とは裏腹《うらはら》に、シューデリンはやる気になっていた。シルカは数日前から、大規模《だいきぼ》なしかけの準備《じゅんび》をしている。連日、飛空騎士《きし》が敵陣《てきじん》を攻撃《こうげき》しているのは、それをさとらせないためだ。正面から戦うのでなければ、シューデリンの出番もある。

「エンデシムはどうなってるの？」

シューデリンの問いに、シルカが答える。

「見ているだけだから、くわしくはわからないが、悪くはない。まあ、あちらは帝国《ていこく》軍を追い出しても、エンデシムの再統一《さいとういつ》まで、長い戦いになるだろう」

「ネクは大丈夫《だいじょうぶ》かな」

「こっちが終われば、私《わたし》が手伝いに行く。心配はいらない」

シルカは相変わらず自信たっぷりである。

「ということは、こっちも勝つのが前提《ぜんてい》だな」

ファストラの指摘《してき》に、シルカはうなずく。

「当然だ」

「ちょっと気になることがあるのですが……」

レインが声をひそめた。

「馬たちがさわいでいるのです」

レインは馬たちの話をもとに予測《よそく》していた。騎兵《きへい》の一部が逃《に》げ出したり、裏切《うらぎ》ったりするかもしれない。また、怪《あや》しい人物の目撃《もくげき》情報があることから、先日捕《と》らえた者《もの》以外にも、密《みっ》偵《てい》が入りこんでいると思われる。

「何だって!?」

「静かに」

大声を出したファストラを、シューデリンが注意した。

シルカは平然としている。

「ありえる話だ。全員が国と国王に忠誠《ちゅうせい》を尽《つ》くすとは思えないし、帝国《ていこく》からの働きかけもあるだろう。もちろん、その可能性《かのうせい》も考えて作戦を立てている。計略《けいりゃく》の準備《じゅんび》も、君たちのように信頼《しんらい》できる者だけでやっている」

三人を喜《よろこ》ばせておいて、シルカはつけくわえた。

「だが、その情報《じょうほう》はありがたい。ひとつ、小細工をしてみよう。レイン、解呪梟《かいじゅふくろう》は元気か？」

「はい？　ええ、最近は魚が手に入らなくなったので機嫌《きげん》が悪いですが、鶏肉《とりにく》を食べていて、体調はよさそうです」

「ならば協力してもらおう」

ラクサは先日の敗戦から、町を封鎖《ふうさ》している。とくに町を脱出《だっしゅつ》する密偵《みってい》に備《そな》えているのだが、これまで網《あみ》にかかった密偵《みってい》はいなかった。

しかしこの夜、フィリム軍は四人の密偵《みってい》を捕《と》らえた。暗く、見張《みは》りの死角になる場所をあえてつくり、ツノコウモリや解呪梟《かいじゅふくろう》に監視《かんし》させて、そこを通る密偵《みってい》を発見したのだ。

見張《みは》りの兵から報告《ほうこく》を受けたシルカは、たいしてうれしそうではなかった。

「時間があれば、捕《と》らえたやつらに偽《にせ》の情報《じょうほう》を広めさせるのだが、もはやそのような余裕《よゆう》はない。戦《いくさ》が終わるまで、牢《ろう》に放りこんでおいてくれ」

シルカは指示《しじ》してから気づいた。

「あ、そうだ。いちおう、団長《だんちょう》にも報告《ほうこく》を頼《たの》む」

それからシルカは仮眠《かみん》をとり、まだ暗いうちにめざめた。


十月五日、夜明け前。

騎士団長《きしだんちょう》ダッカが作戦の開始を命じた。帝国軍《ていこく》がこの日、総攻撃《そうこうげき》を用意していることは、空からの偵察《ていさつ》でわかっている。その前にこちらからしかけて、敵《てき》を無理やり動かす。フィリム軍は先手をとってはじめて有利に戦えるのだ。相手が圧倒《あっとう》的に多数でも、いや、それだからこそ、守りに入ってはならない。

空は雲が多く、北風が強い。高原には霜《しも》がおりており、兵士《へいし》たちの息は白く、手はかじかむ。

この日、帝国《ていこく》軍は偵察《ていさつ》隊をラクサの近くに送っていた。フィリム軍の動きをさぐるとともに、国王や高官たちが脱出《だっしゅつ》を試みないか、監視《かんし》するためである。これまで、少数の偵察《ていさつ》隊を出しては飛空騎士《きし》に討《う》たれていた経験《けいけん》から、二十騎《き》から五十騎《き》の小部隊を組んでいる。

ラクサの門は、東西と南にある。町を出る一隊が見つかったのは、予想に反して東門だった。まだ明けきらぬなか、先導《せんどう》する騎兵《きへい》の次に、馬の引く荷車や人の乗る馬車がつづいた。あわせて十台を超《こ》える。速度は遅《おそ》い。逃亡《とうぼう》しやすい西門を避《さ》け、監視《かんし》の薄《うす》そうな門を選んだと見えた。

「逃《に》がしてたまるか」

東門を担当《たんとう》する偵察《ていさつ》隊は二十騎《き》である。本陣《ほんじん》に早馬を走らせるとともに、すぐに追いかけた。しかし、護衛《ごえい》に出てきたフィリム騎兵《きへい》が行《ゆ》く手《て》をさえぎった。五百騎《き》はいる。その数が、逃《に》げる者たちが重要人物だと物語っているようだ。偵察《ていさつ》隊はまたたくまに討《う》ち減《へ》らされ、三騎《き》が本陣《ほんじん》へと逃《に》げ帰った。

帝国《ていこく》軍は夜明けとともにラクサに総攻撃《そうこうげき》をかける予定であった。全軍がすでに配置についている。

報告《ほうこく》を受けたカルミフは、腰《こし》にさげていた短剣《たんけん》を抜《ぬ》いた。いとおしむように、刀身をなでる。

「まずは全軍で追いかけろ。逃《に》げるやつらを捕《と》らえるのだ。フィリムの本隊がラクサから出てきたら、そいつらもぶっつぶす」

命令にしたがって、帝国《ていこく》軍が出陣《しゅつじん》していく。

軍を分けたら少数になった部隊が苦戦するかもしれない。かたまって行動するほうが、敵《てき》の動きに対応《たいおう》しやすい。帝国《ていこく》軍の総数《そうすう》は約三万。対するフィリム軍は、密偵《みってい》の報告《ほうこく》によれば五千を下回る。まともに戦えば、負けるはずがない。

雲合いに顔をのぞかせた朝日に向かって、カルミフはつぶやいた。

「敵《てき》はつまらん罠《わな》を用意しているにちがいない。それを食いちぎって、飲みこんでくれる。今日がフィリムの最後の日だ」

帝国《ていこく》軍は先頭が騎兵《きへい》隊、二番手が旧《きゅう》エンデシム兵の部隊、さらに魔法《まほう》動物隊、帝国《ていこく》歩兵隊とつづく。

旧《きゅう》エンデシム兵にはもちろん、本国で起こった反乱《はんらん》のことなど伝えていない。帝国《ていこく》兵でさえ、知らないのだ。うわさは流れているようだが、カルミフは気にとめていなかった。雑兵《ぞうひょう》はどのみち、目の前の敵《てき》を倒《たお》さなければ生き残れないのだ。多くを知らせる必要などない。

旧《きゅう》エンデシム兵のうち、働きが悪い者や反抗《はんこう》的な者は、百人ずつまとめて後方に送っている。奴隷《どれい》にするためだ。残った兵は自分のためにも仲間のためにも、必死で戦うしかない。

それでも、旧《きゅう》エンデシム兵の歩みは遅《おそ》かった。カルミフは腹《はら》を立てた。

「射《い》よ!」

短い命令にしたがって、帝国《ていこく》兵が前方の旧《きゅう》エンデシム兵に向かって矢を放つ。味方に対してだ。死者も出たかもしれない。ようやく、旧《きゅう》エンデシム兵は駆《か》け出した。

フィリムの飛空騎士《きし》隊が、帝国騎兵《ていこくきへい》を攻撃《こうげき》している。上空から火薬玉を落としているのだが、強い風のせいか、遠くに落ちたり、火が消えたりして、ほとんど効果《こうか》がない。帝国騎兵《ていこくきへい》はたやすく火薬玉を避《さ》けて速度をあげた。

フィリム騎兵《きへい》が追撃《ついげき》を防《ふせ》ごうとラクサから出てきて、帝国騎兵《ていこくきへい》に矢を射《い》かける。しかし、数百しかいないため、とめきれない。

「策《さく》が効《き》いているな」

カルミフはほくそえんだ。帝国《ていこく》軍はフィリム軍に寝返《ねがえ》り工作をしかけている。フィリム騎《き》兵《へい》が一部しか出陣《しゅつじん》してこないのは、寝返《ねがえ》りを警戒《けいかい》しているからにちがいない。

「進め、進め！　フィリム王を逃《に》がすな！」

打ち鳴らされる太鼓《たいこ》の響《ひび》きと競うようにして、帝国《ていこく》軍は足を速める。

逃《に》げる馬車の列に、帝国騎兵《ていこくきへい》が追いついた。護衛《ごえい》のフィリム騎兵《きへい》と槍《やり》をまじえる。さすがに抵抗《ていこう》ははげしく、帝国騎兵《ていこくきへい》の足がとまった。旧《きゅう》エンデシム兵の部隊が追いついてくる。

もし、カルミフが空から戦況《せんきょう》を見ていたら、帝国《ていこく》軍が逃《に》げる馬車にくわえ、飛空騎士《きし》の火薬玉やフィリム騎兵《きへい》の攻撃《こうげき》によって、巧《たく》みに誘導《ゆうどう》されていたのに気づいたであろう。だが、実際《じっさい》に空から見ているのは、フィリム軍のほうである。カルミフは自軍が危機《きき》におちいったことに気づいていなかった。

3 ❖ 燃《も》えあがる高原

シルカは王宮の中庭に陣取《じんど》って、「鳥の目」で戦況《せんきょう》を見ている。王宮にいろ、と言ったのはダッカで、理由は警護《けいご》を一カ所ですませたいからだった。国王はラクサを出ていない。

ファストラ、レイン、シューデリンの三人が、シルカの横で待機している。フェルラインもこの組に振《ふ》り分けられたのだが、娘《むすめ》といっしょは気を使うから嫌《いや》だと、前線に出ていった。火薬玉をわざと外して落としていたのは、フェルラインである。

よし、とシルカがつぶやいた。敵《てき》は罠《わな》にひっかかった。二の矢、三の矢も用意していたが、最初の矢が命中したのは何よりだ。

もっとも、帝国軍《ていこく》は、フィリム国王を捕《と》らえるのが主要な目的であり、監視《かんし》部隊を多く出している以上、おとりの馬車を無視《むし》することはできない。引っかかるのは当然だった。敵《てき》の目的を理解《りかい》したうえで罠《わな》を張《は》ったシルカが上手《うわて》なのである。

「シューデリン、出番だ。目標地点で待機」

「了解《りょうかい》」

応《おう》じる声がかわいている。シューデリンは珍《めずら》しく緊張《きんちょう》していた。それを見て、シルカが指示《しじ》する。

「レイン、つきそって」

「わかりました」

レインの返答も固い。

シルカは二人に笑いかけた。

「もし失敗しても、ファストラが何とかするから、適当《てきとう》にやってこい」

「おれ？」

ファストラの意外そうな声に、二人の見習い騎士《きし》は思わず笑《え》みをもらした。そのまま、空へと駆《か》けあがる。

戦闘《せんとう》はラクサの北でおこなわれていた。両軍の騎兵《きへい》が槍《やり》をまじえており、歩兵中心の帝国《ていこく》軍がそこへ急行している。陣形《じんけい》は長く縦《たて》にのびていて、隙《すき》だらけだ。この辺りは高原のなかでも草木が多く、枯《か》れかけた茶色の草が地面をおおっている。あちこちに目印の小さな旗が立ててあるが、帝国《ていこく》軍は気づいていないようだ。

二人は予定の場所にたどり着いて、準備《じゅんび》をはじめた。かじかむ手を充分《じゅうぶん》に温めてから、シューデリンは弓矢を用意し、レインはたいまつに火をつける。レインは火をつけるのがうまくなった。手のひらで巧《たく》みに風をさえぎって、一回で成功させたのだ。こつを教えてくれたフェルラインのおかげでもある。

「どうしてあたしなんだろう」

シューデリンがぽつりと言った。

「一番弓がうまいからでしょ」

「でも、点火するくらい、弓じゃなくてもできると思うんだよね」

「そうかもしれないけど、シューの弓が一番確実《かくじつ》なんだよ。こんな風の強い日に、的に当てられる人はそんなにいないよ」

シューデリンはうなずいた。おそらくシルカは、シューデリンにも役割《やくわり》を与《あた》えたいのだろう。残ると決めたのは自分だが、本当は父といっしょに避難《ひなん》したかった。戦《いくさ》は怖《こわ》い。上から見ているだけで、足がふるえてくる。飛空騎士《きし》には絶対《ぜったい》に向いていない。だけど、ここまできたら、仲間のために自分も役に立ちたい。自分も参加して勝利したという達成感を得《え》て、はじめて気持ちよくやめられる気がするのだ。だから、勝つために役割《やくわり》を果たす。

赤帽子鳥《あかぼうしどり》がさえずった。

〝点火せよ〟

シューデリンは少し降下《こうか》して、火をつけた矢をつがえた。煙《けむり》と油のにおいに顔をしかめる。だが、火矢《ひや》の訓練も積んでいる。大丈夫《だいじょうぶ》だ。

息を吸《す》ってねらいをつけ、吐《は》くと同時に射放《いはな》す。よけいなことを考えないよう、すばやく射《い》るのがシューデリン流だ。

一直線に飛んだ矢は、目印の旗のもとに突《つ》き立った。

無事に着火するかどうか。シューデリンははらはらして見守った。

小さな爆発音《ばくはつおん》が生じる。

次の瞬間《しゅんかん》、高原に炎《ほのお》が走った。赤い帯が帝国軍《ていこくぐん》の軍列を包囲《ほうい》するように伸《の》びる。

〝よくやった。あと二カ所、点火したら戻《もど》れ〟

赤帽子鳥《あかぼうしどり》の声を聞きながら、二人はすでに移動《いどう》をはじめている。

「やったね」

レインが喜《よろこ》んでくれたが、シューデリンに気持ちのたかぶりはない。あと二カ所ある。それに、敵軍《てきぐん》を飲みこもうとする炎《ほのお》がおそろしかった。たとえ勝っても、多くの犠牲者《ぎせいしゃ》が出ると思うと、心の奥《おく》が冷たくなる。それでも、未来のために負けるわけにはいかない。

「あたしはあたしにできることをする」

シューデリンは自分に言い聞かせて、空を駆《か》ける。草の焼けるにおいと灰色《はいいろ》の煙《けむり》が、強風に乗って上空にも届《とど》いている。

残り二カ所の点火も成功した。火のまわりは速く、帝国軍《ていこく》からは悲鳴があがっている。

「火計《かけい》だ！　気をつけろ！」

「気をつけてどうするんだよ⁉　はっきりした指示《しじ》をよこせ！」

怒《いか》りの声がこだまする。

「熱い！」

「どこにも逃《に》げ場がないぞ！」

とくに旧《きゅう》エンデシム兵があわてふためき、泣き叫《さけ》んでいる。後方からの弓はやんでいたが、火炎犬《かえんけん》は容赦《ようしゃ》なく炎《ほのお》を吐《は》きつづけ、前進を命じる太鼓《たいこ》もとまらない。

ダッカは二千騎《き》の地上部隊とともに郊外《こうがい》の牧場にひそんでいた。煙《けむり》があがるのを確認《かくにん》して、突撃《とつげき》を命じる。

「行くぞ！　ついてこい！」

高々と槍《やり》をかかげ、ダッカは空へと飛び出した。

同時に、ダッカの肩《かた》にとまっていた赤帽子鳥《あかぼうしどり》がくちばしを動かす。

〝火計《かけい》は成功した。動いていいぞ〟

「指示《しじ》が遅《おそ》い」

ダッカは文句《もんく》を言ったが、シルカを責《せ》めるのは気の毒《どく》だろう。絶好《ぜっこう》の機をとらえての突撃《とつげき》命令は、指揮官《しきかん》として経験《けいけん》を重ねるダッカならではである。

帝国軍《ていこくぐん》は炎《ほのお》の帯にはさまれていた。右も左も炎《ほのお》と煙《けむり》におおわれ、前後は味方の列が連なっていて、身動きがとれない。

土煙《つちけむり》をあげて、フィリム騎兵《きへい》が駆《か》ける。

騎兵《きへい》隊はあらかじめ開けておいた炎《ほのお》の切れ目を通って、帝国軍《ていこくぐん》の列に突撃《とつげき》した。長くのびた軍列の横腹《よこはら》に強烈《きょうれつ》な一撃《いちげき》をくわえる。帝国《ていこく》歩兵の断末魔《だんまつま》の叫《さけ》びが何十何百とつづいた。

ダッカがひきいる十騎《き》の飛空騎士《きし》も降下《こうか》して槍《やり》をふるう。帝国《ていこく》軍は逃《に》げまどうが、炎《ほのお》の壁《かべ》にはばまれて、脱出《だっしゅつ》もできない。

「容赦《ようしゃ》は無用だ。二度と侵略《しんりゃく》する気にならぬよう、たたきのめせ！」

ダッカがあおる必要はなかった。フィリム兵の戦意は極限《きょくげん》まで高まっている。殺《ころ》された仲間の仇《かたき》とばかりに槍《やり》を突《つ》き出す。たちまち槍《やり》は血に染《そ》まった。炎《ほのお》の赤と血の赤が、競《きそ》うように広がっていく。

アクアはおとりの馬車や荷車とともに、先頭付近で戦っていた。燃《も》えあがる炎《ほのお》を見て、ほっと息をつく。

「もう全力を出していいぞ」

配下の飛空騎士《きし》と騎兵《きへい》に伝える。これまで敵《てき》を引きつけるために、防御《ぼうぎょ》に徹《てっ》していたのだ。ようやく本気で戦える。

ここでも、フィリム騎兵《きへい》は敵《てき》を圧倒《あっとう》した。個々《ここ》の戦闘《せんとう》力では、帝国騎兵《ていこくきへい》はフィリム騎兵《きへい》にかなわない。十騎《き》の飛空騎士《きし》が援護《えんご》するのだから、なおさらだ。最初は数で下回っていたフィリム騎兵《きへい》だが、徐々《じょじょ》に差がちぢまり、やがて逆転《ぎゃくてん》した。

敵騎兵《てききへい》を蹴散《けち》らしたフィリム騎兵《きへい》は、旧《きゅう》エンデシム兵におそいかかろうとする。

「待て！　エンデシム兵は降伏《こうふく》させろ！　武器《ぶき》を捨《す》てた者には手を出すな」

アクアの指示《しじ》を、部隊長たちが伝えていく。旧《きゅう》エンデシム兵は次々と槍《やり》を投げすてた。

フィリム軍は包囲網《ほういもう》の外に、二千の兵を配置している。炎《ほのお》の壁《かべ》を突破《とっぱ》して逃《に》げようとする敵兵《てきへい》を討《う》つためだ。彼《かれ》らが活躍《かつやく》する機会も、早々にもたらされていた。あらゆる戦闘《せんとう》の場で、少数のはずのフィリム騎兵《きへい》が、有利に戦いを進めている。

王宮では、計略《けいりゃく》が成功して満足げなシルカに、ファストラが食ってかかっていた。

「おい、おれはいつまでここにいればいいんだ。このままだと、何もしないうちに戦《いくさ》が終わってしまう」

「大切なのは勝利だ。個人《こじん》の活躍《かつやく》など二の次だろう。それとも、自分が活躍《かつやく》すれば、負けてもいいのか？」

ファストラは口ごもった。

「……そういうわけじゃないけど」

「ただ、まだ勝ちは決まっていない。これから出番があるかもしれない」

シルカは森鴉《もりがらす》を通じて、戦場に目を光らせている。

「さて、あいつはどう出るかな」

注意を向けているのは、遊撃《ゆうげき》を任《まか》されたフィリム騎兵《きへい》の一隊であった。

その男の名は、ベスタという。年齢《ねんれい》は四十前後の大柄《おおがら》な男である。フィリム王の呼《よ》びかけに応《おう》じ、フィリム北東部から八百騎《き》の集団《しゅうだん》をひきいて軍にくわわった。ベスタの住む地はフィリムでも辺境《へんきょう》にあたる地方で、国の一員だという意識《いしき》はとぼしい。
帝国《ていこく》軍はそこに目をつけて、ベスタに寝返《ねがえ》るようすすめていた。フィリムの半分を与《あた》える
という好条件《こうじょうけん》を出されて、ベスタは承知《しょうち》した。条件《じょうけん》につられたというより、自分と仲間の身
を守るためであった。帝国《ていこく》軍の密偵《みってい》は、受け入れなければ、その地の住民を根こそぎ奴隷《どれい》に
するとか、裏切《うらぎ》りの話をフィリム軍にもらすなどと、脅迫《きょうはく》を重ねていたのである。
帝国《ていこく》軍の作戦では、ベスタの裏切《うらぎ》りはフィリム軍にとどめをさすはずだった。しかし、
今、フィリム軍が勝利をつかもうとしている。
ベスタは迷《まよ》っていた。戦場からややはなれた場所に配置され、遊撃《ゆうげき》を命じられたのは、疑《うたが》
われているからであろう。くわしい作戦は知らされず、陣形《じんけい》を崩《くず》した敵《てき》を討《う》て、と指示《しじ》され
た。それはかまわない。裏切《うらぎ》りにはかえって都合がいい。先鋒《せんぽう》など命じられたら、裏切《うらぎ》る前
に帝国《ていこく》軍に討《う》たれるかもしれないのだ。
しかし、ここまでフィリム軍が善戦《ぜんせん》するとは、思ってもみなかった。こんなにあざやかに
成功した火計《かけい》ははじめて見る。
裏切《うらぎ》ったあげくに負けるほど、ばかなことはない。フィリムが勝つなら、裏切《うらぎ》らなければ
よい。だが、戦後、裏切《うらぎ》りの計画がばれたら、厳《きび》しい処罰《しょばつ》を受けるのではないか。だとすれ

ば帝国軍《ていこく》を勝たせる以外に、道はないのではないか。

ベスタはフィリム軍の進軍命令も、帝国軍《ていこく》からの裏切《うらぎ》りの要求も無視《むし》していた。まだ決めかねている。頭上を飛びまわっている森鴉《もりがらす》がうっとうしい。

帝国軍《ていこく》の最後尾《さいこうび》では、カルミフが怒《いか》りに両眼《りょうがん》を燃《も》え立たせていた。

「くだらん罠《わな》にひっかかりおって。部隊長たちは何をやっているのだ」

前線から、救援《きゅうえん》と指示《しじ》を願う伝令が相次いでやってくる。カルミフは鞭《むち》をとって伝令をなぐりつけた。

「援軍《えんぐん》などないわ！　自分で何とかしろ！」

どなってから、カルミフは気づいた。

風が弱まり、炎《ほのお》の勢《いきお》いがなくなっている。煙《けむり》も薄《うす》くなり、視界《しかい》が開けてきた。

「ラクサの北の市壁《しへき》まで下がって、態勢《たいせい》を立て直す。騎兵《きへい》とエンデシム兵は捨《す》てろ。火炎犬《かえんけん》に敵《てき》の相手をさせて、歩兵は後退《こうたい》するのだ」

カルミフは各隊にさらに細かい指示《しじ》を送った。混乱《こんらん》し、押《お》されているとはいえ、まだ帝国《ていこく》軍の数は多い。落ちつかせれば、まだ戦える。

カルミフの指示《しじ》が届《とど》く前から、魔法《まほう》動物の部隊は、フィリム軍と激戦《げきせん》をまじえていた。

火炎犬《かえんけん》の吐《は》く炎《ほのお》が、フィリム騎兵《きへい》の馬を焼く。火計《かけい》の炎《ほのお》とは違《ちが》い、ねらいをつけて直線的に放たれる炎《ほのお》だ。火炎犬《かえんけん》はちょこまかと動きまわって、フィリム騎兵《きへい》の槍《やり》を避《さ》け、低い位置から炎《ほのお》で攻撃《こうげき》する。腹《はら》に炎《ほのお》を受けた馬が跳《と》びあがり、はげしくいないて倒《たお》れた。乗り手が投げ出されて転がる。そこに炎《ほのお》が吐《は》きかけられる。黒い煙《けむり》と悲鳴が尾《お》を引いた。

氷栗鼠《こおりりす》もやっかいだった。しっぽをひと振《ふ》りすると、氷の嵐《あらし》が巻《ま》き起こり、フィリム騎兵《きへい》をつつみこむ。するどい氷の破片《はへん》がよろいを切り裂《さ》き、体中を傷《きず》だらけにする。白い氷の渦《うず》を赤い血がいろどる。

氷栗鼠《こおりりす》は火炎犬《かえんけん》よりさらに小さくすばしっこい。戦場を走りまわりながら、フィリム騎兵《きへい》を倒《たお》していく。フィリム騎兵《きへい》の槍《やり》は、なかなか氷栗鼠《こおりりす》をとらえられない。

訓練された魔法《まほう》動物は戦《いくさ》の流れを読まずに戦う。それぞれ五百匹《ぴき》を数える火炎犬《かえんけん》と氷栗鼠《こおりりす》たちが踏《ふ》みとどまっているうちに、帝国《ていこく》軍は後退《こうたい》して陣形《じんけい》を組み直した。前衛《ぜんえい》が槍《やり》と盾《たて》をかまえ、後方の部隊が矢を射《い》て、フィリム騎兵《きへい》を待ち受ける。

ダッカがねらいすまして矢を放った。火炎犬《かえんけん》部隊の指揮《しき》官が、胸《むね》に矢を受けて倒《たお》れる。火《か》炎犬《えんけん》部隊の動きがにぶくなった。

ダッカは声を張《は》りあげて、部下をはげました。

「ここからが本当の勝負だ。フィリムのために、力をふりしぼれ！」

敵《てき》の魔法《まほう》動物で藍玉《キーラ》を身につけているものは多くない。徐々《じょじょ》に魔法《まほう》の威力《いりょく》が失われている。力を出しつくして倒《たお》れる火炎犬《かえんけん》も出てきた。魔法《まほう》が使えなくなった氷栗鼠《こおりりす》は逃《に》げていく。フィリム軍は犠牲《ぎせい》を出しつつも、魔法《まほう》動物の部隊を突破《とっぱ》した。

ダッカは敵《てき》の動きを確認《かくにん》して、いったん地上に降《お》り、各隊に指示《しじ》を送った。

火計《かけい》が見事に成功したおかげで、帝国《ていこく》軍には多くの死傷《ししょう》者や逃亡《とうぼう》者が出ている。騎兵《きへい》と旧《きゅう》エンデシム兵の部隊はもはや機能《きのう》していない。残りの部隊をまとめた兵力は一万程度《ていど》だろう。それでも、フィリム軍の倍は優《ゆう》に超《こ》えている。

「そして、裏切《うらぎ》り者《もの》か」

ダッカは東の小高い丘《おか》を見やった。ベスタはまだ動かず、日和見《ひよりみ》を決めこんでいるようだ。敵将《てきしょう》もいらいらしていることだろう。

だが、ベスタが本当に裏切《うらぎ》ったとしても、ダッカは敵軍《てきぐん》に後《おく》れをとるつもりはなかった。

「あの生意気な軍師《ぐんし》のおかげで、互角《ごかく》の状況《じょうきょう》になった。今度はおれが何とかする番だ」

英雄《えいゆう》リディンには遠く及《およ》ばぬとしても、ダッカは栄光あるフィリム騎士団長《きしだんちょう》だ。その武勇《ぶゆう》を見せてやる。

ダッカはひげをなでると、地上部隊に攻撃《こうげき》を命じた。

「矢がなくなるまで射《い》まくれ！」

フィリム騎兵《きへい》がいっせいに矢を放つ。鈍色《にびいろ》の空に、銀色の橋がかかった。数千の矢が帝国《ていこく》軍におそいかかる。帝国《ていこく》兵は盾《たて》をかかげて守るが、すべては防《ふせ》ぎきれない。前衛《ぜんえい》の兵がばたばたと倒《たお》れていく。

「ふっ、待ちかまえているところに、ばか正直に突《つ》っこんでたまるか」

帝国《ていこく》軍の陣形《じんけい》は騎兵《きへい》の突撃《とつげき》に備《そな》えたものだ。上から見ているダッカにはそれがよくわかる。ならば、まずは敵《てき》を動かして、隙《すき》をつくりたい。

カルミフはたまらず前進を命じた。槍《やり》をかかげた歩兵が駆《か》け出す。その足もとで、火薬玉がはじけた。爆発《ばくはつ》がつづいて、歩兵の足がとまる。飛空騎士《きし》が降下《こうか》と上昇《じょうしょう》を繰《く》り返しながら攻撃《こうげき》をくわえると、帝国《ていこく》軍の足並《あしな》みが大きく乱《みだ》れた。

ダッカは上空で戦況《せんきょう》を見ながら、敵兵《てきへい》を射《い》ている。並外《なみはず》れた強弓《ごうきゅう》は、敵陣《てきじん》の最後方を射程《しゃてい》に入れている。敵《てき》の指揮《しき》官らしき男は危険《きけん》に気づいたのだろう。馬を下りて、歩兵の列にまぎれた。

そのときである。ダッカの視線《しせん》のはしで、ベスタ隊が動いた。

「ようやく決めたか」

その矛先《ほこさき》は帝国軍《ていこくぐん》に向けられていた。

4 ❖ 決着のとき

ベスタ隊は帝国軍《ていこくぐん》に向かってまっすぐ駆《か》けている。

シルカは眉《まゆ》をひそめた。手にしているのは弓矢だ。ならば突撃《とつげき》ではない。まだどちらが目標かはわからない。

「ファストラ、レイン、例の部隊の上へ。敵《てき》にまわったら、その意図を阻止《そし》せよ」

「任《まか》せろ！」

ファストラがファングに飛び乗った。

「ファング、頼《たの》む」

緊張《きんちょう》しながら、飛ぶようにうながす。首にかけた藍玉《キーラ》が淡《あわ》い藍色《あいいろ》の光を放つ。

訓練では飛べるときと飛べないときがあった。実戦ではどうか。飛べるはずだ。祖父《そふ》と兄のために、実母のために、ファストラは飛ばなければならない。飛空騎士《きし》になって、フィリムを救《すく》うのだ。

ファングが雄々《おお》しくいななないた。

軽い助走から、空に向かって力強く脚《あし》を踏《ふ》み出す。ファストラの明るい茶色の髪《かみ》が、風になびいた。宙《ちゅう》を駆《か》ける心地《ここち》よい感覚が戻《もど》ってきた。

「あたしも行く」

シューデリンは思わず腰《こし》を浮《う》かせた。愛馬にまたがり、レインにつづいて飛翔《ひしょう》する。

三人の飛空騎士《きし》は、ファストラを先頭に、くさびの形になった。矢のように飛んで、ベスタ隊をめざす。

ベスタ隊が大きく右に曲がった。フィリム軍の方向だ。

「敵《てき》だな」

ファストラが断《だん》じると、レインが眉《まゆ》をひそめた。

「同じフィリム人なのに」

ベスタ隊がフィリム騎兵《きへい》に向けて矢を放った。優位《ゆうい》に戦いを進めていたフィリム軍だったが、この攻撃《こうげき》で大きく軍列を乱《みだ》してしまった。味方から攻撃《こうげき》された動揺《どうよう》が大きい。逆《ぎゃく》に帝国《ていこく》軍は息を吹《ふ》き返した。

「まずい、急ぐぞ！」

ファストラの指示《しじ》にこたえて、ファングが速度をあげる。

レインが真っ先に火をつけた。火薬玉を三つ、立てつづけに投じる。

火薬玉が爆発《ばくはつ》すると、馬たちがおどろいて跳《は》ねまわる。ベスタ隊の騎兵《きへい》たちは振《ふ》り落とされそうになって、馬にしがみついた。

「よし、効《き》いてる」

ファストラとシューデリンも次々と火薬玉を落とした。上からの攻撃《こうげき》に慣《な》れないベスタ隊は矢を射《い》るどころではなくなった。長く日和見《ひよりみ》していただけあって、もともと士気《しき》は高くない。上空を警戒《けいかい》して、列がばらばらになっている。

もうひと押《お》しで逃《に》げるのではないか。敵《てき》の指揮《しき》官をねらうべきだ。レインはベスタをさがそうと高度を下げた。

「危《あぶ》ない！」

シューデリンの声で、レインはとっさに頭を伏《ふ》せた。一瞬《いっしゅん》の差で、頭があったところを矢が通りすぎていく。

「射程《しゃてい》は常《つね》に意識《いしき》！」

ファストラが飛空騎士《きし》の基本《きほん》を叫《さけ》ぶ。

わかっている。少しあせってしまった。レインは自分をいましめて上昇《じょうしょう》した。

「ベスタ発見！」

ファストラが指さした。

三本の矢がベスタに集中する。ベスタはかわそうとして体勢《たいせい》を崩《くず》した。馬が暴《あば》れ、ベスタは地に投げ出される。

地上部隊も反撃《はんげき》をはじめていた。指揮《しき》官を失ったベスタ隊は四散して逃《に》げ出す。

〝よくやった。いったん補給《ほきゅう》に戻《もど》れ〟

赤帽子鳥《あかぼうしどり》の命令に、ファストラは口をとがらせたが、しぶしぶしたがった。

両軍の戦いは、フィリム軍有利から、五分五分《ごぶごぶ》の状況《じょうきょう》に変わっていた。フィリム軍は矢を放って敵《てき》の前進を誘《さそ》い、出てきた敵《てき》を陸と空からの攻撃《こうげき》でたたいていたが、手持ちの矢がなくなってしまったのである。帝国《ていこく》軍は再《ふたた》び密集《みっしゅう》した陣形《じんけい》をとり、守りを固めている。

「侵略《しんりゃく》してきたくせに守るのか、愚《おろ》かな」

ダッカは飛空騎士《きし》隊を二つに分けた。一隊をアクアに任《まか》せて正面からの攻撃《こうげき》をつづけさせ、一隊はみずからひきいて敵《てき》の後方にまわる。帝国《ていこく》軍はラクサの市壁《しへき》を背《せ》にしているが、地上の壁《かべ》は飛空騎士《きし》にとっては障害《しょうがい》にならない。

帝国軍《ていこく》からも弓の攻撃《こうげき》はない。弓兵は剣《けん》を抜《ぬ》いて待ち受ける。

「おれについてこい!」

ダッカは後方から敵軍《てきぐん》のただ中《なか》に急降下《こうか》した。敵《てき》の頭上を飛びながら、槍《やり》の攻撃《こうげき》を繰《く》り出す。するどく重い一撃《いちげき》は、かすっただけで致命傷《ちめいしょう》をもたらした。血しぶきが舞《ま》い、悲鳴が耳をつんざく。紅《あか》く染《そ》まった槍《やり》は意思ある者のように動いて、次から次へと敵兵《てきへい》を倒《たお》していく。ダッカの前に立った帝国兵《ていこく》で、生き残った者はいなかった。

ダッカからの奮闘《ふんとう》により、戦《いくさ》の形勢《けいせい》はフィリム軍有利へと再《ふた》び動いた。

「敵将《てきしょう》はどこだ!?」

ダッカは吠《ほ》えた。

こたえる声はない。

このとき、火薬玉の補給《ほきゅう》を終えたファストラたちは、上空から援護《えんご》に向かっていた。赤帽《あかぼう》子鳥《しどり》が急を告《つ》げた。

〝戻《もど》れ!〟

珍《めずら》しく、あわてた声だ。

〝王が危《あぶ》ない！〟

「え!?」

ファストラが全力で手綱《たづな》を引いたので、ファングが抗議《こうぎ》の声をあげた。

「悪い。すぐに戻《もど》るぞ」

三人が引き返すと、王宮の中庭では、はげしい戦闘《せんとう》がおこなわれていた。カルミフは乱戦《らんせん》に乗じて戦場を抜《ぬ》け出し、王宮に侵入《しんにゅう》していたのだ。帝国《ていこく》兵は二十人ほどだが、指揮《しき》官直属《ちょくぞく》の精鋭《せいえい》だった。王宮の守備《しゅび》兵は五十人いたが、あっというまに斬《き》り倒《たお》されていく。地に足をつけての戦いは、フィリム兵にとって分《ぶ》が悪い。

シルカは柱の陰《かげ》で青くなっていた。駆《か》けつけたファストラと目が合うと、ついとそらす。

ファストラはにやりと笑った。

「白兵戦《はくへいせん》が苦手な軍師《ぐんし》様のためだ。おれがやってやる！」

ファストラとレインが降下《こうか》し、槍《やり》で攻撃《こうげき》する。シューデリンははなれたところから矢でねらう。敵《てき》味方が入り乱《みだ》れるなかでも、シューデリンの矢は正確《せいかく》に敵《てき》をとらえる。

三人は無言で協力していた。シューデリンは急所はねらわず、隙《すき》をつくるのを優先《ゆうせん》していた。傷《きず》ついたところを、レインが槍《やり》でなぎはらう。ファストラは正面から敵《てき》を撃破《げきは》していく。その背後《はいご》にまわろうとした敵《てき》の足を、シューデリンの矢がつらぬいた。

「くっ、こしゃくな」

カルミフが短剣《たんけん》を抜《ぬ》いた。

すばやく投じられた短剣《たんけん》に、レインは寸前《すんぜん》まで気づかなかった。太ももの裏《うら》にするどい痛《いた》みが走る。体を支《ささ》えられず、レインは愛馬の首に突《つ》っ伏《ぷ》した。

「レイン！」

ファストラが叫《さけ》んで駆《か》け寄《よ》る。

「……いいから、追って」

レインが苦しげに告《つ》げて、目を閉《と》じた。レースが敵《てき》から距離《きょり》をとる。

カルミフひきいる帝国兵《ていこくへい》たちが王宮の奥《おく》へ侵入《しんにゅう》した。国王を捕《と》らえられては勝利はなくなる。何としても食いとめなければならない。

「シルカ、レインを！」

ファストラが帝国兵《ていこくへい》を追う。カルミフを含《ふく》め、相手は五人だ。

「無謀《むぼう》じゃないの？」

シューデリンはつぶやいた。レインのもとにはシルカが走っている。より心配なのはファストラのほうだ。

「シュート、もう少しがんばろう」

シューデリンは愛馬を王宮に向けた。低空飛行で玄関《げんかん》を抜《ぬ》け、控《ひか》えの間《ま》から謁見《えっけん》の間《ま》に入る。正面に玉座《ぎょくざ》があるが、国王はそこにはいない。帝国《ていこく》兵は王をさがして走りまわっている。

シューデリンは矢筒《やづつ》に手を伸《の》ばして、眉《まゆ》をひそめた。あと二本しかない。

敵兵《てきへい》が斬《き》りかかってくる。上に逃《のが》れようとしたが、空間が足りなかった。謁見《えっけん》の間《ま》の天井《てんじょう》はフィリムの建物にしては高いが、敵《てき》の攻撃《こうげき》が飛空馬《ひくうば》の脚《あし》にぎりぎり届《とど》いてしまう。

シュートが敵《てき》を蹴《け》りつけて攻撃《こうげき》を防《ふせ》いだ。シューデリンは矢を放ったが、天井《てんじょう》が気になって外してしまった。あと一本だ。

シューデリンは敵兵《てきへい》とにらみ合う。

王宮の警護《けいご》兵が三人、追いついてきた。一対一の組みあわせが五つできた。ファストラの前に、カルミフが立っている。

カルミフは左右の手に剣《けん》を持って、毒々《どくどく》しい笑《え》みを浮《う》かべた。

「ずいぶんと若《わか》いな。いたぶりがいがありそうだ」

ファストラに比《くら》べると、カルミフは頭ひとつ背《せ》が低く、筋肉《きんにく》量も及《およ》ばない。しかし、一人の戦士《せんし》としては、はるかに上であろう。その殺気《さっき》と迫力《はくりょく》を感じながらも、ファストラはまったく恐《おそ》れない。

「弱いやつほどよくしゃべるって、じいさんが言ってたが、本当だな」

カルミフが無言で斬《き》りかかってくる。ファストラは槍《やり》ではじいたが、もう一本の剣《けん》がおそいかかってきた。ぎりぎりで上に逃《のが》れたが、天井《てんじょう》に頭をぶつけてしまう。

「あー、もう、うっとうしい！」

ファストラは命綱《いのちづな》を外して飛びおりた。槍《やり》を捨《す》てて剣《けん》を抜《ぬ》く。

「おれは剣《けん》のほうが得意《とくい》なんだ」

カルミフはファストラのかまえを見て、せせら笑った。

「死にたいらしいな。天井《てんじょう》にへばりついていれば、生き残れたものを……」

ファストラは最後までしゃべらせなかった。するどい踏《ふ》みこみから、力強く剣《けん》を突《つ》き出す。カルミフは軽く体を開いてかわした。かわしざま、ファストラの右腕《みぎうで》をねらって剣《けん》を振《ふ》りおろす。

ファストラはかろうじて右腕《みぎうで》を下ろしてよけた。カルミフの攻撃《こうげき》がとまらない。左右の剣《けん》が交互《こうご》にひらめき、ファストラをおそう。たちまち、ファストラは防戦《ぼうせん》一方となった。剣《けん》の稽古《けいこ》を積んでいるとはいえ、実戦ははじめてだ。しかも相手は二刀流で、攻撃《こうげき》が予測《よそく》できない。せめて盾《たて》でもあれば防御《ぼうぎょ》もしやすいのだが、左手はからっぽだ。

馬を下りたのはまちがいだったか。ファストラの顔を後悔《こうかい》の思いがよぎる。カルミフが笑って速度をあげた。

右からの二連続攻撃《こうげき》をかろうじて受けとめたとき、ファストラは剣《けん》を落としてしまった。次の一撃《いちげき》で、革《かわ》よろいの肩当《かたあ》てが跳《は》ねとばされた。同じ場所をねらって、もう一度剣《けん》が迫《せま》る。かわせない。

ファストラは思わず目をつぶった。左肩《ひだりかた》がするどく痛《いた》む。だが、傷《きず》は深くない。カルミフは大きく距離《きょり》をとっていた。ファングが上から蹴《け》りつけているのだ。

「助かる」

ファストラは左右を見まわし、槍《やり》と剣《けん》を拾った。右手に槍《やり》、左手に剣《けん》を持って、カルミフとの間合いをつめる。

突《つ》き出した槍《やり》をカルミフはやすやすとよけた。左手の剣《けん》でファングの前脚《まえあし》を斬《き》り裂《さ》く。血しぶきが飛んで、カルミフのほおにかかった。カルミフが舌《した》を出して血をなめる。

「ファング、無理するな」

ファストラは言ったが、二対一でも互角《ごかく》とは言えない。カルミフは余裕《よゆう》たっぷりでこちらの攻撃《こうげき》をはじき、遊ぶように攻撃《こうげき》してくる。ファストラは顔や腕《うで》に小さな傷《きず》が増《ふ》えてきた。

「そろそろ終わりにしよう。私《わたし》は忙《いそが》しいのだ」

カルミフの姿《すがた》が消えた。いや、動きが速すぎて確認《かくにん》できなかったのだ。ファストラはとっさに跳《と》びのく。カルミフが下からはげしく斬《き》りあげる。顔すれすれを剣《けん》が通過《つうか》する。ファストラは槍《やり》を突《つ》き出したが、腰《こし》が入っておらず、勢《いきお》いがない。カルミフは軽く剣《けん》ではじいてさらに踏《ふ》みこんできた。

剣先《けんさき》が目前に迫《せま》る。

ファストラは顔をそむけた。

「くっ」

うめいたのはカルミフだった。背中《せなか》に矢が突《つ》き立っている。シューデリンが残り一本の矢を使ったのだった。

「あたしはここまで。あとは自分で何とかして」

シューデリンはまだ敵《てき》を正面に抱《かか》えている。目の前の敵《てき》を倒《たお》すより、ファストラを救うほうを選んだのだ。

「ファスならできるから」

「そう言われたら、やるしかない」

ファストラの左のこめかみあたりがぱっくりと裂《さ》け、血が流れている。血が目にしみて、視界《しかい》がかすんできた。それでも、ファストラの闘志《とうし》はおとろえない。

カルミフが右手の剣《けん》をふるう。背中《せなか》の傷《きず》のせいか、動きがややにぶっている。ファストラは左手の剣《けん》で受けとめた。金属音《きんぞく》が高らかに鳴り響《ひび》く。

「そこだ！」

ファストラは力いっぱい、槍《やり》を突《つ》き出した。

しかし、カルミフは左手の剣《けん》で受け流した。ファストラの体勢《たいせい》が大きく崩《くず》れた。

今度こそまずい。

そのときである。

「ファス！」

騎乗《きじょう》したレインが叫《さけ》びながら謁見《えっけん》の間《ま》に飛びこんできた。

太ももに巻《ま》いた布《ぬの》が真《ま》っ赤《か》になっている。傷《きず》の痛《いた》みで気が遠くなりそうだったが、レインは自分をふるいたたせて、低空を駆《か》ける。

カルミフは強い。一人で戦ったら、ファストラは負ける。だから、助けに来た。一方で、ファストラへの信頼《しんらい》は厚《あつ》い。背後《はいご》からの攻撃《こうげき》でカルミフの注意を引きつければ、ファストラは必ずしとめてくれる。

「お願い、レース。このままあいつに突《つ》っこんで」

握力《あくりょく》がなくなったので、レインは槍《やり》を脇《わき》に抱《かか》えるように固定して、カルミフに向かっていく。

「私《わたし》は負けない」

飛空騎士《きし》として、騎士《きし》団長《だんちょう》の娘《むすめ》としての誇《ほこ》りにかけて、レインは痛《いた》みに耐《た》えていた。ここでこの強敵《きょうてき》を倒《たお》せば、フィリムの勝利だ。ラクサを、フィリムを守れる。フィリムを守るのが飛空騎士《きし》だ。

ファストラは見えなくなった左目を閉《と》じた。槍《やり》をにぎる手に力をこめる。

「母さん、じいさん、兄貴《あにき》、見ててくれよ」

スーサとヒューガは身体《からだ》を張《は》って帝国《ていこく》の侵攻《しんこう》をとめた。血はつながっていなくても、その思いは受け継《つ》がれている。たぶん、飛空騎士《きし》だって同じだ。大事なのは血ではなくて思い

だ。自分を守ろうとしてくれた母の思いも、ファストラは胸《むね》にきざんでいる。

だから、勝って生き残る。

見えない翼《つばさ》に、思いがのった。

「三人そろえば無敵《むてき》だ！」

ファストラは床《ゆか》を蹴《け》って跳《と》んだ。

カルミフには二人の動きが見えていた。後ろからの攻撃《こうげき》をかわせば、前にやられる。前に対応《たいおう》すれば、後ろにやられる。しかし、完璧《かんぺき》な連携《れんけい》にも、ほんの少し、穴《あな》があった。かわせるはずだった。

だが、背中《せなか》の痛《いた》みが、反応《はんのう》を遅《おく》らせた。カルミフの口から笑《え》みが消える。

ファストラ、レイン、シューデリン、三人の思いが重なった。謁見《えっけん》の間《ま》に陽光が差しこんで、槍《やり》がきらめく。

二本の槍《やり》がカルミフをつらぬいた。

5 ❖ 傷《きず》だらけの勝利

　フィリム兵の勝《か》ちどきが、夕暮《ゆうぐ》れの高原を渡《わた》っていく。

　飛空騎士《きし》も騎兵《きへい》たちも傷《きず》つき、疲《つか》れ果てていたが、それでも勝った。指揮《しき》官を失った帝国《ていこく》軍は北関《ほくかん》をめざして逃《に》げていく。フィリム軍に追う力は残されていない。

「帝国《ていこく》軍の新手《あらて》は来ない。おそらく、南関《なんかん》まで退《しりぞ》くだろう」

　解説《かいせつ》するシルカはただ一人、傷《きず》ひとつ負っていない。

「最後は隠《かく》れてたもんな」

　笑うファストラを無視《むし》して、シルカは言った。

「見張《みは》りは私《わたし》が引き受ける。傷《きず》ついた者は治療《ちりょう》をし、ゆっくり休むがいい」

　旧《きゅう》エンデシム兵はほとんどが降伏《こうふく》している。故国《ここく》の状況《じょうきょう》を知らされて、複雑《ふくざつ》な表情《ひょうじょう》を浮《う》かべていた。帰国して再《ふたた》び帝国《ていこく》と戦いたいという者が多いが、南関《なんかん》を占領《せんりょう》されているのは変わらないため、大地溝《だいちこう》を渡《わた》るのが難《むずか》しい。崖《がけ》を強引《ごういん》に降《お》りることになるだろうか。

　帝国《ていこく》兵の捕虜《ほりょ》も千人あまり出ている。彼《かれ》らはいずれ、帝国《ていこく》軍に捕《と》らえられた旧《きゅう》エンデシム兵との捕虜交換《ほりょこうかん》で返されるだろう。ただ、それはネクがエンデシムの政権《せいけん》をにぎってからの話になる。

ダッカは血と汗《あせ》を拭《ふ》いてから、国王フラーヴァンに戦勝を報告《ほうこく》した。国王はみずから、負《ふ》傷《しょう》したファストラやレインの手当てをおこなっていたほどで、状況《じょうきょう》はよくわかっている。

「みなの働きに感謝《かんしゃ》します。これで危機《きき》は去ったのですか」

「シルカが言うには、帝国《ていこく》は当分、フィリムに手出しはできないだろう、とのことです」

帝国《ていこく》軍が占領《せんりょう》地を維持《いじ》しようとするかどうかはまだわからない。エンデシムが新王ネク（レイ）のもとにまとまるかどうかにも、関わってくるだろう。

「それは何よりです。落ちついたら、民《たみ》をラクサに戻《もど》しましょう。犠牲者《ぎせいしゃ》をとむらわなければなりませんし、復興《ふっこう》も進めなければなりません。勝ったあとは、やるべきことがたくさんありますね」

「おっしゃるとおりです。王宮の修理《しゅうり》も必要でしょう」

「それは最後でかまいません」

謁見《えっけん》の間《ま》はまだ血や泥《どろ》で汚《よご》れたままだ。王宮が戦場になったのはフラーヴァンが残っていたからだが、国王が早々に逃《に》げ出していたら、兵士《へいし》たちはあれほど勇敢《ゆうかん》には戦えなかっただろう。

「捕虜《ほりょ》は大切にあつかってください」

最後にそう言って、国王はダッカをさがらせた。つづいてシルカを呼《よ》んだのは、エンデシムの情勢《じょうせい》について聞くためである。

もっとも、「鳥の目」で得《え》られる情報《じょうほう》には限《かぎ》りがあるから、ネクが王都を制圧《せいあつ》した以外のことははっきりしない。

「新王が正統《せいとう》な後継者《こうけいしゃ》であって、エンデシムの国がつづくのなら、同盟《どうめい》もつづきます。ですが、援軍《えんぐん》を送れるようになるまでは時間がかかるでしょう」

「ごもっともです。しかしながら、私《わたし》が応援《おうえん》にまいりますので、エンデシムの西側はすぐにでも新王の統治《とうち》下に入るでしょう。その後の帝国《ていこく》との戦いについては、フィリムの助力をあおげればと思います」

フラーヴァンはおだやかな微笑《びしょう》をシルカに向けた。

「帝国《ていこく》軍を撃退《げきたい》できたのはあなたのおかげでもありますから、あなたの願いであれば、できるだけのことはしましょう。でも、あまり一人で背負《せお》いすぎるのはよくありませんよ。私《わたし》はあなたに、リディンのようにはなってほしくないのです」

シルカは優雅《ゆうが》に礼をした。口もとは皮肉っぽくゆがんでいる。

「私《わたし》は母ほどまじめではありませんので、適当《てきとう》にやらせてもらいます。ご心配には及《およ》びません」

フラーヴァンは口に手をあてた。

「そういうところは、お父さんにそっくりですね」

シルカは一瞬《いっしゅん》、言葉を失った。なぜか敗北感につつまれて、王の前からさがる。


兵舎《へいしゃ》の食堂《しょくどう》では、包帯まみれになったファストラが、顔をしかめながら干《ほ》し肉をかじっていた。嚙《か》むたびにほおや頭が痛《いた》むのだが、腹《はら》が減《へ》っているので食べずにはいられない。

「フィリムにも治癒猿《ちゆざる》がいればなあ」

ファストラのぼやきに、レインが力なく同意する。

レインは食欲《しょくよく》がなく、牛乳《ぎゅうにゅう》を飲んでいるだけだ。太ももの傷《きず》は浅くない。本来は寝台《しんだい》で休んでいるべきなのだが、その気にはなれなかった。

シューデリンが卓《たく》に突《つ》っ伏《ぷ》して言う。

「あたしのことはいいから、もう寝《ね》なよ」

「でも……」

レインの歯切れが悪い。

シューデリンの母フェルラインが帰っていないのだ。飛空馬《ひくうば》から落ちるのを見たという証《しょう》言《げん》があった。飛空騎士《きし》が落ちれば、命が危《あぶ》ない。

そのとき、食堂《しょくどう》の扉《とびら》が開いた。

「お、みんな生きてたか」

そう言って入ってきたのはフェルラインその人であった。

「……遅《おそ》いよ」

シューデリンが顔をあげた。笑っているのに、涙《なみだ》があふれてとまらない。

「悪かった。ちょっと足を怪我《けが》してね」

ファストラがあわてて駆《か》け寄《よ》る。フェルラインは右足を引きずっていた。涼《すず》しい表情《ひょうじょう》をしているが、脂汗《あぶらあせ》がしたたっており、軽傷《けいしょう》でないことがわかった。

フェルラインは左手を軽く振《ふ》った。

「心配はいらない。命にかかわるような怪我《けが》じゃないから」

「おれがおぶりますから、まずは手当てをしに行きましょう」

ファストラがしゃがむと、フェルラインは目を細めた。

「あんたはいい子だねえ。あいつらに見せてやりたいよ」

フェルラインの脳裏《のうり》には、新しい時代を見ることなく去った者の顔が浮《う》かんでいる。ファストラの実の両親と養父母、それにリディンと数多くの飛空騎士《きし》たち。飛空騎士《きし》がもっと自由に生きられる国にしたいと、理想を語りあった仲間たちだった。

「ああ、もちろん、シューもいい子だよ」

「つけくわえなくていい」

シューデリンはレインの顔をのぞきこんでいた。

「ちゃんと休んだほうがいいよ。手を貸《か》すから、部屋に行こう」

「そうする」

レインがふらつきながら立ちあがる。

その様子を見て、フェルラインがため息をついた。

「やれやれ、祝勝会はだいぶ先になりそうだね」

この日、フィリムは四人の飛空騎士《きし》と、千人近い騎兵《きへい》を失った。無傷《むきず》の者は、数えるほどしかいなかった。

帝国《ていこく》軍総《そう》司令官パレオロールは、敗戦の報《ほう》を冷静に受けとめていた。

表向きは、である。優秀《ゆうしゅう》な宮廷奴隷《クリレレ》は自分の感情《かんじょう》を表に出さないもので、パレオロールはとくにその傾向《けいこう》が強い。

心中では怒《いか》りの炎《ほのお》が燃《も》えている。怒《いか》りの対象《たいしょう》は自分だった。最後の詰《つ》めを部下に任《まか》せて失敗する。同じあやまちを繰《く》り返してしまった。だが、自分が直接指揮《ちょくせつしき》をとるべきだったとも思えない。カルミフには充分《じゅうぶん》な実績《じっせき》と経験《けいけん》があった。自分なら勝てたと考えるのは思いあがりだろう。敵《てき》の力が上回ったのだと認《みと》めるべきだ。

戦争が終わったわけではない。パレオロールは南関《なんかん》で部隊の再編成《さいへんせい》をおこなった。会戦で敗れたとはいえ、帝国《ていこく》軍の兵力はまだ一万を超《こ》えている。しかし、魔法《まほう》動物や騎兵《きへい》の損害《そんがい》が大きく、負傷《ふしょう》者も多いため、再《ふたた》び王都ラクサに侵攻《しんこう》するのは難《むずか》しい。しばらくは奪《うば》った領土《りょうど》の維持《いじ》に努めることになろう。

ネイ・キール大陸の完全な征服《せいふく》は今後の課題となったが、ここまでに一定の戦果はあげている。多少、非難《ひなん》されるだろうが、罪《つみ》に問われることはあるまい。

カルセイと南関《なんかん》は重要な拠点《きょてん》になる。大陸への玄関《げんかん》口、大陸の南北をつなぐ要所、この二つをおさえておけば、今後の大陸での戦いは有利に進められる。パレオロールはそう判断《はんだん》しつつも、この遠征《えんせい》をつづけたいとは思っていなかった。早く皇帝《こうてい》のもとに帰りたい。本国に手をまわして、総司令官《そう》の交代を求めよう。

そう思ったとき、立てつづけに早馬が到着《とうちゃく》した。

ひとつめの報《ほう》は、軍監《ぐんかん》の死を告《つ》げるものだった。カルセイ近くの村で暴動《ぼうどう》が起き、軍監《ぐんかん》が殺《ころ》されたという。女をさらおうとして逆襲《ぎゃくしゅう》されたようだ。邪魔者《じゃまもの》がいなくなったわけだが、パレオロールは喜《よろこ》ばなかった。軍監《ぐんかん》が殺《ころ》されたら、総《そう》司令官が真っ先に疑《うたが》われるものだ。面《めん》倒《どう》が増《ふ》えただけである。

二つめの報《ほう》は、本国からのものだった。手紙に目を走らせたパレオロールは、一瞬《いっしゅん》、表情《ひょうじょう》を動かしてしまった。

都で反乱《はんらん》が起こったとの急報《きゅうほう》であった。皇帝《こうてい》の生死はわからない。

パレオロールはすぐに決断《けつだん》を下した。

「ただちに帰国する」

野心ある男なら、この地での独立《どくりつ》を考えるかもしれない。だが、パレオロールは皇帝《こうてい》の忠《ちゅう》臣《しん》である。帰国以外の選択肢《せんたくし》はなかった。皇帝《こうてい》に危機《きき》が迫《せま》っているなら、占領《せんりょう》地を守っている場合ではない。

念のために船の手配をしておいて正解だった。なるべく多くの兵を連れて、一刻《いっこく》も早く帰国する。

パレオロールはみずから撤退《てったい》の指揮《しき》をとるために立ちあがった。

6 ❖ 未来へ

独立暦《どくりつれき》一三四年一月十日。

ファストラとレインは国王フラーヴァンの前にひざまずいていた。フラーヴァンが天地の精霊《せいれい》に祈《いの》りをささげ、剣《けん》で二人の肩《かた》を軽くたたく。

「空を駆《か》ける飛空騎士《きし》として、フィリムを守ることを誓《ちか》います」

二人は声をそろえた。フラーヴァンが藍玉《キーラ》の首飾《くびかざ》りを順にわたす。

簡単《かんたん》な儀式《ぎしき》は終わり、新たな飛空騎士《きし》が誕生《たんじょう》した。

本来であれば、儀式《ぎしき》の前に試験があるのだが、二人はすでに実戦を経験《けいけん》しているため、試験は免除《めんじょ》されていた。

「別に試験を受けてやってもいいんだけどな」

ファストラは自信たっぷりに語ったものだ。

レインにとっては、試験免除《めんじょ》はありがたかった。弓の腕《うで》はシルカの助言を受けてからあがっているが、試験にまちがいなく合格《ごうかく》するとはいえない。切羽《せっぱ》つまった場面では当てられたが、試験の緊張感《きんちょう》はまた別である。

飛空騎士《きし》の道を選ぶにあたって、ファストラはまったく迷《まよ》わなかった。実母のタキ、血のつながらない兄のヒューガ、祖父《そふ》のスーサと、三人が亡《な》くなっても、騎士団長《きしだんちょう》になるという夢《ゆめ》は変わらない。フィリムを守りたいという気持ちは、より強くなった。フィリムだけではない。エンデシムも含《ふく》めて、弱い者を守るために空を飛びたいと思う。シルカからタキの活動についてくわしく聞いたことも理由のひとつだ。

レインはほんの少し、迷《まよ》った。まじめで責任《せきにん》感の強いレインにとって、重ねてきた訓練を無駄《むだ》にすることは考えられなかったが、本当にこれでいいのか、という疑問《ぎもん》は捨《す》てきれなかった。自分には飛空騎士《きし》よりもふさわしい道があるかもしれない。

迷《まよ》いを振《ふ》りはらえたのは、母と弟のおかげだった。直接《ちょくせつ》、何かを言われたわけではない。帝国《ていこく》との戦いのあと、弟とともに避難《ひなん》先から戻《もど》ってきた母は、レインを見るなり、顔をほころばせたのだった。

「よかった。無事だったのね」

その言葉に、レインはおどろいた。弟だけが大事な母が、自分のことを心配していたとは想像《そうぞう》していなかったのだ。

「どうして？」

思わずたずねると、母は首をかしげた。

「どうしてって、何が？」

「ううん、何でもない」

答えたときにはすでに、母は弟の世話を焼きはじめていた。靴《くつ》を脱《ぬ》がせ、くみ置きの水で足を洗《あら》う。弟はうんざりした顔をしている。

レインと目が合うと、弟は苦笑《くしょう》した。

「おれも早く一人前になりたいよ」

見習い騎士《きし》で戦《いくさ》に参加したのはレインら年長組だけで、弟たちは避難《ひなん》していた。弟にかぎらず、見習いたちは不平を述《の》べていたが、ダッカはもちろん取り合わなかった。彼《かれ》らの実力で参戦したら、全員が生きて帰れなかっただろう。

レインは弟をさとした。

「まじめに訓練を積むことね。近道はないから」

「そうだよなあ。姉さんの弓がうまくなるんだもんな」

「それはシルカが教えてくれたからだけど」

「訓練したのは姉さんだろ」

弟はなぜか怒《おこ》ったように言うと、服を脱《ぬ》がせようとする母の手を押《お》しのけた。

「ああ、おれも早く戦《いくさ》に出たいよ」

「だめよ、そんな」

「戦《いくさ》なんてないほうがいい」

母とレインの声が重なった。

「何だよ、それ」

弟が口をとがらせる。レインは微笑《ほほえ》んだ。

「飛空騎士《きし》の出番は少ないほうがいいの」

二度と会えない人たちの顔を思い浮《う》かべて、レインは言った。レインが生き残ったのは、運がよかったからだ。でも、逃《に》げるつもりはない。飛空騎士《きし》として、父のもとで戦う。そう決められていたからではない。自分で選んで、この道を行きたい。弟も三年後には、あとにつづくだろう。

「そうね。お父さんもたまには家に帰ってほしいのだけど」

母がのんびりと言った。レインと弟は顔を見あわせる。

ダッカは戦《いくさ》の後始末《あとしまつ》と軍の再建《さいけん》のために駆《か》けずりまわっている。多くの犠牲《ぎせい》を出した責任《せきにん》をとって、騎士団長《きしだんちょう》の辞任《じにん》を申し出ているのだが、国王は辞めさせるつもりはないようだ。

レインはふっと口にした。

「母さんも、私《わたし》が守るから」

「ありがたいけど、無理はしないでね」

母はとくに変わっていないのだと思う。受けとめる側が少し変わったのかもしれない。

レインには、レインにしかできない戦い方がある。動物と意思を通じ合わせる能力《のうりょく》をどう生かすか。飛びながら、それを考えていきたい。父には文句《もんく》を言われるかもしれないが、この点はゆずらないつもりだ。きっと、あとにつづく者のためにもなるにちがいない。

レインとファストラが飛空騎士《きし》になるのを、シューデリンは謁見《えっけん》の間《ま》の後方で見守っていた。飛空騎士《きし》にはならない、という意思をつらぬいたのである。ただ、空を飛びたい気持ちはあった。今後は、エンデシムとの間を飛んで、国や軍の手紙や荷物を運ぶ仕事をする予定だ。自分でダッカと交渉《こうしょう》して、勝ちとったのである。ダッカはしぶしぶながら認《みと》めてくれた。

「正規《せいき》の飛空騎士《きし》を送るほどではなくても、急いで届《とど》けるべきものはある。あの戦いで役目を果たしたおまえなら、自分の身は自分で守れるだろう。よろしく頼《たの》む」

父と母はシューデリンの選択《せんたく》について、口を出さなかった。自分の思うとおりにすればいいと言う。

「ごちゃごちゃ文句《もんく》をつけるやつがいたら、私《わたし》が黙《だま》らせてやるから」

母は物騒《ぶっそう》な表現《ひょうげん》で、シューデリンを応援《おうえん》してくれた。父はおだやかに微笑《ほほえ》んでいる。

「とにかく、シューが無事でよかったよ。もし何かあったら、今度は母さんをおさえる自信はなかった」

シューデリンはもう訓練はしない。空いた時間は、細工物《さいくもの》をつくる修業《しゅぎょう》にあてようと考えている。可能《かのう》なら、将来《しょうらい》は父のような細工師《さいくし》になりたい。様々な道を選べるのは、シルカたちのおかげだ。

ダッカはさっそく、志願者《しがんしゃ》をつのって飛空騎士《きし》の訓練をする計画を立てた。最初にシルカと会ったときの反応《はんのう》が嘘《うそ》のように、積極的に改革《かいかく》を進めようとしている。

「伝統《でんとう》よりも国を守るほうが大切だ。飛空馬《ひくうば》をどれだけ集められるかが問題だが、いずれは五百騎《き》の飛空騎士《きし》隊をめざしたい」

そうなれば、フィリムの軍事力は飛躍《ひやく》的に高まる。

だが、この計画には国王フラーヴァンが反対した。

「強くなりすぎると困《こま》ります。フィリムのように小さな国が、強大な軍事力を持ったところで、利益《りえき》はありません。侵略《しんりゃく》から国を守れる力があれば充分《じゅうぶん》です」

強力な軍を維持《いじ》するには、費用《ひよう》がかかる。それをどうやって確保《かくほ》するか。民《たみ》から多くの税《ぜい》をとるのか、それとも帝国《ていこく》のように他国に侵攻《しんこう》するのか。いずれにしても、不幸になるだけではないのか。フラーヴァンはフィリムの未来のために反対したのである。

だが、ダッカはすぐには納得《なっとく》しなかった。

「ごもっともですが、より多くの飛空騎士《きし》がいれば、今回の戦《いくさ》で大きな犠牲《ぎせい》を出さずにすんだのです。できるだけ増《ふ》やしたく思います」

国王と騎士団長《きしだんちょう》は議論《ぎろん》をつづけた。

結局、飛空騎士《きし》は百騎《き》を上限《じょうげん》とすることで落ちついた。現役《げんえき》の飛空馬《ひくうば》は八十頭程度《ていど》だから、百騎《き》に達するのも時間がかかるだろう。さらに、志願者《しがんしゃ》の訓練をやってみると、十代のうちに訓練をはじめないと、飛ぶのは難《むずか》しいことがわかった。騎兵《きへい》をそのまま飛空騎士《きし》にするようなわけにはいかないようだ。

一方、シルカは戦《いくさ》が終わると、ネクを助けるために、すぐにエンデシムに向かった。帝国《ていこく》軍を追い出すつもりだったのだが、帝国《ていこく》軍は戦うことなく撤退《てったい》していった。

「追撃《ついげき》をかけよう」

シルカは主張《しゅちょう》したが、ネクはしぶった。

「そんな余裕《よゆう》はない。残念だが、王都を守るのでせいいっぱいだ」

「帝国《ていこく》と戦う意思をしめさないと、民《たみ》はついてこないぞ」

「それはわかるが……」

二人は話し合い、少数精鋭《せいえい》での追撃《ついげき》を実行した。飛空騎士《きし》隊と不死隊が、カルセイに向けて撤退《てったい》する帝国《ていこく》軍を攻撃《こうげき》する。パレオロールは隙《すき》を見せず、大きな打撃《だげき》は与《あた》えられなかったが、帝国《ていこく》軍が持ち帰る財産《ざいさん》と奴隷《どれい》が、多少は減《へ》った。

「しかし、そもそも、帝国《ていこく》軍はなぜ撤退《てったい》するんだ」

本国で反乱《はんらん》が起こったといううわさは流れていたが、「鳥の目」を持つシルカも、帝国《ていこく》本土の情勢《じょうせい》までは確認《かくにん》できない。正確《せいかく》な情報《じょうほう》は入ってこなかった。

「当然、皇帝《こうてい》に刃向《はむ》かう集団《しゅうだん》はいるだろう。軍が遠征《えんせい》に出ている隙《すき》に反乱《はんらん》を起こすのはわかる。反乱《はんらん》が起きたから撤退《てったい》するのもわかる。だけど、私《わたし》たちにとってあまりに都合がいいように思える」

首をひねるシルカのもとに、さらなるうわさがもたらされた。

帝国《ていこく》本土で、飛空騎士《きし》が目撃《もくげき》されたという。

ネイ・キール大陸以外では、飛空馬《ひくうば》は確認《かくにん》されていないはずだ。うわさが事実だとしたら、ネイ・キール大陸の飛空騎士《きし》が帝国《ていこく》本土に渡《わた》っていることになる。

「まさか、ね」

シルカはつぶやいて、頭《かぶり》を振った。

この問題を追及《ついきゅう》する余裕《よゆう》はなかった。帝国《ていこく》軍総《そう》司令官パレオロールは、置き土産《みやげ》を残していた。港町カルセイが、新王を認《みと》めない、と宣言《せんげん》したのである。前王サトから任命《にんめい》されたという太守《たいしゅ》がカルセイを支配《しはい》しているが、帝国《ていこく》の援助《えんじょ》を受けており、帝国《ていこく》軍の一部が残っているという。

ネクのひきいる新生エンデシムは、独立暦《どくりつれき》一三三年が終わった時点で、まだもとの領土《りょうど》を回復《かいふく》できていない。帝国《ていこく》軍が捨《す》てた南関《なんかん》は取り戻《もど》したが、カルセイの周辺と西の辺境《へんきょう》、つまり東西のはしが、支配下《しはいか》に入っていなかった。これは、ネクがなるべく武力《ぶりょく》を使わず、話し合いで進めているからである。ネクが姿《すがた》を現《あらわ》せば、そこにかつての王の面影《おもかげ》をみとめて、したがう者がほとんどなのだが、ネクの身はひとつしかないので、どうしても時間がかかる。

幸い、フィリムとは交渉《こうしょう》がまとまり、同盟《どうめい》がつづくことが約束された。情勢《じょうせい》が落ちついたら、あらためて友好を誓《ちか》うことになろう。

ネクがシルカに語りかける。

「フィリムでは見習いたちが活躍《かつやく》したんだろ？　こっちも負けてられないな」

「彼《かれ》らが活躍《かつやく》できたのは、私《わたし》が的確《てきかく》に指示《しじ》をしたからだ」

シルカがすまして言うと、ネクがふっと笑った。

「よほどうれしいらしいな。ほおのあたりがにやついているぞ」

「うれしくないはずはない。彼《かれ》らの成長を導《みちび》いたのは私《わたし》だ」

「ほう、じゃあ、おれも導《みちび》いてくれ」

シルカは軽く眉《まゆ》をひそめて、盟友《めいゆう》を見やった。

「ろくに助言を聞かないくせに、よく言うな。おまえは私《わたし》を信じていないだろう」

「いやいや、信頼《しんらい》してますよ、軍師殿《ぐんしどの》」

二人は笑い合いながら、同じ方向を向いていた。

ファストラ、レイン、シューデリンは、並《なら》んで空を駆《か》けていた。正式に飛空騎士《きし》となった記念の飛行である。

冬の高原は、氷と雪で白く染《そ》まっている。風は皮膚《ひふ》が切れそうなほどに冷たい。たいていの飛空騎士《きし》は、冬は飛びたがらないものだ。それでも、三人は愛馬にまたがって、空に飛び出した。

「あれから半年ちょっとしか経《た》ってないなんて、どうも信じられないな」

ファストラが大声で言った。あれ、というのは、「巨人《きょじん》の椅子《いす》」への旅のことである。帝《てい》国《こく》が攻《せ》めてきて、シルカに会って、戦いに参加して……三人の運命は大きく動いた。悲しい別れがあり、個々《ここ》の成長があって、三人はそれぞれの道を選んだ。

「ファストラはずいぶん太ったよね」

シューデリンがからかうと、ファストラはむきになった。

「これは筋肉《きんにく》！」

「でも、ファングはつらそうだよ」

「そんなことない。ファングとおれは固いきずなで結ばれているんだ。な、レイン」

レインはくすりと笑った。

「まあ、嫌《いや》がってはないかな」

「それよりシュー、何なんだ、その珍妙《ちんみょう》なかぶりものは」

シューデリンは頭に手をやった。栗色《くりいろ》の髪《かみ》は、毛皮の帽子《ぼうし》で隠《かく》されている。風で飛ばないよう、ほおからあごの下までおおって、ひもで結んでいる。

「似合《にあ》うでしょ。自分でつくったんだ。あったかいよ」

シューデリンはよろいも着ていない。毛皮牛《けがわうし》の毛を使ったフィリムの冬服のままである。飛空騎士《きし》ではないから、と温かい格好《かっこう》で飛んでいるのだ。

「私《わたし》もほしいなあ」

レインが赤くなった耳をおさえると、シューデリンが微笑《ほほえ》んだ。

「つくってあげるよ」

「うれしい。帽子《ぼうし》くらいなら、飛空馬《ひくうば》の負担《ふたん》にはならないはず。団長《だんちょう》に提案《ていあん》しよう」

「おれは嫌《いや》だね。格好《かっこう》悪い」

ファストラはぶるっと身体《からだ》をふるわせた。

「寒いから、そろそろ切りあげようか」

「ええー、大地溝《だいちこう》まで行こうよ」

シューデリンが口をとがらせつつも、レインにつづいて方向を変える。

レインがたずねた。

「シューはエンデシムに行ってきたんだよね。シルカとネクは元気だった？」

「相変わらず、仲がいいんだか悪いんだかって感じだった。あっちの戦いはまだしばらくつづきそうだって」

「戦いが終わったら、シルカはこっちに来るのか？」

ファストラの問いに、シューデリンは首をかしげた。

「シルカは二度とフィリムには行かないって言ってたよ。……だから、たぶん、また来ると思う」

「きっとそうだな。あの人はひねくれてるから」

三人は楽しげに笑った。

三頭の飛空馬《ひくうば》が順序《じゅんじょ》を入れ替《か》えながら、優雅《ゆうが》に天を翔《かけ》る。

行《ゆ》く手《て》には、澄《す》みきった青空が広がっていた。

緑藍《ネイ・キール》大陸での出来事（年表）

独立暦		事件	備考
独立暦以前の100年間		ギルス帝国による支配期。多くの民が帝国の奴隷として本国へ	
元年	物語の132年前	ギルス帝国に対する独立戦争始まる	
4年		フィリム建国	
8年		エンデシム建国	
11年		フィリムとエンデシムの同盟が結ばれる	
106年	27年前	ギルス帝国がネイ・キール大陸へ侵攻。飛空騎士団の活躍で撃退	
108年8月	25年前	エンデシムがフィリムへ侵攻。飛空騎士リディンの夜襲作戦でフィリムの勝利	
	24年前	フィリムとエンデシムの間に和平成立。飛空騎士のリディンとエジカ、亡命	
123年	10年前	フィリム国王フラーヴァン即位	
125年	8年前	エンデシムで「白頭の乱」（タスクル教団と商人組合による反乱）勃発。翌年、国王ジルが反乱軍に処刑される	
130年	3年前		エジカ、巨人の椅子を去る

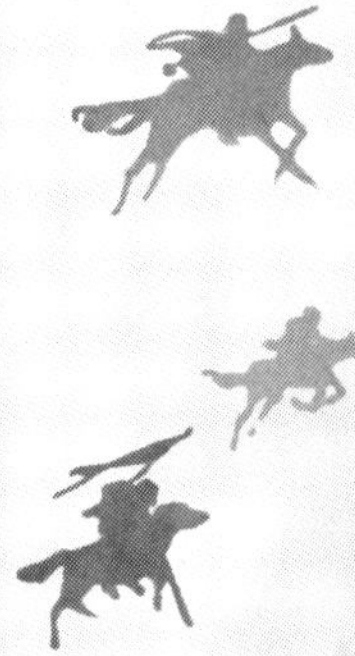

133年6月4日		ギルス帝国軍がエンデシムの港町カルセイに侵攻。フィリムの飛空騎士団長ダッカが石化鶏におそわれる	**上巻の物語の始まり**
6月6日		帝国軍、南関（エンデシム側）に侵攻	
		飛空騎士見習い3人組、エンデシムへ向けて旅立つ	
6月27日		飛空騎士見習い3人組、「巨人の椅子」にのぼり、シルカに会う	
7月10日		飛空騎士見習い3人組、「巨人の椅子」の飛空騎士たちとともにフィリムに帰還	
7月前半		シルカと「巨人の椅子」の飛空騎士10人が、飛空騎士団長ダッカと対面	**下巻の物語の始まり**
7月後半		北関（フィリム側）が帝国軍に落とされる	
8月前半		帝国軍、フィリム王都ラクサへ進軍開始	
8月後半		シルカひきいる飛空騎士隊が、帝国本土からカルセイに向かう輸送船を海上攻撃	同夜、レインは帝国の刺客と戦う
8月27日		エンデシム、ギルス帝国に降伏	
9月28日		帝国軍3万が再び王都ラクサへ進軍。ヒューガとスーサ戦死	同夜、ネクがエンデシム王都チェイ奪還
10月5日		ラクサ北部にて、フィリム 対 帝国&エンデシム連合軍の決戦	
10月6日		帝国軍がネイ・キール大陸から総撤退	シルカとネクは撤退する帝国軍を追撃
134年1月10日		ファストラとレイン、正規の飛空騎士として任命される	

本書は書き下ろし作品です

【作】**小前 亮**（こまえ・りょう）

1976年、島根県生まれ。東京大学大学院修了。専攻は中央アジア・イスラーム史。2005年に『李世民』（講談社）でデビュー。著作に『賢帝と逆臣と 小説・三藩の乱』『ヌルハチ 朔北の将星』（講談社）、『月に捧ぐは清き酒 鴻池流事始』（文藝春秋）、『星の旅人 伊能忠敬と伝説の怪魚』『渋沢栄一伝 日本の未来を変えた男』『服部半蔵（上）（下）』「真田十勇士」シリーズ（小峰書店）、『あきらめなかった男 大黒屋光太夫の漂流記』「三国志」シリーズ（静山社）などがある。

【装画・挿絵】**鈴木康士**（すずき・やすし）

1974年生まれ。東京都在住。アートワークではＳＦやハイファンタジーのものを得意とし、現在はフリーランスのクリエイターとして多方面で活躍。書籍の装画を担当した作品に「怪盗探偵山猫」シリーズ、「心霊探偵八雲」シリーズ（角川文庫）、『化石少女と七つの冒険』（徳間書店）、『わたしたちの怪獣』（東京創元社）などがある。

フィリムの翼《つばさ》　飛空騎士《ひくうきし》の伝説《でんせつ》　下《げ》

2024年7月9日　初版発行

作　家……………小前　亮
画　家……………鈴木康士

発行者……………吉川廣通
発行所……………株式会社静山社
〒102-0073 東京都千代田区九段北1-15-15
電話03-5210-7221
https://www.sayzansha.com

印刷・製本………中央精版印刷株式会社

ブックデザイン…大岡喜直（next door design）

編　集……………鈴木理絵

ISBN978-4-86389-789-2